Eileen Lottman

Der Denver-Clan

Richard und Esther Shapiros

DER DENVER-CLAN

von Eileen Lottman

Eine Richard und Esther Shapiro-Produktion
in Verbindung mit Aaron Spelling Productions

Wilhelm Goldmann Verlag

Die Originalausgabe erscheint unter dem Titel »Dynasty«
bei Bantam Books, Inc., New York

Aus dem Amerikanischen von Antoinette Gittinger

1. Auflage April 1983 · 1.–40. Tsd.

Made in Germany

Published by arrangement
with Bantam Books, Inc., New York

Umschlagentwurf: Design Team, München
Umschlagfoto: ZDF-Pressestelle
Satz: IBV Lichtsatz KG, Berlin
Druck: Mohndruck Grafische Betriebe GmbH, Gütersloh
Verlagsnummer: 30030
Lektorat: Elga Sondermann
Herstellung: Sebastian Strohmaier
ISBN 3-442-30030-4

Dieses Buch
ist der Famingville-Dynastie gewidmet:
den Posaunisten, den kleinen Tänzern,
dem großen Koch, dem Fußballspieler
und dem uneingeschränkten Alleskönner,
dessen Großmut das Entstehen dieses Buches
zu einem Genuß werden ließ.

Noch mehr [illegible] mit [illegible]
[illegible] jetzt [illegible]
den [illegible]
[illegible]
[illegible]
[illegible]

[illegible]
[illegible]
[illegible]

[illegible]
[illegible]
[illegible] und das [illegible]

Von der Decke [illegible]
[illegible] an den [illegible]
[illegible]
[illegible] verzieht [illegible]
[illegible]

Kapitel I

»Noch nie habe ich mich mit einem Geschenk so schwer getan«, murmelte Doris, als sie den letzten Bommel auf dem umgestülpten roten Regenschirm, der mit Paketen gefüllt war, befestigte. »Was um Himmels willen soll man jemandem, der im Begriff ist, 200 Millionen Dollar zu heiraten, schenken? Bestimmt nichts für die Küche!«

»Ich habe ihr einen Tennisschläger gekauft«, bemerkte eine der anderen Arbeitskolleginnen von Krystle. »Glaubst du, sie freut sich darüber?«

»Phantastische Idee«, antwortete Doris ohne große Überzeugung. Sie ging um den Tisch herum, der jetzt voll ausgezogen war und das Apartment beherrschte.

Von der Decke hingen Kreppapierfahnen herunter, die an den Tischecken befestigt waren, um eine Riesentorte einzurahmen, die mit einer Braut und einem Bräutigam verziert war. Die beiden saßen in einer alten Klapperkiste, an die verzuckerte Blechdosen angehängt waren.

»Nun«, fuhr Doris fort, »unsere Stimmung ist ja wie bei einem Begräbnis und nicht wie bei einer Hochzeitsparty für Krystle. Doch wem ist schon nach Feiern zumute, wenn man eine gute Freundin für immer verliert?«

Charlotte stand am Fenster und wartete darauf, daß Krystles Wagen in Sicht kam. Sie wandte sich zu Doris um. »Du irrst dich«, sagte sie sanft. »Krystle wird die gleiche bleiben, auch wenn sie mit Blake Carrington verheiratet ist.«

»Bestimmt hat sie nicht die Absicht, sich zu ändern, aber es wird nicht ausbleiben.« Diese Worte sprach mit milder Autorität die Bürovorsteherin, die älter als die anderen war und schon am längsten bei Denver-Carrington arbeitete. Die anderen sechs Damen im Büro hörten ihr respektvoll und überrascht zu.

»Sie ist die liebenswürdigste Person, die ich je kannte«, fuhr Mrs. Perkins fort, »aber wenn sie erst mal in der großen Villa über der Stadt lebt, kann sie nicht mehr selbst über ihr Leben entscheiden. Ihr ganzes Leben wird sich ändern und sie sich auch.«

»Krystle wird ihre alten Freunde nicht vergessen«, protestierte Charlotte und wandte sich wieder zum Fenster. In diesem Augenblick erblickte sie Krystle Jennings blauen Mercedes, der in die Straße einbog.

»Sie kommt, sie kommt, macht euch bereit.«

Eine atemberaubende schlanke Frau Anfang Dreißig mit glänzendem, blondem Haar, das ihr auf die Schultern fiel, und freundlichen Augen öffnete die Tür zu ihrem Apartment. Sie wurde stürmisch empfangen, umarmt und mit guten Wünschen überschüttet.

»Aber wie konntet ihr wissen, daß ich heute nachmittag nach Hause kommen würde? Ich habe so viel zu erledigen...«, sagte sie voll ehrlicher Verblüffung, nachdem sich die erste Aufregung gelegt hatte, die ersten Drinks gereicht waren, und das Stimmengewirr nachgelassen hatte. Die sieben Frauen scharten sich um den umgestülpten Regenschirm auf dem Boden und warteten darauf, daß Krystle ihre Geschenke öffnete.

»Ich sagte zu Mr. Carrington, daß er die Verantwortung dafür trage, daß du um zwei Uhr hier auftauchst und keine Minute eher«, sagte Doris kichernd. »Er sah ganz streng aus, weißt du, er hatte den Blick, den er manchmal hat, wenn er jemanden abkanzelt... oh, entschuldige Krystle, du warst ja ein Jahr lang seine Sekretärin und weißt, wovon ich spreche... Auch wenn du jetzt mit ihm verlobt bist, schätzte er es nicht sehr, daß *ich* ihm sagte, was er zu tun habe. Doch dann ließ er sich zu einem breiten Lächeln herab, da es ja um seine Verlobte ging, und er versprach, sich um die Angelegenheit zu kümmern. Ich glaube, er liebt dich wirklich.«

Sie tranken Champagner und amüsierten sich. Dann öffnete sie die Geschenke. Sie war so gerührt, daß ihr die Tränen kamen. Sie lachte über die lustige Unterwäsche, machte einen Schwung mit dem Tennisschläger, versprach die Reitpeitsche zu benutzen, betrachtete einige der Bilder in *The Joy of Sex* und machte sich an den blauen Schleifen eines Pakets, das ihr Charlotte übergeben hatte, zu schaffen. Alle schauten zu, als sie eine wunderschöne handgearbeitete Flickendecke aus Seide und mit Spitzenbesatz auspackte.

Sie war sprachlos. »Aber du mußt ja monatelang daran gearbeitet haben«, rief sie aus.

Charlotte versuchte, dies leicht abzutun. »Sechs«, gab sie grinsend zu, »aber wer wird schon die Monate zählen!«

»All die Wochenenden, an denen du keine Zeit hattest, mit ins Kino oder zum Essen zu gehen, warst du damit beschäftigt?«

Charlotte zuckte die Schultern.

»Oh, Charlotte!« Krystle umarmte ihre Freundin. Die Decke war zu Boden geglitten.

Charlotte war verlegen, doch sehr erfreut, als Krystle sie an sich drückte. »Nun«, sagte sie, »du hast mir geholfen, als ich von Bill wegging und nicht wußte, wohin. Als ich nicht weiter wußte, hast du mich aufgenommen, das werde ich dir nie vergessen.«

»Ihr alle«, sagte Krystle, »macht mich sprachlos. Ihr seid die besten Freunde, die man... ich meine, diese Party... und ich werde nie... nun, ihr wißt schon, was ich meine.«

Charlotte sprach hastig. »Krystle, du machst ja die Decke naß mit deinen Tränen. Komm, wir wollen die anderen Pakete öffnen. Hier, nimm dies!«

Plötzlich läutete es an der Tür. Charlotte öffnete. Ein gutaussehender junger Mann in Chauffeursuniform stand in der Tür. Das Stimmengewirr und Gelächter verstummte plötzlich. Er lächelte und griff sich an die Mütze.

»Hallo, Michael«, begrüßte ihn Krystle. Sie war über sein plötzliches Auftauchen etwas überrascht und verwirrt.

»Miss Jennings«, sagte Michael, »ich soll Ihnen dies von Mr. Carrington überreichen. Er läßt Sie grüßen.« Damit übergab er ihr ein kleines Päckchen.

»Hat er Sie geschickt?«

»Er wartet im Wagen auf mich. Er weiß, daß dies eine reine Damenparty ist«, sagte Michael mit breitem Grinsen.

Krystle wandte sich zum Fenster, wo sich Marian bereits hinauslehnte, um die große schwarze Limousine unten in Augenschein zu nehmen. »Er ist umwerfend«, seufzte Marian.

Die drei Damen, die mit Krystle in Blake Carringtons Büro gearbeitet hatten, lächelten nur, und Krystles übrige Freundinnen drängten zum Fenster, um einen Blick auf die Limousine zu werfen.

»He, Krystle, möchtest du nicht mit mir tauschen?« bot ihr Alice an. »Ich überlasse dir Marvin und die Kinder. Was meinst du dazu?«

»Er ist wirklich umwerfend«, wiederholte Marian verträumt. »Ich würde ihn auch nehmen, wenn er *nicht* diesen Wagen hätte, das größte Haus in Colorado und seine eigene Fußballmannschaft...«

»Nun, ich glaube, er hat Glück, daß er Krystle bekommt«, sagte Charlotte aufrichtig.

»Laß mich auch mal schauen«, sagte Margret. »Das einzige Mal, als ich ihn aus der Nähe sah, war, als er während des Raffinerie-Streiks durch die Streikpostenlinie fuhr.«

Sie beobachteten, wie Michael das Gebäude verließ, die Fahrerseite öffnete und Platz nahm. Blake Carrington, mit seinem silbernen Haar so attraktiv wie ein Filmstar, lächelte zu ihnen herauf, doch sein Blick und der Handkuß galten nur Krystle.

Einen Augenblick lang wünschte sie sich, er wäre selbst heraufgekommen und hätte nicht Michael als Boten benutzt. Aber natürlich waren zu einer Brautparty keine Männer zugelassen – sie mußte bei diesem Gedanken lächeln. Blake Carrington war kein Mann, der nach der Pfeife der anderen tanzte. Sonst wäre es ihm nicht gelungen, im Alleingang den Gipfel im Ölgeschäft zu erreichen. Als Sohn eines Ministers, der jung gestorben war, hatte er mit nichts angefangen. Der Sohn hatte seiner gramgebeugten Mutter versprochen, daß er nie in Armut leben und nie von der Gnade der anderen abhängig sein würde. Er hatte die High School und die *School of Mines* (Bergwerksakademie) hinter sich gebracht und sich robuster und scharfsinniger gezeigt als die meisten anderen Absolventen. Er hatte sich nicht gescheut, eine Frau in hoher gesellschaftlicher Position zu heiraten, um Zugang zu den entsprechenden Kreisen zu bekommen. Als sie in gegenseitigem Einvernehmen erkannt hatten, daß ihre Ehe den Sinn verloren hatte, unterstützte er sie großzügig, damit sie sorglos in Europa leben konnte. Seine Kinder waren inzwischen erwachsen. Das einzige, was er sich noch wünschte, war, daß Krystle Jennings ihn heiratete.

Sie dachte an seine freundlichen, intelligenten Augen und hielt sich für die glücklichste Frau der Welt.

»He, laßt uns sehen, was ihr der Boß zur Hochzeit schenkt.«

Die Aufmerksamkeit aller konzentrierte sich auf das kleine weiße Lederetui, das Krystle mit nervösen Fingern öffnete.

»Wahrscheinlich eine goldene Uhr«, mutmaßte Alice. Doch das Etui enthüllte ein Paar fünfkarätige Ohrringe, die auf dem blauen Seidengrund funkelten wie die Sonne.

Nach einem kurzen andächtigen Schweigen redeten alle auf einmal: »Krystle, sie sind wunderschön...«

»Mein Gott, sie wiegen bestimmt ein paar Pfund...«

»Du mußt sie unbedingt probieren, Krystle.«

»Ich habe noch nie so etwas gesehen...«

»Nun, der andere, ich meine Matthew Blaisdel, hätte ihr bestimmt keine Brillanten schenken können.«

Nach Doris' taktloser Bemerkung hätte man eine Stecknadel fallen hören können, so still war es im Raum. Krystle stand wie erstarrt mit einem Ohrring in der Hand. Sie hielt die Luft an. Einen endlosen Augenblick lang war es totenstill.

»Doris«, sagte Mrs. Perkins sanft, »manchmal benimmst du dich wie ein Elefant im Porzellanladen.«

»Es tut mir leid«, stammelte Doris. »Ich glaube, ich

habe es gesagt, weil ich neidisch bin. Nein, verdammt noch mal, das ist es nicht. Ich gönne dir dein Glück wirklich, ich befürchte nur, wir werden nicht mehr viel von dir haben und deshalb... nun, es wäre mir halt lieber, du würdest Matthew heiraten, dann könnten wir weiterhin befreundet sein.«

»Wir werden weiterhin Freunde sein«, sagte Krystle ruhig. »Ich werde mich nicht ändern, Doris.«

»Es tut mir leid«, wiederholte Doris.

»Matthew ist ja verheiratet, und das ist allgemein bekannt, also halt den Mund«, brummte Charlotte.

»Ist ja schon gut«, sagte Krystle. »Jeder weiß von Matthew und mir. Aber das ist vorbei. Ich liebe Blake, und Matthew ist in Saudi-Arabien und seine Frau... aber lassen wir das, reden wir nicht mehr darüber. Was haltet ihr davon, wenn wir den Kuchen anschneiden?«

Die Gastgeber erinnerten sich, warum sie hier waren und warum sie Krystle liebten, was an ihr – neben ihrer ungewöhnlichen Schönheit – den größten Mann in Colorado fasziniert und erobert hatte.

Ungefähr eine Stunde später war die Party vorüber. Es war außer dem schmutzigen Geschirr, den Weingläsern, Aschenbechern und Bergen von Geschenkpapier und leeren Geschenkschachteln nichts übrig geblieben.

Krystle hatte alle Angebote, ihr zu helfen, abgelehnt. Sie benötigte einen ruhigen Augenblick für sich. Der Abwasch war eine gute Therapie gegen die voreheliche Nervosität, überlegte sie. Es gab so viel zu denken.

Ein Blick auf ihre Uhr überzeugte sie, daß sie für ihre

Verabredung mit dem Hochzeitsberater schon spät dran war. Das Geschirr mußte sie später abtrocknen. Sie spritzte sich etwas kaltes Wasser ins Gesicht, trug etwas Lippenstift auf und beschloß, ihr bequemes blaues Rollkragenkleid anzubehalten. Mit ihrem blauen Mercedes bog sie in den breiten Boulevard ein, der sie zur Bergstraße führte, die sich zu dem Carrington-Besitz hinaufschlängelte, zu den elektronisch gesteuerten Toren, die seit kurzem darauf programmiert waren, sich auch bei ihrem Wagen zu öffnen.

Sie parkte auf dem breiten Zufahrtsweg. Sie wußte, daß man ihr Auto inzwischen aufpolierte und es genau in dem Augenblick, wenn sie es benötigte, wieder zur Verfügung stand.

Noch bevor sie läutete, öffnete der Butler die Tür.

»Guten Tag, Miss Jennings. Mr. Afferton wartet im Tanzsaal auf Sie«, sagte er, wobei er keine Miene verzog. Sie fragte sich, ob er je lächelte.

»Danke«, sagte sie und eilte hinter ihm her. Sie betraten eine helle prächtige Eingangshalle mit römischen Statuen und Tapisserien und unschätzbaren antiken Tischen, Büfetts und Stühlen. Sie eilte den langen Korridor entlang, in Richtung Tanzsaal.

Mr. Afferton schritt auf dem glänzenden Parkettboden auf und ab und runzelte leicht die Stirn.

»Es tut mir leid, daß ich mich verspätet habe«, sagte sie.

Er schaute auf seine Uhr. Durch die drei großen Glastüren des Raumes sah man, wie die Sonne den Himmel orangerot färbte. »Ich warte seit zwanzig Minuten«, sagte er. »Sollen wir hier anfangen?«

Er entfernte sich von ihr, ohne ihre Antwort abzuwarten, und sie folgte ihm. Offensichtlich wußte er genau, was zu tun war. Sie fühlte sich in diesem großen Tanzsaal unbehaglich, ja, das ganze Haus wirkte beklemmend auf sie. Hier sollte sie ein größeres gesellschaftliches Ereignis für die Gesellschaft von Denver planen, dabei verwechselte sie immer wieder, welches Besteck wann benutzt werden mußte, wobei sie im Inneren auch gar nicht davon überzeugt war, daß dies so wichtig sei.

»Die Kamine werden wir mit Blumen schmücken«, wandte sich Mr. Afferton an sie. »Weiße Stephanotis, pinkfarbene Teerosen und natürlich pinkfarbener Rhododendron. Diese Wand hier werden wir auch mit Blumen schmücken...« Er wartete auf ihre Antwort, aber sie war damit beschäftigt, sich zu überlegen, was es wohl kosten würde, einen Kamin mit Blumen zu schmücken. »Mögen Sie die Stephanotis, Miss Jennings?«

Sie hatte keine Ahnung, wie eine Staphanotis aussah, aber sie würde es lernen. »Ja, natürlich«, sagte sie. Ihre Stimme, die leise und belegt klang, war in diesem großen Raum kaum hörbar.

»Vielleicht haben Sie andere Vorstellungen?« Er wartete auf eine Antwort. Mr. Afferton wirkte mit seinem steifen Kragen und der strengen Krawatte in dem sonnenüberfluteten Tanzsaal etwas deplaziert. Sie fragte sich, ob sie es auch war.

»Nein, nein, das geht in Ordnung«, sagte sie höflich. Sie spürte die übliche Nervosität, unter der alle in einer solchen Situation litten.

»Dieses Arrangement wirkt schlicht und elegant«, sagte Mr. Afferton. Er durchquerte den Raum mit schnellen kleinen Schritten, und Krystle eilte hinter ihm her. »Sie werden durch diese Tür eintreten«, sagte er und deutete mit seinem Stift auf die Tür, »dann schreiten Sie den Hauptgang entlang.«

»Welche Musik wünschen Sie?«

»Nun... den *Hochzeitsmarsch*«, sagte Krystle.

»Den *Hochzeitsmarsch*«, wiederholte er, wobei sein Gesicht schmerzlich verzerrt war. »Welchen, den von Mendelssohn oder den von Wagner?«

Sie würde es nie schaffen. Warum hatte sie eingewilligt, Blake zu heiraten? Sie konnte nicht... aber plötzlich erinnerte sie sich an zarte Küsse und an sein Gesicht, das freundlich lächelte. Sie schaute Mr. Afferton fest in die Augen und fragte: »Welcher ist besser?«

»Keiner von beiden ist *en vogue*«, antwortete er von oben herab.

Eine Stimme aus dem Hintergrund veranlaßte sie, sich umzudrehen.

»Ich glaube, Miss Jennings dachte an etwas Unbekannteres.« In der Tür stand ein junger Mann.

Er hatte ein offenes, angenehmes Gesicht, mußte Anfang Zwanzig sein. Eine blonde Strähne fiel ihm in die Stirn, die ihn jungenhaft aussehen ließ. Um seine Lippen spielte ein ironisches Lächeln. Er betrat den Raum mit

Würde, als ob er hierher gehörte. Es mußte Steven sein, Blakes Sohn, der zur Hochzeit aus New York gekommen war. Als er sich über das glänzende Parkett auf sie zubewegte, redete er weiter auf Mr. Afferton ein.

»Vielleicht etwas für Blasinstrumente«, sagte er freundlich. »Zum Beispiel Bachs *Siciliana* aus seiner Flötensonate in Es-Dur. Kennen Sie sie, Mr. Afferton?«

Es war offensichtlich, daß Mr. Afferton sie nicht kannte. Es fiel Krystle schwer, sich ein Lächeln zu verbeißen, als er mit rotem Gesicht stammelte: »Ja, ich kenne sie, ich erinnere mich...«

Steven wandte sich von ihm ab und grinste Krystle offen an. Er legte den Arm um ihre Schultern und ging mit ihr in den angrenzenden Musiksaal. Mr. Afferton mußte ihnen wohl oder übel folgen.

»Und draußen im Garten spielen eine herrliche alte Harfe, eine Bratsche und ein Cello. Wie gefällt dir die Idee, Krystle?« fragte er sie, als der geschäftige kleine Mann hinter ihnen herkeuchte.

»Wunderbar«, stimmte sie zu. »Eine phantastische Idee. Ich danke dir, Steven, und willkommen zu Hause.«

Er schaute sie mit einem Blick an, der plötzlich sehr verletzbar schien. Dies verwirrte sie. Er hatte sie gerade aus einer peinlichen Situation gerettet – dabei war er doch erst zweiundzwanzig Jahre alt. Er lebte schon seit einem Jahr allein in New York und kam ganz gut zurecht. Ihre Bedenken als Stiefmutter galten eigentlich bisher nur Blakes Tochter Fallon. Auch wenn sie nur einen kurzen Blick von Steven erhascht hatte, wurde ihr klar, daß er Kummer hatte. Er blickte zur Seite und brummte ein paar unverständliche Worte vor sich hin. Es klang so, als ob er sagte, daß es sein Vater wohl nicht der Mühe wert finde, ihn zu begrüßen. Hatte sie richtig gehört? Das konnte doch nicht wahr sein.

»Du mußt doch müde sein«, sagte er zu Krystle. »Warum legst du dich nicht hin? Ich glaube, ich weiß, welche Wünsche du hast; wenn es dir recht ist, regle ich das mit Mr. Afferton. Du kannst ja dann immer noch Änderungswünsche vorbringen.«

Krystle nickte dankbar, küßte Steven auf die Wange und verließ den Raum. Mr. Afferton eilte an Stevens Seite und sagte vertraulich: »Sie scheint etwas aus dem Konzept zu sein. Nun, nicht jede von ihnen packt es.«

»Wie meinen Sie das?« fragte Steven. Seine Stimme klang drohend, doch der Hochzeitsberater war nicht gewieft genug, dies zu erkennen.

»Sie verstehen, Mr. Carrington«, sagte er, »es fällt ihnen schwer, sich in höheren Kreisen zu bewegen.«

Stevens Stimme klang nun unüberhörbar kalt. »Sie werden Miss Jennings um Entschuldigung bitten«, sagte er, »und Sie werden nie wieder eine solche Beleidigung gegen sie aussprechen – nicht einmal denken – oder ich werde persönlich dafür sorgen, daß man Sie feuert. Haben Sie mich verstanden?«

Mr. Afferton schluckte.

»So, gehen wir weiter«, sagte der schmale junge Mann

und ging in den Tanzsaal zurück. »Was kommt als nächstes?«

»Die Speisen und Getränke, Sir«, sagte Mr. Afferton und hielt den Blick gesenkt.

Krystle hatte nach Bekanntgabe der Verlobung aufgehört, als Blakes Sekretärin zu arbeiten. Doch an manchen Tagen brauchte Blake sie für streng vertrauliche Dinge, wie er ihr sagte. Krystle vermutete – und bestimmt hätte er ihr lachend zugestimmt –, daß er sie im Büro einfach vermißte und sich Ausreden einfallen ließ, um sie an seiner Seite zu haben. Doch sie liebte die Arbeit, mochte das Gefühl, daß er sie wirklich brauchte, und empfand das Büro als Insel der Geborgenheit mitten in dem Chaos, das vor einer Hochzeit nicht zu vermeiden schien. Als Blake sie bat, am nächsten Tag ins Büro zu kommen, schöpfte sie keinerlei Argwohn.

Sie arbeitete mehrere Stunden mit ihm zusammen, klärte die Schwierigkeiten, die dem Ankauf eines neuen Ölfeldes in Texas im Wege standen, traf die Vorbereitungen für die Übersetzung eines Vertrages aus dem Arabischen in vier Sprachen, damit er ihn am folgenden Tag mit seinen internationalen Partnern telefonisch besprechen konnte, und arrangierte ein Abendessen in Washington, das er in zwei Tagen mit zwei Senatoren und einigen Kongreßleuten einnehmen würde, um über einen Paragraphen in der Gesetzgebung, der seine Ölbohrinseln betraf, zu diskutieren. Die Zeit verging; plötzlich war es vier Uhr, und sie mußte sich beeilen.

»Ich muß schnell zur Schneiderin zu einer Anprobe, sonst erscheine ich zur Hochzeit mit Stecknadeln«, lächelte sie und warf ihm an der Schwelle seines Büros eine Kußhand zu. »Bis zum Dinner.« Blake schaute auf seine Uhr, lächelte zu ihr hoch und hauchte ihr einen Kuß nach.

Sie zog die elegante Luchsjacke an, die Blake ihr zu Weihnachten geschenkt hatte und die einen seltsamen Kontrast zu ihrem einfachen Hemdblusenkleid, ihrem »Arbeitskleid«, bildete. Dann eilte sie an Blakes vier Sekretärinnen vorbei und rief ihnen im Vorübergehen »tschüs« zu. Nur ganz vage bemerkte sie den großen, breitschultrigen Mann am anderen Ende des Zimmers, bis sie seinen Blick auf sich fühlte, der ihr Einhalt gebot, sie aufforderte, seine Anwesenheit zur Kenntnis zu nehmen. Alles drehte sich vor ihr. Einen Augenblick lang hatte sie das Gefühl, in Ohnmacht zu fallen. Das vertraute Gesicht schien einem Geist zu gehören, doch dieser sonnengebräunte Mann, der so viel Männlichkeit ausstrahlte, den Raum beherrschte, war aus Fleisch und Blut. Alles um sie herum versank, es gab nur noch sie und ihn.

»Ich wußte nicht, daß... daß du zurück bist, Matthew. Niemand hat mir berichtet, daß du wieder im Lande bist.«

»Wie du siehst, bin ich wieder hier. Wie geht es dir, Krystle?«

Sie konnte nicht antworten. Sie standen da, ein paar Schritte voneinander entfernt, getrennt durch Blake

Carringtons luxuriösen weißen Teppich, seinen Glastisch, seine Sekretärinnen, die sie beobachteten, ja, selbst durch Blake, der auf der Schwelle seines Büros stand und sie ebenfalls beobachtete.

Sie wandte sich um. Er lächelte und kam auf sie zu, legte seine Hand besitzergreifend um Krystles Taille, küßte sie leicht auf die Wange, wandte sich zu Matthew und lächelte. »Willkommen zu Hause, Matthew.«

Krystle erstarrte. Sie fühlte, wie Ärger und Unbehagen sie erfüllte. Hatte Blake dies inszeniert, um zu testen, wie sie sich benahm, wenn sie unerwartet ihrem Liebhaber begegnete? Besser gesagt, ihrem Ex-Liebhaber – seit mehr als einem Jahr. Aber anscheinend war sich Blake dessen nicht sicher. War es möglich, daß er Matthew von Saudi-Arabien zurückbeordert hatte, um in Erfahrung zu bringen, wie sie bei seinem Anblick reagieren würde?

»Bis zum Dinner«, hörte sie Blake sagen, als er sie zum Ausgang geleitete.

Beim Abendessen erzählte Blake ihr, Steven und Fallon, welche außerordentlichen Umstände Matthew und die übrigen Leute des Denver-Carrington-Teams aus dem Mittleren Osten getrieben hatten. Krystle machte sich Vorwürfe, weil sie ihn verdächtigt hatte. Er erzählte, wie der Ölförderturm plötzlich von Guerillas angegriffen worden war, Lastwagen gebrannt und explodierende Granaten sie vom Feld getrieben hatten. Auf dem Weg zum Flughafen waren sie ständig von

Scharfschützen befeuert worden. Matthew und seine Helfer waren froh, mit dem Leben davongekommen zu sein.

»Ich flog mit dem gleichen Flugzeug wie Matthew von New York hierher«, sagte Steven. »Er hatte kein anderes Gepäck als das, was er auf dem Leib trug. Matthew ist wirklich ein netter Kerl, ich mag ihn.«

Blakes Tochter Fallon sah aus wie eine chinesische Puppe. Sie hatte riesengroße blaue Augen, lange schwarze lockige Haare, einen hellen Teint und einen unschuldig wirkenden Mund. Doch gerade dieser Mund verzerrte sich oft, sagte bittere Worte. Zum Teil war an Fallons schlechter Stimmung die natürliche Rivalität schuld, die die einzige verwöhnte Tochter der jungen Frau ihres Vaters gegenüber empfand. Im Grunde war Fallon keineswegs oberflächlich, sie war sogar sehr intelligent, was sie aber die meiste Zeit gut zu verbergen verstand. Krystle wußte, daß sie in geschäftlichen Dingen das Interesse und den entsprechenden Ehrgeiz besaß, den sich Blake eher von seinem Sohn gewünscht hätte.

Fallon bedrängte Blake mit ihren Fragen. »Wer waren sie? Russen?« fragte sie.

Blake betrachtete sie über den Rand seines Weinglases. Er amüsierte sich über den Eifer seiner Tochter.

»Amerikaner«, sagte er.

Sie fragte weiter: »Wie stehen unsere Chancen, dort weiterzumachen? Oder zumindest die Anlagen zu retten?«

»Ohne die Marine«, antwortete Blake gezwungen, »kann ich es nicht riskieren.«

»Du verhandelst mit Leuten, die eigentlich nur ihre Aufgabe zu erfüllen haben«, sagte Fallon und imitierte – bewußt oder unbewußt – die Stimme ihres Vaters.

»Was meinst du, Steven?« wandte sich Blake an seinen Sohn. Doch seine Stimme klang erheblich weniger freundlich.

Steven mied den Blick seines Vaters. »Ich kenne mich darin nicht aus«, sagte er nicht unfreundlich und starrte auf seinen Teller.

»Nun, glaubst du nicht, es wäre an der Zeit, daß du dich ein wenig dafür interessierst?« fragte Blake.

»Ja, Sir«, gab Steven mit gepreßter Stimme zu.

»Blake«, sagte Krystle sanft, »Steven war mir bei der Hochzeitsvorbereitung eine große Hilfe. Er...«

»Ja«, unterbrach sie Blake mit ironischem Ton, »ich kann mir vorstellen, daß er darin sehr gut ist.« Doch Krystles Stimme besänftigte ihn, und er schien froh zu sein, das Thema wechseln zu können. Da sich Fallon nicht im Mittelpunkt fühlte, war sie wütend. Wie zufällig geriet sie an ihr Weinglas, das sich über die weiße Damastdecke ergoß. Als der Diener kam, um den Schaden zu beheben, ergriffen Fallon und Steven die Gelegenheit, sich zurückzuziehen.

»Nur noch zwei Wochen«, sagte Blake und lächelte ihr über den Tisch zu. »Die Zeit scheint nicht zu vergehen.«

Am liebsten hätte sie ihn frank und frei gefragt, ob er

es arrangiert hatte, daß sie und Matthew sich in seiner Gegenwart trafen, doch sie verdrängte es und lächelte zurück. Sie liebte ihn. Mit Matthew und ihr war es aus. Blake hatte recht, ein Themawechsel war sehr angebracht. Es gab so vieles, das besprochen werden mußte.

»Ich wünschte mir, Fallon käme besser mit mir aus«, griff sie den Faden auf.

Blake lehnte sich zurück und grinste. »Fallon ist sehr verwöhnt«, sagte er, »ich weiß das, doch sie ist ein gutes Kind und wird sich schon an dich gewöhnen. Wie kann jemand dich nicht lieben? Soll ich mit ihr reden? Ja, das wäre eine gute Idee. Ich werde ihr sagen, wie wichtig ihr beide für mich seid und wie sehr ich mir wünsche, daß ihr gut miteinander auskommt. Es wird höchste Zeit, daß Fallon einen passenden Mann findet, das ist das ganze Problem.«

»Man sollte nichts überstürzen«, sagte Krystle.

»Auf alle Fälle werde ich mit ihr reden«, sagte Blake bestimmt. Die Gelegenheit dazu ergab sich bereits am nächsten Tag, als Michael ihn und seinen Anwalt, Andrew Laird, vom Büro nach Hause fuhr. Der Wagen fuhr die Auffahrt hinauf, die links und rechts von Bäumen eingesäumt war. Doch die beiden Männer waren so in ihre Papiere vertieft, daß sie die Schönheit der Natur nicht wahrnahmen, auch nicht die Pferde in der Ferne. Als das Autotelefon läutete, nahm Blake geistesabwesend den Hörer ab.

»Ja, hallo?«

»Willkommen zu Hause, Daddy.«

»Fallon! Wo bist du denn? Ich bin gleich zu Hause. Er sah zum Fenster hinaus und bemerkte, daß sie in Kürze bei der Villa angelangt waren. Durch das Fenster erblickte er Fallon auf dem Pferd. Sie war nur noch wenige Meter von ihm entfernt, sprach in einen Walkie-Talkie und lächelte ihm zu. Graziös paßte sie sich den Bewegungen des Pferdes an. Sie ritt heute Blakes Lieblingspferd, den Rotschimmel, und das ihre trabte nebenher.

»Daddy, weißt du nicht, daß es eine Energiekrise gibt? Wie kannst du also weiterhin in diesem benzinfressenden Ungetüm herumfahren?« neckte sie ihn. Michael verlangsamte die Fahrt und betrachtete sie mit anerkennenden Blicken.

»Halt an, Michael«, sagte Blake und schob den Stapel Papier zu Andrew hinüber. Er lockerte seine Krawatte. Der Wagen hielt an. Die Pferde stampften den Boden, als Blake aus der Limousine ausstieg und sich in den Sattel schwang. Ohne darauf zu warten, bis er sich bequem zurechtgesetzt hätte, gab Fallon ihrem Pferd die Sporen und galoppierte über die weite Grassteppe, unter herunterhängenden Ästen, im Sonnenlicht. Ihr Lachen begleitete sie. Blake galoppierte hinter ihr her. Sie machte es ihm nicht leicht, sprang über eine Hecke, fegte durch eine Baumgruppe, übersprang einen Graben.

Die ganze Zeit blieb sie vor ihm, bis sie ihr Pferd zum See hinunter trieb und es ins Wasser zwang. Das Pferd bäumte sich auf, warf Fallon ab. Sie plumpste mit dem Kopf voraus ins Wasser. Wütend tauchte sie auf, spuckte Wasser und schimpfte. Blake stand am Ufer, bereit, ihr nachzuspringen, wenn sie seiner Hilfe bedürfte.

»Alles in Ordnung?« fragte er ängstlich.

Sie watete aus dem See, ihre Würde hatte gelitten, doch nicht ihr Stolz.

»Alles in Ordnung«, sagte sie, »aber dieses verdammte Pferd kann etwas erleben, wenn ich es erwische.« Sie schaute zu ihrem Vater hoch, verbarg ihre Verlegenheit hinter Schnoddrigkeit. »Ich weiß, Blake Carrington, du hast dieses Pferd bestochen, mich ins Wasser zu werfen.«

Blake lachte. »Ich brauchte es nicht zu bestechen; es arbeitet für mich.«

»Gibt es in ganz Colorado irgend jemanden, der nicht für dich arbeitet?« brummte sie und setzte sich ans Ufer, um ihre schwimmenden Stiefel auszuziehen. Sie hielt sie hoch, und das klare Wasser des Sees tropfte heraus. »Gib mir bitte deine Jacke und dreh dich um.«

»Was soll ich?«

»Nun, ich kann ja nicht in den nassen Kleidern zurückreiten«, grinste sie und fing an, ihre Bluse aufzuknöpfen. Ihr Vater zog hastig die Jacke aus, warf sie ihr zu und wandte sich um, um die Schönheit seines Privatsees und die Berge dahinter zu bewundern.

Sie ritten auf dem Südpfad zum Haus zurück, über flache Ebenen. Sie ritten Seite an Seite. Fallon war barfuß, trug nur die blaue Jacke ihres Vaters, die ihr bis zu den Knien reichte. Sie unterhielten sich.

»Ich habe Cecil Colby gesagt, er solle seinen Neffen mit zur Hochzeit bringen«, sagte er beiläufig. Aber seine Tochter wußte, daß er nie etwas ohne Hintergedanken sagte. Ihre Antenne stand auf Wachsamkeit.

»Es ist deine Hochzeit. Du kannst einladen, wen du willst«, sagte sie.

»Er heißt Jeff, ein kluger Bursche. Vor ein paar Monaten fing er bei Cecil zu arbeiten an. Ich glaube, er ist in deinem Alter.«

»Ich kenne ihn, Daddy. Als wir vierzehn waren, besuchten wir zusammen das Sommercamp.«

»Nun, ich habe mir gedacht, du könntest dich etwas um Jeff kümmern. Er kennt in Denver noch nicht viele Leute und...«

»Ich verstehe«, unterbrach ihn Fallon. »Hast du dich schon über die Mitgift geeinigt? Bargeld oder Aktien?«

Blake hielt inne. Sie hatten die Anhöhe erreicht, von der aus man das Haus sehen konnte. Er schaute zu seiner hübschen, unglücklichen Tochter herunter und seufzte. Er konnte mit Öl umgehen, Freund und Feind nach seiner Pfeife tanzen lassen, aber diese kleine lebhafte Person konnte ihn um den Finger wickeln. Er wußte, er müßte strenger mit ihr sein, doch eigentlich wußte er nicht, was das Beste für sie wäre. »Fallon, mein Liebling, du hast mich gefragt, was ich mir zur Hochzeit wünsche? Das schönste Geschenk, das du mir machen könntest, wäre, wenn du...«

»...wenn ich glücklich verheiratet wäre und damit versorgt«, beendete sie den Satz mit kühler Stimme.

»Genau«, sagte Blake.

»Das ist Unsinn, Daddy, und das weißt du genau. Die Colbyco-Ölgesellschaft läßt Denver-Carrington wie eine Tankstelle an der Ecke erscheinen, und das macht dich rasend. Du meinst nicht die Heirat, sondern eine Fusion.«

Blakes Geduld war am Ende, er wurde ärgerlich. »Ich möchte das Beste für dich und natürlich auch das Beste für Denver-Carrington. Was ist falsch daran?«

Fallon schleuderte ihm ihre Worte entgegen: »Warum konzentrierst du dich immer auf mich? Du hast doch einen Sohn; er ist der natürliche Erbe. Verheirate doch Steven, damit er den Prinzen zeugt. Oder wie sieht es mit dir und Krystle in dieser Beziehung aus? Sie scheint mir eine gute Bruthenne zu sein.«

Blake zerrte heftig am Zügel. »Ach, entschuldige«, sagte Fallon sarkastisch, »wenn ich es am nötigen Respekt habe fehlen lassen. Ich meine, was soll ich deiner Meinung nach tun? Soll ich ihr die Füße küssen?«

Blake packte seine Tochter am Arm und drehte sie zu sich herum. Seine Stimme klang ruhig, aber kalt und hart, diesmal jagte sie sogar ihr Angst ein.

»Ich werde dich nicht anflehen, meine zukünftige Frau zu akzeptieren. Doch du mußt es schlucken, daß sie das Wichtigste in meinem Leben ist. Und du und dein Bruder und überhaupt alle hier müssen sich daran gewöhnen.«

Sie versuchte, ihren Arm loszureißen und die Tränen zu verbergen, die plötzlich ihre Augen füllten. »Und du scherst dich den Teufel darum, daß sie noch vor kurzem mit jemand anderem im Bett war?« Sie schwang sich aufs Pferd und lehnte sich herunter, um ihm einen letzten Streich zu verpassen. »Oder irre ich mich?« Dann gab sie dem Pferd die Sporen und galoppierte auf das Haus zu. Blake sah ihr einen Augenblick nach, dann stieg er ebenfalls aufs Pferd und folgte ihr in angemessenem Abstand.

Als er den Stall erreichte, war er nicht sehr überrascht, zu entdecken, daß ihr Pferd noch nicht da war. Wahrscheinlich jagte sie es durch die Gegend, um ihren Dampf abzulassen. Er übergab dem Stallknecht die Zügel und ging ins Haus, um seine Besprechung mit dem Anwalt, die Fallon unterbrochen hatte, zu Ende zu führen. Doch Fallon tobte sich nicht auf dem Pferderücken aus. Sie war direkt zur Garage gegangen. Sie trug nichts außer der Jacke ihres Vaters und lächelte den Chauffeur herausfordernd an. Michaels biegsamer junger Körper war über die glänzende Limousine gebeugt. Er polierte ihre glatte Oberfläche mit langsamen, zärtlichen Bewegungen, sich ganz der Nähe Fallons bewußt. Ohne sich nach ihr umzudrehen, öffnete er die Wagentür, schlüpfte hinein und öffnete die Tür der kleinen Bar. Seine Bewegungen waren langsam und überlegt. Er nahm einen kleinen Martinishaker, eine Flasche Gin, eine Flasche Vermouth und zwei Gläser sowie ein kleines Silbertablett heraus. Sorgfältig bereitete er die Cocktails und stellte sie auf das Tablett. Als er wieder ausstieg, grinste er sie vertraulich an. Er kam auf sie zu und bot ihr einen Martini an. Sie schüttelte ablehnend den Kopf. Er stellte das Tablett auf einen Hocker und wandte sich ihr wieder zu, mit seinem hintergründigen Lächeln. »Willst du deinen Mantel ausziehen?« fragte er hinterhältig. Fallon sagte nichts. Sie stand einfach da mit ihren nackten Füßen und hielt die Augen geschlossen, als die Jacke ihres Vaters zu Boden glitt.

Kapitel II

Krystle war allein in ihrem Apartment. Sie trug ihr bequemes lavendelfarbenes Hauskleid, hatte eine dampfende Tasse Kaffee vor sich und sah sich im Raum um. Sie liebte dieses winzige gemütliche Heim, das sie sich geschaffen hatte, als sie vor zwei Jahren nach Denver gekommen war. Als ihre erste Ehe gescheitert war, dachte sie, sie hätte alles verloren. Doch sie hatte hier ein neues Leben begonnen, und dieses anderthalb Räume umfassende Apartment bedeutete Unabhängigkeit und Geborgenheit für sie. Irgendwie war sie traurig, daß sie es aufgeben mußte.

Unerwartet wurde sie von einer Art Panik erfaßt, dem Gefühl, sie schreite auf einen unergründlichen Abgrund zu. Plötzlich schmeckte der Kaffee bitter. Langsam setzte sie die Tasse ab, ganz benommen von dem Gedanken, daß sie vielleicht den Fehler ihres Lebens beging. Doch sie liebte Blake, und er betete sie an. Er war ein charmanter Mann, überlegt, intelligent und fürsorglich. Die Aussicht, die Herrin über so ein großes Anwesen zu sein, war einschüchternd, sie war überzeugt, daß sie Fehler machen würde. Blake hatte sie beruhigt, und sie glaubte ihm, als er sagte, daß nichts, was sie täte, ihn aus der Fassung bringen könnte, und er immer stolz auf sie sein würde.

Doch ihre Hand mit dem riesigen fünfkarätigen Verlobungsring zitterte. Warum erschienen ihr die schäbige Einrichtung und die abgenutzten Teppiche in diesem Apartment plötzlich so wertvoll? Sie hatte von vorehelichen Angstzuständen gehört, die so weit gehen konnten, daß schon mancher Bräutigam oder manche Braut vor der Hochzeit davongelaufen waren. Doch sie war ja eine erwachsene Frau. Zwar war sie zwanzig Jahre jünger als Blake, aber auch sie hatte schon eine Ehe hinter sich und wußte genau, was sie tat. Sie heiratete aus Liebe. Es lag an Matthew, daß diese Wohnung Atmosphäre hatte. Als sie ihn heute morgen gesehen hatte, kam die Erinnerung wieder. Sie sah seinen Kopf auf dem Sofakissen, erinnerte sich daran, wie vorzüglich seine Salatsaucen geschmeckt hatten und die Rühreier, die er zum Frühstück mit ihrem Tee ans Bett gebracht hatte, als sie erkältet war.

Matthew Blaisdel, ein großer, blonder, gutaussehender Mann, der sie liebte und sie ihn. Matthew Blaisdel, der erste Ingenieur bei der Denver-Carrington, dessen Gehalt fast völlig für die Erziehung seiner Tochter und die Behandlung seiner Frau in einer psychiatrischen Klinik aufgezehrt wurde. Er hatte sich freiwillig nach Saudi-Arabien gemeldet, um ihre Affäre zu beenden, die aussichtslos gewesen war. Bald wurden der Trennungsschmerz und ihre Einsamkeit durch Blakes Aufmerksamkeiten gemildert. Er lud sie zum Essen, ins Theater, ins Konzert, zum Tanzen und auf Partys ein, bis ganz Denver wußte, daß sie ein Verhältnis mit ihm hatte, und irgendwann hatte sie es wirklich. Er bedeutete ihr sehr viel. Sie liebte ihn.

Warum nur quälte sie die Erinnerung an Matthew Blaisdel immer noch? Das war falsch, es mußte zu Ende sein, ein für allemal, bevor sie einen anderen heiratete. Krystle griff resolut nach dem Telefonhörer und wählte die Nummer, die sie so oft gewählt hatte.

»Können wir uns treffen?« fragte sie ohne Umschweife, und er war einverstanden.

Sie wußten, welcher Ort dafür in Frage kam. Sie schlüpfte in ihre Jeans und einen Rollkragenpullover, zog ihre Cordjacke darüber und fuhr mit dem Mercedes aus der Stadt in Richtung Mountain-Highway, die kurvenreiche Straße hinauf zu einem Parkplatz in einer Haarnadelkurve. Er wartete bereits. Ihr Herz machte einen Sprung, als sie seinen Wagen erkannte, der dort auf sie wartete. Er stieg aus und eilte auf sie zu. Krystle warf sich ohne zu überlegen in seine Arme. Ohne ein Wort zu sagen, lösten sie sich voneinander. Sie waren leicht verlegen, lächelten wie Fremde, die sich zum ersten Mal begegneten. Dann legte Matthew seinen Arm um ihre Schultern und führte sie zu dem Pfad, der zu einem Plateau führte. Von dort aus hatte man einen herrlichen Blick auf die Berge und den weiten blauen Himmel.

»Liebst du ihn?«

»Ja. Ich meine, ich... ich liebte ihn, bis...«

Sie blickten sich einen langen, schmerzhaften Augenblick in völliger Harmonie an, erinnerten sich an die Hoffnungslosigkeit ihrer Beziehung und die Gründe, die sie gezwungen hatten, sich zu trennen.

Matthews Stimme verriet seinen Kummer. Seine liebe, vertraute Stimme erweckte in Krystle Gefühle, die sie verdrängt hatte. »Du hast eine gute Wahl getroffen, Krystle. Greif nach dem Glück und laß es nicht mehr los!«

»Aber...« Krystle dachte an Blake, der sie liebte und sich auf sie verließ und auf sie wartete. Doch sie sah Matthew an und sagte die Wahrheit. »Wenn ich die geringste Möglichkeit gesehen hätte, daß wir einen Weg finden würden, ohne Claudia zu verletzen. Gibt es überhaupt einen Weg, Matthew?«

Matthew wich ihrem Blick aus. Er ließ seine Augen über die Berge und die Schneekuppen schweifen und schüttelte den Kopf. »Nein, es gibt keinen Weg«, sagte er schließlich.

»Ich weiß, Scheidung kommt nie in Frage«, sagte sie fest. »Aber, Matthew, bitte, schau mich an. Ich werde Blake nicht heiraten, wenn ich dir noch etwas bedeute.«

Er wandte sich um und schaute sie an. War er entschlossen zu lügen, oder würde er ehrlich sein? »Nein«, sagte er.

Sie kämpfte gegen den vernichtenden Schmerz, der sie erfaßte, die Tränen, die ihren Blick verschwimmen ließen. Eine Mauer stand zwischen ihnen, auch wenn seine Augen seine Worte Lügen straften – die Worte galten.

»Es tut mir leid, ich hätte dies nicht sagen sollen«, bemerkte sie traurig. »Ich glaube, es gibt nichts mehr zu sagen.« Sie drehte sich um und schlug den Weg zu ihrem Wagen ein. Sie bemerkte nicht, daß Matthew Tränen in den Augen hatte.

Matthew fuhr mit seinem Wagen auf der anderen Seite des Berges, in Richtung Aspen. Er versuchte, die Gedanken an Krystle zu verdrängen und betrachtete die liebevoll eingepackten Päckchen neben sich. Auf einer Karte stand »Für Lindsay von Dad«. Auch er hatte die letzten Monate versucht, Krystle zu vergessen. In Saudi-Arabien war harte Arbeit zu leisten, die die ganze Kraft erforderte, da fiel es leichter. Hier war Krystle in erreichbarer Nähe. Er dachte an ihren Blick, ihr Angebot, auf eine Heirat zu verzichten, die sie zur reichsten Frau im Land machen würde. Wofür? Sollte sie ihr Leben für ihn opfern, für ihn, der ihr nicht einmal einen einfachen Trauring anbieten konnte? Er lenkte seinen Scirocco zum Haus seiner Mutter. Seine 14 Jahre alte Tochter, die inzwischen gewachsen und noch anmutiger geworden war, tollte wie ein übermütiges Fohlen über die Wiese und warf sich in seine Arme. Sie hatte auf ihn gewartet. Ihr Gepäck stand auf dem Trottoir vor dem Haus. Seine Mutter stand da und legte die Hand über die Augen. Sie ließ Vater und Tochter Zeit, sich zu begrüßen.

Nachdem die Geschenke aus Saudi-Arabien geöffnet waren und sie Mutters Geflügelsalat verschlungen, den Eistee getrunken und die Heidelbeertorte gegessen hatten, verabschiedeten sich Matthew und Lindsay von Mrs. Blaisdel und kletterten in den Wagen. Lindsay winkte ihrer Großmutter zu, bis sie außer Sicht war. Dann machte sie es sich auf ihrem Sitz bequem und fragte: »Wohin fahren wir, Dad?«

Bewußt beiläufig antwortete Matthew: »Wir werden bei Mama vorbeischauen. Dann fahren wir nach Denver zurück. Einverstanden?«

Das junge Mädchen – halb Kind, halb Frau – runzelte die Stirn. Ihr Gesicht schien überschattet, als Matthew sie anblickte.

»Liebling«, sagte er behutsam, »du willst doch auch deine Mutter sehen oder?«

Es berührte ihn, daß sie so schlecht lügen konnte. »Natürlich«, sagte sie und sah stur geradeaus.

Als er den Weg zu dem Hospital, das in einem Wäldchen lag, einschlug, weigerte sich Lindsay, auszusteigen.

»Ich weiß, deine Mutter würde sich über deinen Besuch freuen«, sagte er vorsichtig.

»Ich möchte nicht da hineingehen.« Sie war ganz Abwehr.

»Lindsay«, sagte Matthew geduldig, »es ist ein Hospital und sogar ein angenehmes.«

»Es ist eine Klinik für Verrückte. Ich möchte nicht da hineingehen.«

Matthew holte tief Atem. »Los, Lindsay«, sagte er. »Du bist alt genug, um es zu begreifen. Worte wie ›verrückt‹ gibt es für uns nicht. Deine Mutter hatte einen Nervenzusammenbruch. Sie benötigte Hilfe, deshalb kam sie hierher. Es geht ihr jetzt viel besser. Der Arzt schrieb mir, daß sie bald wieder nach Hause könne, und wir wären dann wieder eine richtige Familie. Nun, dafür kann man doch etwas tun oder? Zum Beispiel etwas sehr Wichtiges aufgeben, fügte er still für sich hinzu. Er lächelte seine Tochter zärtlich an. »Lindsay, schau mich an.«

Langsam, widerstrebend drehte sie sich zu ihm um und sah ihn an. Er beugte sich zum Fenster herunter. Er bat nicht, sondern erklärte. »Lindsay, weißt du, ich war in Saudi-Arabien, um das Geld für den Klinikaufenthalt zu verdienen. Das war der einzige triftige Grund, der mich von dir entfernen konnte. So komm bitte mit, und sieh dir die Klinik an. Deine Mutter liebt dich sehr, hat dich immer geliebt. Glaubst du nicht, daß sie unsagbar traurig wäre, wenn sie wüßte, daß du sie nicht sehen möchtest?«

Lindsay versuchte zu lächeln, statt dessen kamen ihr die Tränen. »Bitte, Daddy«, sagte sie und versuchte, die Tränen zu unterdrücken, »zwing mich nicht, da hineinzugehen.«

Er überlegte und war einverstanden. »Nun gut«, sagte er, »ich will sehen, ob Mama zu uns herauskommen kann. Vielleicht können wir mit ihr eine kleine Spazierfahrt machen.«

Er ging auf das Hauptportal zu. Doch in wenigen Minuten war er wieder zurück, allein.

»Wo ist sie? Kommt sie nicht?«

»Sie ist nicht mehr hier«, sagte Matthew und nahm wieder auf der Fahrerseite Platz.

Lindsay erstarrte. »Heißt das,... daß sie geflohen ist?« flüsterte sie.

Matthew mußte trotz seiner Sorgen lächeln.

»Lindsay, ich kann nur wiederholen, das ist kein Irrenhaus. Die Ärzte waren der Überzeugung, daß sie ausgezeichnete Fortschritte machte, und vor ein paar Wochen entließen sie sie auf ihren eigenen Wunsch.«

»Haben sie dir nicht gesagt, wohin sie gegangen ist?«

Er zog einen kleinen Zettel aus seinem Hemd und reichte ihn ihr. »Natürlich. Sie ging in die nächstgelegene Stadt. Wir werden sie überraschen, einverstanden?«

Lindsays Kopfnicken war nicht gerade sehr begeistert.

Claudia Blaisdel arbeitete als Bedienung in einem Café. In ihrer unschönen Uniform und den bequemen Schuhen sah sie älter als einunddreißig aus. Ihre blonden Haare wurden von einer Haarspange zusammengehalten, und ihr einziges Make-up bestand aus Lippenstift. Ihr Gesicht war immer noch hübsch. Wer sich die Mühe machte, dieses Gesicht näher zu studieren, konnte feststellen, daß es einst fast schön gewesen sein mußte. Sie schien nicht überrascht zu sein, als ihr Mann und ihre Tochter das Café betraten.

Claudia servierte einem Paar an einem kleinen Tisch den Kaffee und kam dann zu ihnen. »Hallo, Lindsay«, sagte sie ruhig. »Hallo, Matthew.«

»Wie ist der Kaffee hier?« fragte Matthew und versuchte, keine Verlegenheit aufkommen zu lassen. Lindsay starrte vor sich hin. »Du scheinst nicht sehr überrascht zu sein, uns zu sehen«, bemerkte er.

»Dr. Jordan rief an, um mir mitzuteilen, daß ihr kommt. Ich bin noch nicht stark genug, Überraschungen zu verkraften«, sagte Claudia und lächelte schwach. »Ich freue mich riesig, dich zu sehen, Lindsay. Ich habe dich vermißt. Du bist ganz schön gewachsen.«

»Ja.«

»Nun«, sagte Matthew, um die unbehagliche Stille zu brechen, »setz dich doch her zu uns.«

»Das geht nicht, ich muß doch arbeiten.«

»Mach dir darüber keine Gedanken«, sagte Matthew schärfer als beabsichtigt.

»Es besteht keine Notwendigkeit, daß du hier arbeitest. Ich bin zurück. Rück rüber, Lindsay, damit sich deine Mutter setzen kann.«

Ohne aufzusehen, machte Lindsay ihrer Mutter Platz. Claudia setzte sich neben sie.

»Dr. Jordan sagte mir, es ginge dir sehr gut«, sagte Matthew. »Du siehst gut aus, ehrlich.«

»Ich werde jetzt ambulant behandelt, dreimal pro Woche in seiner Sprechstunde. Ich glaube, ich kann bald mit den Medikamenten aufhören.«

»Das ist ja prima.«

Dann war ihnen der Gesprächsstoff ausgegangen. Claudia sah zur Theke hinüber, wo der Besitzer des Cafés auf seinem hohen Stuhl thronte, seinen Kaugummi kaute und in einer Zeitschrift blätterte. Matthew folgte ihrem Blick.

»Hör zu«, sagte er, »hier können wir nicht sprechen. Sag doch deinem Chef, daß du hier aufhörst. Wir fahren nach Hause. Unterwegs besorgen wir uns ein paar Steaks, etwas frisches Brot, ein paar Flaschen Bier...«

»Ich kann nicht, Matthew.« Sie schaute ihn über den Tisch an. Ihre müden Augen schienen um Verständnis zu betteln.

»Wie meinst du das?« fragte er behutsam.

»Ich bin noch nicht bereit, ich muß erst noch mit etwas fertig werden, ich kann nicht einfach nach Hause gehen, als wenn nichts geschehen wäre. Vielleicht nach ein paar Monaten, nachdem ich mich mit meiner Arbeit selbst durchgeschlagen habe und gelernt habe, unter Leuten zu leben... unter normalen Leuten.«

Lindsay hatte aus ihrer Papierserviette kleine Kügelchen geformt, die sie auf dem Tisch hin- und herrollte.

»Es geht nicht nur um deine Entscheidung, Claudia«, sagte Matthew fest. »Lindsay und ich, wir brauchen dich. Wir wollen, daß du mit uns nach Hause kommst.« Er wartete. Keine Reaktion. »Lindsay«, fuhr er fort, wobei er Verbitterung in sich aufsteigen spürte, »sag deiner Mama, wie du darüber denkst. Sag ihr, daß du möchtest, daß sie mit uns nach Hause fährt.«

Lindsay schluckte schwer, öffnete den Mund, doch

kein Laut war zu hören. Ihre Finger krallten sich um die kleinen Papierkügelchen. Sie sah aus, als ob sie jede Minute in Tränen ausbrechen wollte.

»Laß sie in Ruhe, Matthew«, sagte Claudia gefaßt. »Was kannst du von ihr erwarten? Als sie mich das letzte Mal sah, rannte ich kreischend die Straße runter, faselte etwas von Teufelsanbetern und schlug mit einem Krocketschläger Autofenster ein. Sie hat das Recht, ärgerlich und verwirrt zu sein. Würde es dir gefallen, wenn drei Polizisten deine Mutter, die sich wie eine Wilde gebärdet, in eine Zwangsjacke stecken, und alle Nachbarn das Schauspiel miterleben?«

»Wir sind eine Familie«, erwiderte Matthew. »Wir gehören zusammen.«

Claudia sah ihn an. Was auch immer an Ärger, Streit, Kränkungen, Enttäuschungen und Mißverständnissen in der Vergangenheit zwischen ihnen stand, er hatte recht: sie waren eine Familie. Sie sehnte sich danach, den Arm um Lindsay zu legen, aber sie hätte es nicht ertragen, von ihrer Tochter abgewiesen zu werden. »Ich brauche Zeit«, sagte sie.

Sie überlegte, wie grau Matthews Haar geworden war, das jetzt von der heißen Wüstensonne ganz ausgebleicht war. In seinem markanten Gesicht hatten sich neue Linien eingegraben. Um die Augen hatte er Fältchen, da er immer seine Sonnenbrille vergaß, und um den Mund hatten sich feine Linien gebildet. Man bezeichnete sie als Lachfalten. Sie wußte, auch sie besaß solche Falten, aber nicht vom Lachen.

»Vielleicht fehlt uns die Zeit«, sagte Matthew mit einem leichten Unterton von Ärger in seiner beherrschten Stimme. »Für Lindsay vergeht im Augenblick die Zeit sehr schnell, es treten Veränderungen bei ihr ein, die ihr die Mutter erklären sollte. Sie braucht die Hilfe der Mutter. Verstehst du das? Ich kann das nicht machen.«

Claudia betrachtete ihre Tochter, die am liebsten im Boden versunken wäre. Impulsiv legte sie ihre Hand auf Lindsays Hand. »Lindsay?« fragte sie. »Sag mir die Wahrheit, egal, wie sie ausfällt, aber ich muß es wissen. Möchtest du, daß ich nach Hause mitkomme? Oder würdest du lieber noch etwas warten?«

Das erste Mal, seit sie das Café betreten hatte, schaute Lindsay ihre Mutter offen an. Sie brach in Tränen aus. Unfähig, ein Wort hervorzubringen, griff sie nach ihr. Sie umarmten sich und ließen ihren Gefühlen freien Lauf.

»Ist ja gut«, flüsterte Claudia. »Es wird jetzt alles gut. Wir haben keine Garantie, aber wir wollen es versuchen.«

Erst in diesem Augenblick war sich Matthew völlig sicher, daß diese Entscheidung die richtige war, die einzig richtige. Er stand auf und ging zu dem Cafébesitzer, um ihm mitzuteilen, daß er seine Frau mitnehme.

»Ich weiß noch nicht, was ich mit Matthew Blaisdel anfange«, sagte Blake einen oder zwei Tage später am Telefon. »Am wenigsten kann ich ihn hier in Denver brauchen. Zur Hölle mit diesen verdammten Terroristen.

Hätten sie sich keinen anderen Zeitpunkt aussuchen können? Sie nehmen überhaupt keine Rücksicht auf mich. Bitte, Jake, schau, daß du etwas für ihn findest, draußen in der Raffinerie. Ich teile dir dann meine Entscheidung mit.« Er legte den Hörer auf. Dann beauftragte er seine Sekretärin: »Würden Sie bitte Miss Jennings anrufen, ich glaube, sie ist zu Hause.«

»Nein, sie ist hier«, sagte Krystle von der Türschwelle seines Büros. Blake drehte seinen Stuhl herum und begrüßte sie mit einem glücklichen Lächeln.

»Liebling, welch reizende Überraschung! Ich hatte keine Ahnung, daß du hier bist.«

»Es tut mir leid, ich wollte nicht lauschen. Ich bin es gewohnt, einfach so hereinzukommen, doch das sollte ich mir abgewöhnen. Es gibt bestimmt Dinge in deinem Leben, die weder deine Freunde noch deine Verlobte etwas angehen.«

»Wie meinst du das, Krystle? Komm her zu mir, damit ich dich sehen kann. Welch ein reizendes...«

»Blake, seit ein paar Tagen geht mir etwas durch den Kopf, und deine Worte am Telefon bestätigen das... Es war doch kein Zufall, daß ich hier in deinem Beisein Matthew Blaisdel begegnete, oder? Du hast dieses Treffen ganz bewußt arrangiert. Bitte belüge mich nicht.«

Krystle war wütend. Sie sah in dem einfachen dunklen Kostüm, das sie das erste Mal getragen hatte, als sie bei ihm zu arbeiten anfing, hinreißend aus. Es erinnerte Blake daran, wie ihm damals zumute war, daß er sich in den Kopf gesetzt hatte, diese kühle, schöne, heißblütige

Frau zu gewinnen. Das Unerreichbare hatte ihn immer gereizt, ihn unwiderstehlich angezogen. Krystle sah in ihrem Zorn begehrenswerter aus denn je.

»Würdest du mir glauben, wenn ich dir versicherte, daß es Zufall war?« fragte er.

Krystle wußte, daß er log. »Nein«, sagte sie traurig. Sie wandte sich um und ging aus dem Büro.

Später am Nachmittag hatte sie das Telefon abgestellt und versuchte, sich auf einen Roman zu konzentrieren, der sie ihren Sorgen entrücken sollte. Sie las einen Abschnitt und sah sich in ihrer gemütlichen Wohnung um. Laut sagte sie zu sich selbst: »Wenn es sein muß, kann ich noch mal von vorne anfangen. Ich brauche weder Matthew Blaisdel noch Blake Carrington. Ich kann alleine leben, kann hingehen, wohin ich möchte, und kann tun und lassen, was ich will – ich bin nicht abhängig von der Liebe eines Mannes. Dann las sie den Abschnitt noch einmal durch und versuchte, sich an den Inhalt der Geschichte zu erinnern. Als es läutete, sprang sie überrascht auf.

Als sie die Tür öffnete, sah sie sich einem Berg Blumen gegenüber. Krystle wich einen Schritt zurück, und der Berg kam in ihre Wohnung. Drei Boten setzten ihre riesigen Körbe und Vasen ab und gingen hinaus, um noch mehr zu holen. Krystle beobachtete sprachlos, wie sich ihre Wohnung mit Blumen füllte, in Körben, Vasen und allen verfügbaren Gefäßen. Erst als es keine freie Stelle mehr gab, gingen die Blumenboten, ohne ein Wort zu sagen. Doch kurz danach läutete es erneut.

Krystle wäre fast über einen Strauß Rosen und Anemonen in einer Silberschale gefallen, als sie versuchte, sich einen Weg zur Tür zu bahnen. Dieses Mal stand Blake Carrington vor der Tür. Er hielt die Hände auf dem Rücken und lächelte zerknirscht.

»Ich weiß, ich verdiene nicht, daß du mir verzeihst«, sagte er. Als sie antworten wollte, gebot er ihr Einhalt und betrat hinter ihr die Wohnung. »Warte, sage nichts«, fuhr er fort. »Ich bekenne mich schuldig für alle Schwerverbrechen und kleinen Übeltaten, deren man mich anklagt. Das einzige, was ich erwarten kann, ist Verzeihung unter Einbuße aller Rechte und Privilegien.«

»Blake«, sagte sie, »das ist ernst. Ich kann es nicht im Vorübergehen entscheiden, unter dem Eindruck deines Blumenmeers und deines bestrickenden Charmes. Wenn du kein Vertrauen zu mir hast...«

»Ich bitte dich nur um das eine«, sagte er, dieses Mal ganz ernst. »Können wir heute abend beim Essen darüber reden?«

Sie hätte am liebsten nein gesagt.

»Übrigens«, fuhr er fort, »ich habe dir etwas mitgebracht.«

Glaubte er im Ernst, er könnte mit Brillanten ihre Meinung beeinflussen? Doch in der Hand, die er auf dem Rücken gehalten hatte, hielt er einen kleinen Veilchenstrauß. »Das ist das einzige, was sie noch hatten«, sagte er. »Irgendein Liebeskranker hat das ganze Geschäft ausgekauft.«

Sie konnte sich ein Lächeln nicht verkneifen, konnte seinem Blick nicht widerstehen, konnte gegen ihr Gefühl für ihn nicht an. Zehn Minuten später saßen sie im Wagen. Michael hatte den Auftrag, sie zum Essen zu fahren.«

»Wie möchtest du gerne essen?« fragte Blake. »Französisch, japanisch.«

»Nichts Extravagantes«, antwortete Krystle. »Und bitte, nichts Teures.«

»Wie du willst.« Er lächelte sie an, also ob sie ein großer Schatz wäre, den er verloren und wiedergefunden hatte.

»Vielleicht chinesisch«, schlug sie vor.

»Hast du gehört, Michael?« fragte Blake. Zwischen dem Fahrersitz und dem Rücksitz war eine Scheibe, die aber fast nie geschlossen war. Michael nickte. Es kam Krystle in den Sinn, daß der Chauffeur sehr viele Dinge mitbekam. Sie fragte sich, ob Blake seinen Chauffeur überhaupt als einen Menschen ansah, der Ohren besaß und vielleicht auch Schwächen. Doch es war nicht Blakes Art, Dinge zu übersehen. Michael war wohl der verschwiegenste junge Mann auf der Welt, sonst hätte Blake nicht so viel Vertrauen in ihn gesetzt.

Doch sie fuhren nicht in das Chinesenviertel der Stadt, sondern zum Flugplatz. Michael hielt vor dem Hangar, in dem Blakes Privatjet untergebracht war.

»Blake, was soll das?« fragte sie.

Er half ihr aus dem Wagen. »Du wirst schon sehen. Komm schon.«

An Bord des Flugzeugs nahmen sie einen Aperitif und ein Hors d'Œuvre ein. Gerade als die Sonne hinter der Golden Gate Bridge ins Meer sank, waren sie in San Francisco. Blakes Pilot hatte einen Wagen bestellt, der sie abholen sollte. Bald waren sie in Chinatown angelangt und standen vor einem kleinen, schwachbeleuchteten, unattraktiven Restaurant.

»Hier wären wir«, sagte Blake. »Sieht nach nichts aus. Aber glaub mir, dieses Restaurant macht das beste *Char Su Bow* im ganzen Westen.« Als ihn Krystle ungläubig ansah, schüttelte er unschuldig den Kopf. »Es ist nicht teuer. Wir kommen hier mit zwanzig Dollar weg, einschließlich Steuer und Trinkgeld.« Er öffnete ihr die Tür.

»Was wäre gewesen, wenn ich ein französisches Restaurant vorgeschlagen hätte?« fragte sie.

»Dann hätten wir in New Jersey auftanken müssen«, antwortete er.

Das Essen verlief in bester Stimmung. Erst, als sie wieder im Flugzeug waren, wurden sie ernst. Der Jet war luxuriös ausgestattet, halb wie ein Büro, mit einem Schreibtisch, Computer und Direktverbindungen zu allen Niederlassungen der Denver-Carrington, und halb wie ein bequemes Wohnzimmer mit weichen Lederstühlen und einer Schlafcouch. Es schloß sich ein kleines, aber perfekt eingerichtetes Schlafzimmer für zwei Personen an. Krystle kuschelte sich mit bloßen Füßen in einen der hohen Stühle, Blake hatte seine Jacke ausgezogen und die Krawatte abgebunden. Er stand vor der Bar.

»Brandy?«

»Nein, danke.«

»Was möchtest du?« fragte er und prüfte die Temperatur des Weinregals.

»Ich möchte meinen Job wieder haben«, sagte Krystle ruhig.

Blake schenkte zwei Brandys ein und kam zu ihr. »Das kann doch nicht dein Ernst sein, daß du wieder Bohrberichte schreiben und Xerox-Maschinen bedienen möchtest.«

»Ich sehe meine Freundinnen nicht mehr, Blake. Sie vermissen mich.«

Er setzte eines der Brandy-Gläser auf den kleinen Glastisch vor ihr und setzte sich in den Stuhl gegenüber. Dann lehnte er sich vor und sprach ganz behutsam.

»Das wird vorübergehen. Deine Freunde sind bei uns jederzeit willkommen. Du hast sie doch zur Hochzeit eingeladen, oder? Doch ich glaube nicht, daß das dein eigentliches Problem ist.«

Sie wußte nicht, was sie sagen sollte, starrte auf ihre Hände. Der große Verlobungsring hatte sich gedreht, der Brillant zeigte jetzt nach innen. Jetzt, da sie nicht mehr so viel tippte, waren ihre Nägel nachgewachsen.

»Möchtest du die Hochzeit abblasen, Krystle? Ist das dein Wunsch?«

Sie konnte nicht antworten.

»Nun«, sagte er, »lassen wir die Münze entscheiden.« Er entnahm seiner Jacke, die er über den Stuhl gehängt hatte, eine Münze. »Zeigt sie Kopf, heiraten wir, wenn die Wappenseite oben liegt, heiraten wir nicht.«

Sie starrte ihn überrascht an.

»Das kann doch nicht dein Ernst sein.«

Doch sie sah, daß er es so meinte. »Ich habe mir in meinem ganzen Leben noch nie etwas so sehr gewünscht wie dich, Krystle«, sagte er ernst. »Doch ich wage es, dem Schicksal die Entscheidung zu überlassen.«

»Ich glaube dir nicht«, sagte sie.

Statt einer Antwort warf Blake die Münze. Sie rollte auf den Tisch, und er legte seine Hand darauf, bevor sie sehen konnte, was sie zeigte.

»Wenn die Münze Wappen zeigt, gehen wir getrennte Wege«, sagte er.

Sie konnte den Blick nicht von ihm wenden. Sie war wie erstarrt, aber auch seltsam erregt.

Blake schickte sich an, seine Hand zu heben. Schnell legte sie ihre Hand auf seine, hielt sie fest.

»Diese Entscheidung wird unser weiteres Leben bestimmen«, flüsterte sie. »Wir können nicht einen Münzwurf darüber entscheiden lassen.«

Blake zuckte zusammen. »Ich brauche keine Münze, um zu erfahren, wie mir zumute ist oder was ich tun möchte. Ich liebe dich, Krystle. Ich weiß, daß ich dich heiraten möchte, um den Rest meiner Tage mit dir zu verbringen. Doch ich bin bereit, es dir oder dem Schicksal zu überlassen, wenn du nicht sicher bist. Liebst du mich?«

»Ich… ich, natürlich liebe ich dich.«

Blake schien nicht überzeugt. »Sehr?« beharrte er. »Ein wenig? Vierzig Prozent? Fünfundsechzig Prozent? Leidenschaftlicher als ein Hurrikan, weniger als eine Bö?«

»Oh, Blake, ich liebe dich, aber manchmal habe ich das Gefühl, daß ich dich überhaupt nicht kenne. Du kannst überwältigend sein. Manchmal denke ich, ich kenne nicht einmal mich selber, weiß nicht, was ich wirklich möchte. Ich habe in der Vergangenheit ein paar falsche Entscheidungen getroffen: eine gescheiterte Ehe, ein paar Affären, die sich am Anfang immer verheißungsvoll anließen, aber… Manchmal, wenn du so einnehmend bist, bekomme ich etwas Angst. Ich frage mich dann, wer der Mann, den ich zu heiraten gedenke, eigentlich ist.«

Blakes Stimme zitterte, drohte zu versagen, als er ihr antwortete. »Ich bin der Mann, der dich liebt, Krystle, der dich immer lieben wird. Das schwöre ich. Ich habe mir eine Welt aufgebaut, an deren Spitze ich stehe. Ich kann haben, was ich will, aber ich möchte nur dich. Ich habe beim Punkt Null angefangen und mußte mir einiges aneignen, das Menschen auszeichnet, die überleben, zum Beispiel die Unersättlichkeit, ein böses, zänkisches Weib oder eine Klapperschlange. Weißt du, was diese gemeinsam haben? Sie fürchten nichts und niemanden, und sie überleben. Sie sind nicht hübsch anzusehen, geben keine guten Haustiere ab, aber ich habe das Gefühl, daß sie genauso Liebe brauchen wie eine Hauskatze.«

»Oh, Blake, ich liebe dich.«

»Aber?«

»Oh, Blake, verstehst du denn nicht? Du bist nicht die Ursache, ich kann mich nur nicht daran gewöhnen, daß...«

»Sag es. Ich beiße dich nicht. Ans Geld?«

Krystles Hand lag immer noch auf seiner. Keiner von ihnen wollte den Kontakt unterbrechen. Ihre zitternden Finger streichelten seine kräftige Handoberfläche, als sie sprach.

»Ich wuchs in einer Stadt auf, die kleiner als dein Eßzimmer war«, sagte sie. »Als mein Vater starb, fehlten uns die zweihundert Dollar zu seinem Begräbnis.«

»Würdest du dich wohler fühlen, wenn ich meinen Reichtum verschenkte?« fragte er.

»Das ist doch lächerlich.«

»Ja, das stimmt, aber nicht deshalb, weil ich es nicht tun würde. Es ist deshalb lächerlich, weil es nichts ändern würde. Würde ich morgen wieder aus dem Nichts anfangen, hätte ich am Ende des Jahres eine Million Dollar und das Jahr danach zehn Millionen. So läuft das nun mal, hat aber nichts mit mir als Mensch zu tun. Ich liebe dich, Krystle.« Er beugte sich näher zu ihr hinüber. »Muß ich wirklich arm sein, damit du mich anziehend findest?«

»Das ist nicht fair«, flüsterte sie heiser.

Blake legte seine freie Hand um ihre Taille und befreite seine Hand von ihrer. Er hob sie hoch und betrachtete die Münze. »Wappen«, sagte er.

Er stand auf und wandte sich von ihr ab.

Krystle schaute von der Münze auf Blake, der sich entfernte. Ihr Blick schwankte zwischen Angst und Faszination. Ihre Emotionen überwältigten sie, und sie wußte, es gab keine Rettung.

»Blake«, rief sie ihn sanft.

Er wandte sich zu ihr um, unbeweglich.

Sie deutete ein kleines Lächeln an. »Laß uns die Münze nochmal werfen.«

Er wartete, ohne seinen Gesichtsausdruck zu ändern.

»Ich liebe dich«, sagte sie.

Keine Reaktion.

»Hundert Prozent«, sagte sie. »Ich schwöre es.«

Sein Blick entspannte sich. Er ging einen Schritt auf sie zu. »Beweise es«, sagte er rauh, als er sie in die Arme schloß.

In dieser Nacht dachte sie kein einziges Mal an Matthew Blaisdel. Zwei Tage später hörte sie, daß Matthews Frau aus der Klinik entlassen worden war und wieder zu Hause lebte. Ihr einziger Wunsch war, daß sich seine Ehe so glücklich gestaltete, wie ihre ganz bestimmt sein würde.

Aber eine Ehe zu kitten ist etwas ganz anderes als eine Ehe neu zu beginnen. Matthew und Claudia Blaisdel waren schon fünfzehn Jahre zusammen. Der Start für ihre Ehe war Claudias Schwangerschaft in der High School. Sie hatten harte Zeiten hinter sich, finanziell, gefühlsmäßig und sexuell.

Matthew hatte Zeiten, in denen er allein sein mußte, um seine Dämonen zu bekämpfen. Eines Nachts hatte ihn sein alter Freund Walter Lankershim in der Turnhalle gefunden, wie er gegen einen Sandsack ankämpfte. Walter mußte auch ein paar Schläge einstecken, bis er ihn soweit gebracht hatte, mit ihm ein Bier trinken zu gehen.

»Nun«, fragte der alte Mann, nachdem sie sich in einer Kneipe niedergelassen und das erste kalte Bier geschluckt hatten, »wer brachte dir dein Wissen über das Ölgeschäft bei?«

»Die *Colorado School of Mines* (Bergwerksakademie von Colorado)«, antwortete Matthew ironisch.

»Ich meine nicht das ganze geologische Gewäsch – Gesteinsbildung und sepzielle Schwerkraft und so weiter«, spottete Walter und wischte mit der Hand den Schaum aus seinem grauen Schnurrbart. »Ich meine, wer brachte dir bei, das Öl zu ›riechen‹, das heißt, wenn es unter tausend Fuß Gestein liegt und die cleveren Geophysiker mit ihren Magnetometern und Seismographen hundert Meilen entfernt in leeren Löchern herumbohren?«

»Ich verstehe. Du warst es, der mir das alles beibrachte, aber die Zeiten sind vorbei. Ich habe viele Aufgaben zu erfüllen und bekomme jede Woche meinen Scheck...«

»Von Denver-Carrington«, spuckte Walter mit Ekel aus. Solange du Lohnempfänger bist, wirst du nie etwas Eigenes besitzen, mein Sohn. Ich nenne dich Sohn, da ich so für dich fühle, Matt, und ich möchte dich dazu bewegen, an dem größten Glücksfall, der mir je...«

»Hör auf mit dem Blödsinn, Walter. Nicht mit mir. Trink aus, ich muß nach Hause.«

»Matt, möchtest du mir nicht wenigstens zuhören?« Walter beugte sein rundes, ernstes Gesicht nach vorn und sprach mit leiser, vertraulicher Stimme. »Ich habe die Option auf fünfzehntausend Morgen in der Nähe von Meadsburg, die nach Rohöl dampfen.« Der alte Mann lehnte sich zurück, bewußt, daß er soeben ein Geheimnis preisgegeben hatte.

»Gut«, sagte Matthew und kippte sein Bier hinunter, »dann brauchst du nur einen Hammer und einen langen Nagel, und es wird wie Champagner aus dem Boden sprudeln.«

Walter trank sein Bier aus und stellte das leere Glas vor sich hin. Er schaute Matthew an. »Nun, da gibt es ein paar geringfügige, du verstehst... ganz geringfügige Probleme geologischer Art.«

»Wie Überschiebung?« fragte Matthew.

»Zum einen.«

»Und wie sieht es mit der Frist aus? Was ist, wenn du die Frist nicht einhalten kannst?«

Walter war erzürnt. »Glaubst du wirklich, ich würde mich auf einen kurzfristigen Vertrag einlassen?«

»Wieviel Zeit hast du, Walter? Und im übrigen, wer hat dir das Angebot unterbreitet?«

»Du bist ein harter Mann, Matt. Nun gut, spielen wir mit offenen Karten. Ich könnte noch ein Bier brauchen.

Du, ich hab 'ne Idee. Laß uns zu dem Förderturm hinausreiten, dann kann ich dir zeigen, wovon ich spreche. Ich brauche dich, Matt, und du brauchst mich. Los.«

»Ich kann nicht, Walter. Ich würde gerne wieder eine Versuchsbohrung machen, aber ich kann nicht.«

Die Bedienung kam auf Walters Handzeichen. Doch statt die Rechnung zu verlangen, bestellte der vierschrötige kleine Mann zwei weitere Bier.

»Trink du sie aus«, sagte Matthew. »Es tut mir leid, Walter, aber ich muß nach Hause.«

»Vielleicht später mal«, sagte Walter, »wenn du deine Meinung geändert hast.«

Matthew warf einen Schein auf den Tisch. »Das glaube ich kaum, Kumpel«, sagte er.

»Verlaß dich nicht allzusehr auf Blake Carrington«, rief Walter Matthew nach.

»Natürlich können Sie sich darauf verlassen, daß Blake das Richtige tut, das wissen Sie«, sagte Andrew Laird am folgenden Tag zu Krystle. Sie befanden sich in der Bibliothek der Carrington-Villa. Der Anwalt hatte seinem Aktenkoffer einen Stapel Papier entnommen und sagte, daß sie einige davon unterzeichnen müßte. Die Gesellschaft wollte es so. Sie hätte anstandslos unterschrieben, aber ihre zukünftige Stieftochter hatte gerade in dem Augenblick den Raum betreten, als Andrew seine Erklärung abgab. Sie kicherte unüberhörbar.

»Er meint eine voreheliche Vereinbarung«, erklärte

Fallon, indem sie sich über Krystles schockierte Reaktion amüsierte.

»Ich glaube, ich verstehe nicht«, sagte Krystle vorsichtig. Andrew gab eine Bemerkung von sich, die besagte, daß sie wohl ihrem Verlobten nicht zutraute, das Richtige zu tun. Sie nahm den Füller, den er ihr hinhielt.

»Es ist ganz einfach«, spöttelte Fallon. »Eine Art vorzeitige Scheidung des reichen Mannes.«

Andrew Laird sah ärgerlich von seinen Papieren auf. »Ich glaube nicht, daß dies der richtige Augenblick für Ihre Art von Humor ist, Fallon«, sagte er. »Nun, Krystle, unterzeichnen Sie bitte hier unten und da.«

Krystle zögerte. »Glauben Sie nicht, ich müßte es erst durchlesen?«

»Aber gern«, sagte der Anwalt leichthin. Er wirkte sehr selbstbewußt, wie ein Anwalt sein sollte, war groß und attraktiv und trug die gleichen maßgeschneiderten Anzüge wie Blake Carrington. »Wenn Sie sich die Zeit dazu nehmen wollen«, fuhr er fort. »Aber es ist lediglich eine Formalität, es ist nichts Ungewöhnliches daran.«

»Wie die Bibel«, mischte sich Fallon ein. Sie lehnte sich an die Ecke des großen Schreibtisches und weidete sich an Krystles Unbehagen. »Du hast nichts mitgebracht und wirst auch nichts mitnehmen«, sagte sie mit hämischem Grinsen.

»Fallon, wollen Sie uns bitte allein lassen«, sagte Andrew Laird mit fester Stimme.

Sie grinste. »Soll das eine Aufforderung sein, Andy? Versuchen Sie, mich zu bewegen, das Zimmer zu verlassen?« Da sie keine andere Antwort als einen Seufzer erhielt, machte sie kehrt, um zu gehen. Sie rief Krystle über die Schulter zu: »Es ist besser, du unterzeichnest, Baby, sonst geht deine Hochzeit nicht über die Bühne.« Die Tür fiel leise hinter ihr ins Schloß.

Krystle schaute den Anwalt an. »Stimmt das?« fragte sie gefaßt.

Er antwortete, ohne zu zögern. »Es wäre für alle einfacher, wenn Sie unterzeichnen würden«, sagte er.

Krystle leistete ihre Unterschrift unter die Papiere.

Fallon ging zur Küche hinunter, wie sie es immer getan hatte, um mit der geschäftigen Köchin und ihren Helferinnen ein bißchen herumzualbern. Sie fühlte sich dort sehr wohl. Hier war immer etwas für sie bereit: eine Süßspeise, ein Lächeln, eine Umarmung durch die Hausverwalterin oder die Köchin. Aber heute war der Tag vor Blake Carringtons Hochzeit, und keiner hatte für die Tochter des Hauses Zeit. Sechs Helferinnen waren zusätzlich eingestellt worden. Mr. Afferton überwachte das Entstehen des siebenstöckigen Hochzeitskuchens, der von einem französischen Konditor, der extra von Paris eingeflogen worden war, fabriziert wurde. Fallon brachte Mr. Afferton um ein Haar zu Fall. Sie tat es nicht absichtlich, aber es schien hier tatsächlich heute kein Platz für sie zu sein.

Der Konditor und Mr. Afferton beugten sich über eine große Abbildung, die auf dem Tisch ausgebreitet war und den Hochzeitskuchen darstellte. Fallon besah sich den Kuchen. Blumen und Herzen waren verschlungen, dazwischen waren freie Stellen, in die am anderen Tag frische Blumen und Herzen aus Eis eingefüllt werden sollten. Auf der Torte thronten eine Braut und ein Bräutigam Arm in Arm unter einem Bogen von Zuckerwatte.

Augenblicklich hatte Fallon die beiden Figuren vom Kuchen gerissen und stopfte sich die Braut in den Mund. Voller Genuß biß sie den Zuckerkopf ab, ließ den Körper in ihrem Mund schmelzen. Genauso erging es dem Bräutigam. Es wäre noch angenehmer gewesen, wenn das Paar nicht so entsetzlich süß gewesen wäre.

Kapitel III

Steven befand sich in seinem Zimmer. Er kleidete sich für die Hochzeit seines Vaters an, als er durch Josephs Klopfen gestört wurde.

»Steven, dein Vater würde dich gern sprechen. Er ist in der Bibliothek.«

»An seinem Hochzeitstag, Joseph? Uff, ich sollte mich gebauchpinselt fühlen. Stell dir vor, er nimmt sich an seinem Hochzeitstag die Zeit, mit seinem Sohn zu reden, zumal er mir seit meiner Ankunft aus dem Weg geht, als habe ich die Pest. Wußtest du, daß er Michael zum Flughafen schickte, um mich abzuholen? Doch Michael holte nicht mich ab, sondern Matthew Blaisdel, der mit dem gleichen Flugzeug ankam. Ich mußte mir ein Taxi nehmen. Wie findest du das?«

»Dein Vater wartet auf dich.« Joseph, der diesem Haus seit der Zeit, als Blake Carrington es von seiner ersten Million gekauft hatte, vorstand, wartete wie ein Roboter auf eine logischere Reaktion auf seine Botschaft.

»In Ordnung. Man soll einen Geschäftsmann nie warten lassen. Ich geh' schon«, sagte Steven kurz. Er wandte sich dem Spiegel zu und versuchte, seine blonde Tolle zu bändigen, die nicht einmal Mr. Gerards Haarschnitt in Form gebracht hatte. Als Joseph den Raum verlassen hatte, starrte Steven einen Augenblick sein Spiegelbild an. Er war zweiundzwanzig Jahre alt, warum also fühlte er sich wieder wie ein Kind, das von seinem Vater für irgendeine Untat getadelt wurde?

Andrew Laird und Blake erwarteten Steven in der Bibliothek. Fallon bezeichnete Andrew als den *consigliere* der Familie, einen Ausdruck der Mafia, den ihr Vater gar nicht lustig fand. Die beiden Männer waren bereits für die Hochzeit gekleidet. Sie nahmen gerade einen Drink zu sich und standen am anderen Ende des mahagonigetäfelten Raumes. Steven hatte sich gefreut, ein paar Minuten mit seinem Vater allein zu sein, selbst wenn ihm dieser einen Vortrag halten wollte. Ein Junge braucht seinen Vater, dachte Steven bei sich. Wie alt muß man werden, um aufzuhören, das Unmögliche zu erhoffen?

»Es tut mir leid... ich dachte, du wolltest mich sprechen«, sagte er zögernd.

»Das möchte ich auch«, antwortete sein Vater.

Andrew erhob sich aus seinem tiefen Ledersessel, stellte sein Glas auf den Tisch und stopfte einige Papiere in seinen Aktenkoffer. »Ich lasse euch beide allein«, sagte er. Er ließ das Schloß zuschnappen und verließ dann mit einem kleinen Lächeln den Raum.

»Möchtest du einen Drink?« fragte Blake und deutete mit einer vagen Geste auf ein kleines Tischchen, auf dem Flaschen und Gläser standen.

»Nein, danke.«

»Dann laß mich gleich zur Sache kommen, Steven. Du bist jetzt seit zwei Jahren aus der Schule, hast einen Abschluß, der dir nicht einmal dazu nützen würde, im Supermarkt Gemüse zu verkaufen...«

»Ich glaube, ich nehme doch einen Drink«, unterbrach ihn Steven. Er ging zu dem kleinen Tisch und goß sich Whisky in ein Glas. Sein Vater fuhr fort. »Seit fast zwei Jahren lebst du in New York und läßt es dir gutgehen. Du hast versucht, zu dir selbst zu finden. Nun, mein Sohn, die Zeit dafür ist um.«

Stevens spöttisches Lächeln glich dem seines Vaters.

»Wirklich?« fragte er. »Und zu welchem Entschluß bist du gekommen?« Er tat einen langen Schluck, auch wenn er Whisky nicht ausstehen konnte.

»Ich habe beschlossen«, erwiderte sein Vater, »daß du lange genug von hier weg warst, von der Firma. Es wird Zeit, daß du dich darum kümmerst. Sobald ich aus den Flitterwochen zurück bin«, sagte Blake und lehnte sich in seinem Stuhl zurück, der unter seinem Gewicht leicht ächzte, »beginnst du zu arbeiten.«

Steven stellte den Drink ab. Er schmeckte wirklich scheußlich. »Nun, welche Laufbahn hast du mir zugedacht, welchen Posten soll ich in der Firma bekleiden?« fragte er.

»Ich dachte, es müsse sich doch etwas für dich finden

lassen, das nicht so anstrengend ist. Vielleicht versuchst du es mit Public Relations.«

Ein breites Lächeln umspielte den Mund des jungen Mannes, doch seine runden blauen Augen veränderten ihren Ausdruck nicht. »Public Relations«, brach es aus ihm heraus. »Dad, möchtest du wirklich, daß ich der Öffentlichkeit sage, was ich von deiner Firma halte?«

»Es ist beruhigend, daß du dir überhaupt darüber Gedanken machst«, sagte Blake knapp. »Ich wußte nicht, daß du denken kannst.«

Der Whisky und die Kälte seines Vaters hinterließen ihre Wirkung. Stevens Bitterkeit war tief und reichte viele Jahre zurück. Sie hatte ihm eine Art Mut verliehen, der sich jetzt zum ersten Mal zeigte. Er hatte seinem Vater nie widersprochen, aber er war jetzt erwachsen und merkte, daß er sich nicht mehr fürchtete.

»Wie kannst du wissen, was ich tue und was nicht?« stieß er hervor. »Seit Mutter uns verlassen hat, scheinst du vergessen zu haben, wer ich bin, wenn dich nicht Joseph von Zeit zu Zeit diskret daran erinnert hätte.«

Blake wartete bewegungslos darauf, daß Stevens Ausbruch vorüberginge. Dann fuhr er fort: »Was wolltest du über mein Geschäft sagen, Steven?«

Er sank in sich zusammen. Welche Energieverschwendung, sich mit Blake Carrington anzulegen. Man hatte keine Chance zu gewinnen. Außerdem sollte dies für alle Beteiligten ein glücklicher Tag werden.

»Heute ist nicht die Gelegenheit, darüber zu reden. Es tut mir leid...«

»Ganz im Gegenteil«, unterbrach ihn sein Vater. »Heute ist der Tag, alle Rechnungen zu begleichen. Spuck es aus. Los.«

»In Ordnung.« Steven nippte wieder an dem Drink, doch das half ihm nicht. »Ich finde, du hast dieses Land verraten«, sagte er. Seine Stimme schwankte etwas, doch er fuhr fort. »Das ist meine ehrliche Meinung. Du und Colby und noch einige andere der großen Ölgesellschaften.«

Blake goß sich ein neues Glas voll. »Mach weiter, sag alles«, sagte er.

Steven fühlte sich plötzlich unbekümmert, fast heiter. Ungeachtet dessen, ob Blake ihn als Erwachsenen betrachtete oder nicht, er konnte frank und frei mit seinem Vater sprechen. Steven wurde sich bewußt, daß er sich wie ein Mann benahm, nicht mehr wie ein ängstlicher kleiner Junge. Er sprach aus, was ihn schon seit langem bewegte. Es war ein gutes Gefühl, endlich sagen zu können, was man dachte.

»Als du die Gelegenheit dazu hattest, hast du die Energiequellen dieses Landes nicht gefördert«, sagte er. »Statt dessen hast du dich auf die arabischen Ölfelder konzentriert, weil dies billiger war. Du hast aus den Ölscheichs Billionäre gemacht. Die arabischen Felder sind nun den Zugriffen jeder Armee, die den Mut hat einzumarschieren, offen...« Er hielt inne, außer Atem. Er war ungeheuer gespannt auf die Reaktion seines Vaters.

»Und ich bin persönlich für den Dritten Weltkrieg verantwortlich«, sagte Blake ungerührt. »Steven, ich habe diesen Quatsch bereits von Leuten gehört, die ich respektiere. Bist du wirklich der Meinung, du könntest mich überzeugen?«

»Vielleicht weißt du nicht, was du darauf antworten sollst«, erwiderte sein Sohn.

»Und wie lautet deine Antwort? Den Rest deines Lebens hier und da herumzuflattern, von Geld zu leben, das du nicht verdient hast?« Sein Ärger war so schnell entbrannt, daß Steven nicht darauf gefaßt war. Blake packte sein Handgelenk, drehte seine Hand herum und begutachtete sie. »Deine Hände sind so zart wie ein Kinderpo«, bemerkte er zornig, ohne ihn loszulassen. Am liebsten hätte Steven geheult.

»Bis jetzt bestand deine Hauptarbeit darin, deinen Namen unter eine Diner's Club-Karte zu setzen.« Er ließ die Hand seines Sohnes fallen, als wäre sie etwas Unappetitliches, das er zufällig in die Hand bekommen hatte.

Steven war jetzt so wütend, daß er jegliche Angst vor seinem Vater vergaß. »Vielleicht arbeite ich nicht«, sagte er bitter, »aber zumindest stehle ich auch nicht. Ich beute nicht das Volk dieses Landes aus, indem ich den Benzinpreis künstlich hochtreibe.«

Blake antwortete kalt wie immer. »Das ist eine Anschuldigung, die nie bewiesen wurde. Das Gericht kam zu dem Schluß, daß sie unrichtig sei, genauso urteilte das Energieministerium. Doch mein Sohn glaubt daran.«

»Ja, das stimmt.«

Blakes Ärger war stärker als seine Kälte, seine Stimme schwoll an. »Nun, zum Teufel noch mal, kann man denn erwarten, daß man einem gottverdammten Schwulen Aufmerksamkeit schenkt?«

Eisige Stille erfüllte den Raum. Steven starrte seinen Vater an, doch Blake vermied seinen Blick, bedauerte seine Worte.

»Ich wollte nicht... das wollte ich nicht«, sagte er. Er trank sein Glas leer, schenkte sich erneut ein und suchte nach einer Entschuldigung. »Ich wollte es wirklich nicht sagen, aber nun, ich hatte gehofft, du würdest nach Hause kommen, um zu arbeiten, und es würde vorbeigehen.«

Steven lehnte sich in seinem Stuhl zurück. Er beobachtete das Unbehagen seines Vaters ohne Gefühl, fühlte sich völlig ausgebrannt. »Wie hast du es herausgefunden?« fragte er. »Hast du einen Detektiv auf mich angesetzt?«

»Ich... ich bin dahintergekommen, basta. Irgend jemand sah dich und den Kerl, mit dem du in Greenwich Village zusammengelebt hast. Wie konntest du dich nur mit einem Mann einlassen? Steven, hör mir zu. Für einen Ausbeuter der Arbeiterklasse bin ich ein ganz gewiefter Bursche. Wenn ich nicht gerade damit beschäftigt bin, die Armen zu unterdrücken, lese ich sogar. Ich habe mich etwas mit Freud beschäftigt und verstehe vielleicht mehr, als du mir zutraust. Ich bin nicht intolerant, Steven, und es soll alles vergessen sein, wenn du die Chance, die ich dir biete, ergreifst.« Es fiel ihm nicht leicht, dies zu sagen. Er war Stevens stechendem Blick ausgewichen, aber er hatte gesagt, was gesagt werden mußte, und er gönnte sich jetzt einen langen Schluck, als ob er sich selbst für eine erledigte Pflicht belohnen wollte.

»Ich weiß nicht, ob ich das, was du ›Chance ergreifen‹ nennst, kann. Ich bin auch nicht sicher, ob ich sie ergreifen möchte.«

Blake sah nun seinen Sohn an, erstarrt, als hätte er ein Untier vor sich. Er wurde durch ein Klopfen an der Tür daran gehindert, die harten, brutalen Worte, die ihm in den Sinn kamen, auszusprechen.«

»Ja, was ist los?« rief er, indem er seinen Sohn haßerfüllt ansah.

Die Tür öffnete sich, und Joseph kam herein und verkündete, daß die Hochzeitsgäste gekommen seien. Blake nickte. Er kippte seinen Drink die Kehle runter und folgte Joseph, ohne seinem Sohn einen Blick zu gönnen.

Die Zeremonie war kurz. Die Braut sah strahlend aus in ihrem langen weißen Rock mit dem perlenbesetzten Jäckchen. Der Bräutigam schien unbekümmert, und als sie die Glückwünsche der Gäste entgegennahmen, legte er sogar für den Fotografen den Arm um die Schultern seines Sohnes.

Steven lächelte und schüttelte die Hände und hörte seiner Schwester zu, die ihre neue Stiefmutter über die Gäste, die Krystle noch nie zuvor gesehen hatte, aufklärte.

»Das ist Jerry Henderson, der sich durch Geld zum Kongreßabgeordneten hochgehievt hat, und das Bradley Milburn, der vor drei Jahren seine Frau umgebracht hat. Er erwürgte sie mit ihrer Strumpfhose. Andrew Laird kennst du ja schon. Er hat Milburn herausgepaukt. Oh, da ist ja Daddys Fußballmannschaft. Wer, um Himmels willen, sind diese Frauen? Wie kommen die hierher?«

»Das sind meine Freundinnen aus dem Büro«, sagte Krystle heiter. »Margaret, Charlotte, Doris. Ich möchte euch meine... das heißt Mr. Carringtons Tochter Fallon und seinen Sohn Steven vorstellen.«

Kurz darauf sah Steven, wie sein Vater Fallon einem gutaussehenden jungen Mann mit fülligem Haar und einem sympathischen Lächeln vorstellte.

»Ich freue mich, dich zu sehen, Fallon«, sagte Jeff Colby. »Ich war sehr gespannt auf dich, denn immerhin ist es einige Zeit her, seit wir zusammen im Sommercamp waren. Ich glaube, wir waren damals vierzehn.«

»Ja, wie ich sehe, trägst du keine Zahnspange mehr. Was macht dein neuer Job?« Fallons Frage klang nicht sehr interessiert.

»Mr. Carrington, darf ich Ihre Tochter etwas entführen?« fragte Jeff. Blake nickte zustimmend. Alle Gäste begaben sich in den sonnendurchfluteten Garten, wo ein Streichquartett die von Steven vorgeschlagene Bachsonate spielte.

Fallon war in schlechter Stimmung, auch wenn man es ihr nicht anmerkte. Ihre großen blauen Augen leuchteten unschuldig, ihre langen dunklen Wimpern verbargen ihre wahren Gefühle. Das Kleid, das sie zur Hochzeit ihres Vaters ausgewählt hatte, war etwas gewagt (wollte sie die Braut in den Schatten stellen?), doch geschmackvoll. Eine elegante Hülle für ihre schlanke, vollkommene Figur. Die anderen Hochzeitsgäste trugen Pastellfarben. Sie hatte sich für dramatisches Schwarz entschieden. Die eine Schulter war bloß.

Fallon und Jeff Colby gingen ein paar Schritte auf dem grünen Rasen. In der Hand hielten sie ihre Sektgläser und Kaviarbrötchen. Jeff bestritt den Großteil der Unterhaltung.

»Zur Zeit arbeite ich an einer Kampagne, die meines Erachtens recht durchschlagend sein wird«, sagte er. »Wir setzen Brother Rabbit und das Teerbaby ein. Das Ganze soll darauf zielen, daß Amerika von ausländischem Öl abhängig ist. Weißt du, das Teerbaby symbolisiert...«

»Ich weiß, was es symbolisiert«, unterbrach ihn Fallon unhöflich.

»Natürlich weißt du es«, sagte er schnell. »Ich wollte nicht...«

Sie lächelte. »Ich finde es alles etwas seltsam.«

Jeff erging es wie allen Leuten, die Fallon lieb anlächelte und ihnen gleichzeitig böse Worte sagte: er war verwirrt und fasziniert. »Seltsam?« wiederholte er schwach.

»Der Himmel bewahre mich vor süßen kleinen Teerbabys und süßen kleinen Kaninchen und reizenden kleinen Ölgesellschafts-Apologeten«, sagte sie und nahm einen kräftigen Schluck Champagner zu sich. Sie wandte sich um und sah Jeffs Onkel Cecil Colby, der sich in ihrer Nähe mit ein paar Leuten unterhielt. Sein Blick begegnete ihrem, und sie wußte, er hatte gehört, was sie gesagt hatte. Es wäre viel reizvoller, ihn zu ködern, als seinen farblosen Neffen.

»Weißt du, es gibt so etwas wie eine öffentliche Meinung«, fuhr Jeff fort.

Fallon sprach so laut, daß Cecil Colby sie hören mußte. Das gefiel ihr. »Wofür sollen wir uns schämen?« stieß sie hervor. »Dafür, daß wir hart gearbeitet haben, dabei halfen, dieses Land aufzubauen? Und daß wir dabei einen ehrlichen Dollar verdient haben?«

Jeff war verwirrt. »Einige Leute würden sagen, anderthalb Dollar«, bemerkte er vorsichtig.

»Einige Leute sagen auch, Amerika sollte in Kolchosen aufgeteilt und von einem Politbüro geführt werden.« Sie sprudelte nur so, da sie sich Cecil Colbys Interesse sicher war. Er hatte sich halb zu ihnen umgedreht. Er war der größte Rivale ihres Vaters und hörte ihr zu. Die Aufmerksamkeit des älteren, mächtigen Mannes schmeichelte ihr, und sie ließ alle ihre Geschütze auf Jeffs Haupt nieder.

»Sag, Jeff, haben die Ölgesellschaften in diesem Land den größten Profit?« fragte sie.

»Nein, natürlich nicht, aber...«

»Du kannst Gift darauf nehmen, daß sie es nicht haben«, sagte sie bestimmt. »Die Raumfahrt verschlingt viel mehr Kapital, ebenfalls die Fernsehstationen und die Elektronik. Warum nur macht man ein Geheimnis daraus? Wenn man die Energie dieses Landes autonom machen möchte, wer zahlt dafür? Washington sollte sich über die Gewinne der Ölgesellschaften freuen. Der Präsident müßte aus diesem Grunde eine Party im Weißen Haus geben und alle Kongreßabgeordneten und ihre Frauen und Geliebten dazu einladen...«

»Ich hole mir noch was zu trinken«, warf Jeff bedrückt ein. »Soll ich dir noch etwas Champagner bringen?«

»Ja, bitte.«

Doch als Jeff zurückkam, war sie nicht mehr da. Auch sein Onkel fehlte. Die beiden hatten ein paar Worte gewechselt, sich spontan zusammengefunden und waren den Hochzeits- und gesellschaftlichen Verpflichtungen und Jeff Colbys treuherzigen Hundeaugen entflohen.

Fallon saß am Steuer ihres Sportwagens und brauste über die Bergstraßen, der Wind wehte ihr ihre schwarzen Locken ins Gesicht. Cecil Colby, der dreißig Jahre älter war und es gewöhnt war, Risiken einzugehen, konnte durch ihre Fahrweise nicht erschüttert werden. Er saß ganz bequem und entspannt da. Schließlich verlangsamte sie die Fahrt. Nun, da es wieder möglich war, einander zu hören, sah Colby sie wohlgefällig an und machte ihr Komplimente.

»Sie sind ein kluges Mädchen. Wahrscheinlich werden Sie eines Tages die Firma Ihres Vaters übernehmen.«

Fallon zuckte mit den Schultern und lachte. »Ziemlich unwahrscheinlich«, antwortete sie. »Bei Denver-Carrington gibt es ein ungeschriebenes Gesetz. Auf der obersten Stufe des Managements sind keine Schwarzen, keine Juden, keine Eskimos und keine Frauen zugelassen.«

Cecil Colby lachte. »Vielleicht sollte ich Ihnen eine Gesellschaft übergeben«, sagte er. »Bestimmt habe ich einige kleinere übrig. Die wären gerade dafür geeignet, daß Sie sich an ihnen die Zähne ausbeißen, um für Größeres bereit zu sein.«

»Sie scherzen.«

»Nein, ich glaube nicht. Sie können mich ja testen. Wo möchten Sie einsteigen? In der Elektronik, der Kosmetik?«

Sie konzentrierte sich auf die Straße. »Tut mir leid«, sagte sie schließlich. »Ich nehme nichts umsonst.«

Cecil Colby lehnte sich zurück und grinste. »Nun, vielleicht finden wir eine Möglichkeit, wie sie mich eines Tages entschädigen können«, sagte er.

Sie sah ihn von der Seite an und grinste zurück. »Für einen alten reichen Billionär sehen Sie nicht übel aus«, bemerkte sie.

»Danke. Aber so hatte ich das eigentlich nicht gemeint«, sagte er lachend.

Fallon verlangsamte die Fahrt und legte den Rückwärtsgang ein. »Ich sollte wieder zurück zur Feier gehen«, sagte sie. »Meine neue Mutter fragt sich wohl inzwischen, wo ich stecke.«

Doch bevor sie gewendet hatte, brauste ein offener Jeep in halsbrecherischer Fahrt an ihnen vorbei. Entweder wollte sich der Fahrer das Genick brechen oder er hatte große Sorgen. Cecil Colby erkannte ihn.

»Verdammt, das war Walter Lankershim. Warum hat er es so eilig und woher kommt er? Sein Ziel liegt in der anderen Richtung. Los, Fallon, wir müssen herausbekommen, wohin er in einem solchen mörderischen Tempo rast.«

»Okay«, stimmte Fallon zu, legte den ersten Gang ein. Ihre Räder quietschten, als sie losbrauste und eine Staubwolke hinter sich ließ.

Der Jeep war nicht mehr zu sehen, aber Fallon kannte diese Straße gut. Die ganze Fahrt über hielt sie ein höllisches Tempo ein, legte sich in die Kurven, als ob es ihr Spaß machte, der Gefahr zu trotzen. Am Ende der Bergstraße erblickten sie den Jeep, wie er in den vierspurigen Highway einbog, der zu Denvers vornehmstem Villenviertel führte.

»Sieht ganz so aus, als ob er die Richtung zu Ihrem Haus einschlüge!« schrie Colby gegen den Wind an.

»Wer ist er?« rief Fallon zurück.

»Ein verrückter alter Kerl. Er hat mehr Geld gemacht und verloren, als Ihr Vater und ich zusammen. Er weiß, wo man Öl findet, versteht es aber anscheinend nicht, es für sich arbeiten zu lassen. Es interessiert mich, wieso er es so eilig hat...«

»Tatsächlich, er fährt zu uns«, rief Fallon, als sie den Jeep vor sich sah.

»Man wird ihn bestimmt nicht ins Haus lassen.«

Doch noch als sie sprachen, sahen sie, wie sich die Tore öffneten und ein Lebensmittellieferant herausfuhr. Der Fahrer des Jeeps nutzte die Gelegenheit und fuhr auf das Haus zu.

Fallon beschleunigte und spurtete hinterher, bevor sich die Tore wieder schlossen.

Die Hochzeitsgäste hatten sich vor dem Haus versammelt, um das Brautpaar zu verabschieden. Als Walter Lankershims Jeep auf die Menge zufuhr, schrie jemand auf, und einige Gäste brachten sich in Sicherheit, flüchteten auf den Rasen oder die Treppe. Es herrschte allgemeines Chaos, als ein rundlicher Mann mit Bart und grauen Haaren und einem ölverschmierten roten Hemd aus dem verschmutzten Jeep heraussprang.

Blake Carrington machte einem der Wächter ein unmerkliches Zeichen. Dieser zog, ohne den Eindringling aus den Augen zu lassen, einen kleinen Walkie-talkie aus der Gürteltasche und sprach leise hinein. Die Hochzeitsgäste wichen zurück, machten Walter Lankershim Platz, der sich wütend dem Bräutigam und der Braut näherte. Krystle, die jetzt ein taubengraues Kostüm trug, preßte ihren Brautstrauß an sich, sie wollte ihn ihren Freundinnen zuwerfen, wenn sie in die Limousine stieg. Sie hatte sich bei ihrem Mann untergehakt, doch Andrew Laird kam auf sie zu und drängte sie nach hinten, weg von Blake, der dem zornigen, rotgesichtigen Schürfer entgegensah. Dieser schrie ihm entgegen: »Ich möchte mit Ihnen sprechen, Blake Carrington.«

Blake stand ihm Auge in Auge gegenüber. Seine Stimme klang ruhig und gefaßt, doch seine Augen blickten zornig. »Wer, zum Teufel, sind Sie, daß Sie es wagen, meine Hochzeit zu stören? Sie setzen sich jetzt gefälligst wieder in das Ding, mit dem Sie hergekommen sind, und entfernen sich, solange Sie noch können, Walter.«

Niemand hatte Fallons und Cecil Colbys Rückkehr registriert. Sie hatten sich unter die anderen gemischt und hörten jedes Wort. Walter Lankershim gab sich keine Mühe, seine Stimme zu senken. Er schrie so laut er konnte. Seine heisere, brummige Stimme war im Laufe eines harten Lebens draußen noch beißender geworden. »Sie haben meinen Förderturm ausgetrickst und brachten meinen Bohrer ins Krankenhaus. Darüber müssen wir uns jetzt unterhalten, und Sie können sich Ihre Hochzeit an den Hut stecken.«

Das Gemurmel seiner Gäste ließ Blake die Fassung bewahren. »Sie sind ein Dummkopf, Walter«, sagte er. »Warum sollte ich Ihren Förderturm sabotieren?«

Der alte Mann wischte sich mit dem Hemdsärmel den Schweiß von seinem Schnurrbart. »Sie wollen, daß ich bankrott mache, damit Sie sich meines Landes bemächtigen können«, klagte er ihn an.

Blake schüttelte ungeduldig den Kopf. »Was brabbeln Sie da? Ich habe genug, um drei Leben leben zu können, ich brauche Ihr Ölfeld nicht.«

Hinter Blake hatte sich seine neue Frau der Obhut des Anwalts entzogen und hörte interessiert zu. Sie kannte

Walter Lankershims Ruf von ihrer Arbeit für die Denver-Carrington. Walter Lankershim war ein Sonderling, ein grober Klotz, der sich auf dem Bohrturm wohler fühlte als in Gesellschaft. Doch er war ein ehrlicher Mann. Niemand würde etwas anderes behaupten. Krystle beugte sich vor, um seine Anschuldigungen zu hören.

»Sie bekommen doch nie genug, Carrington«, sagte die bittere, ärgerliche Stimme jetzt etwas ruhiger. »Das Fieber hat Sie erfaßt, genauso wie mich. Es geht nicht einmal nur ums Geld, es ist das Besitzen. Sie werden erst dann zufrieden sein, wenn Sie so groß wie Colby sind, und Colby wird sich erst zufriedengeben, wenn er so groß wie Gott ist, aber ich werde größer als ihr beide zusammen sein. Denn ich sitze auf fünftausend Morgen Land, unter dem sich allerbestes Rohöl verbirgt. Und Sie werden nichts davon bekommen, wenn Sie auch noch so viele von meinen Leuten ins Krankenhaus bringen.«

Blake sah, wie Krystle auf ihn zukam. Er brachte ein kleines schwaches Lächeln zustande. »Ich glaube, meine Freunde langweilt diese Unterhaltung, Walter. Wenn Sie mit mir reden wollen, kommen Sie ins Haus, und wir unterhalten uns.«

Der Eindringling schüttelte den Kopf. »Alles, was ich sagen möchte, kann ich auch hier sagen. Ich komme gerade vom Hospital«, schrie er ärgerlich. »Mein erster Bohringenieur hat einen Schlag mit einem vier Zoll starken Kabel erhalten, das ihn vom Turm warf. Fünf Tonnen Gestein lösten sich, alle hätten tot sein können. Jemand hat das Kabel gelegt, Carrington.«

»Das tut mir leid. Es geschehen immer wieder Unfälle...«

»Wagen Sie es noch einmal, so etwas zu inszenieren, und ich werde...«

Er wurde unterbrochen durch das Knurren und den Angriff von zwei Dobermännern, die auf Befehl des Wächters nach Walter schnappten. Die Hochzeitsgäste schrien auf, als der Mann unter dem Gewicht der beiden Hunde zu Boden ging.

Der Wächter ließ einen Pfiff ertönen, und die Hunde ließen von ihrem Opfer ab. Lankershim, der mehr verblüfft als verletzt war, setzte sich auf und faßte an sein zerrissenes Hemd.

Blake Carrington wandte sich an seine Gäste. »Ich entschuldige mich für diesen Zwischenfall«, sagte er. »Es war noch nie leicht, mit Walter Lankershim zurechtzukommen. Joseph!«

Der Majordomus trat hervor. »Ja, Sir?«

»Was ist das eigentlich? Eine Hochzeit oder eine Trauerfeier?« fragte Blake und nahm Krystles Arm, um sie ins Haus zurückzuführen. »Wo ist denn die Musik? Brauchen wir noch Champagner?«

Joseph beeilte sich zu sagen: »Ich werde dafür sorgen, daß noch Champagner aus dem Keller geholt wird.«

»Laß uns nochmals mit unseren Gästen anstoßen, bevor wir gehen, Krystle. Das Flugzeug wartet auf uns.« Die Gäste strömten ins Haus. Blake wartete, bis er mit

Michael, der hinter dem Steuer der Limousine saß, ungestört reden konnte. Er wies auf Walter Lankershim, der humpelnd, niedergeschlagen, aber nicht besiegt zu seinem Jeep ging, und bedeutete seinem jungen Chauffeur, dafür zu sorgen, daß der Eindringling wartete, bis er mit ihm reden konnte.

Zwei Personen, die Blake Carrington nahe standen, versuchten zu verstehen, was sie gerade gesehen hatten. Krystle entschied, daß Lankershim jemanden, irgend jemanden, gesucht hatte, den er für sein Unglück verantwortlich machen konnte. Wenn man oben stand, versuchte jeder, einen vom Sockel zu stürzen. Doch Steven wußte, daß sein Vater zu allem fähig war.

Fünf Minuten später telefonierte Steven mit Matthew Blaisdel. »Walter Lankershim ist doch ein Freund von Ihnen, oder?« fragte Steven drängend. »Er ist hier hereingeplatzt und beschuldigte meinen Vater, er habe einen Unfall auf seinem Förderturm verursacht. Mein Vater wurde vor seinen Hochzeitsgästen in Verlegenheit gebracht und nimmt dies bestimmt nicht auf die leichte Schulter. Lankershim ist immer noch hier, Matthew, und ich befürchte, es passiert noch etwas, solange er hier ist. Können Sie vorbeikommen und ihn abholen?«

»Ich komme sofort«, antwortete Matthew. Er legte den Hörer auf und wandte sich zu seiner Frau um. Claudia hatte einen schlechten Tag; sie gewöhnte sich nur schwer an das »normale« Leben. Ihre Tochter Lindsay war schwierig, wie eben alle Teenager von Zeit zu Zeit, und Claudia wurde nicht sehr gut damit fertig. Matthew war irgendwie froh, einen guten Grund zu haben, der stickigen Küche und dem traurigen Gesicht seiner Frau für kurze Zeit zu entfliehen.

Dieser alte Narr würde sich in Schwierigkeiten bringen, solange noch Atem in seiner knarrigen alten Brust war. Matthew schuldete ihm nichts, nicht mehr, das war verdammt wahr, dachte er, als er zu den Carringtons fuhr. Es gab mal eine Zeit, als Walter ihm seinen ersten Job vermittelt hatte, und es gab Zeiten, in denen er Walter Geld geborgt hatte, und da waren Zeiten, in denen Walter alles verpulvert hatte und... aber all das gehörte der Vergangenheit an.

Matthew arbeitete jetzt für Carrington und Carrington heiratete heute Krystle, und wegen dieses gottverdammten alten Querkopfes mußte er in Krystles Hochzeit hineinplatzen. Seine Gedanken an Walter waren nicht gerade schmeichelhaft.

Steven hatte dafür gesorgt, daß die Gatter für ihn geöffnet waren. Als Matthew Walters Jeep sichtete, fuhr er die Straße entlang, die zum Dienstboteneingang führte. Einige der Garagentüren standen offen. Man vernahm das Geräusch eines Kampfes, der alles übertönte. Matthew hielt und sprang aus dem Wagen.

Carringtons Chauffeur und zwei Wächter – alle wesentlich jünger und in besserer Verfassung als der alte Mann – versuchten, Walter im Zaum zu halten. Als Matthew in die kühle Dunkelheit der Garage vordrang, erblickte er einen übel zugerichteten Walter, mit zerrissenem Hemd und blutender Nase. Die jungen Männer lockerten ihren Griff, und Walter kämpfte sich frei. Er stand auf und verpaßte einem der Uniformierten einen Faustschlag, der es in sich hatte.

Matthew mischte sich in den Kampf. Fäuste flogen, es wurde geschlagen, gestoßen, geboxt, er arbeitete mit den Ellbogen und den Knien, alle Mittel waren ihm recht, um den alten Mann freizubekommen. Aus dem Augenwinkel sah er, wie Walters Gesicht aufleuchtete, als er ihn erblickte, die Kräfte des alten Mannes schienen sich zu verstärken. Schließlich waren sie ein höllisch gutes Team: zwei gegen drei.

»So, das reicht. Schluß.«

Blake Carrington stand in der Tür. Als er sprach, zogen sich Michael und die Wächter sofort zurück. Walter und Matthew richteten sich auf, als Blake auf sie zukam. »Was tun Sie hier, Matthew?« fragte er ruhig.

»Warum schlugen sie auf ihn ein?« erwiderte Matthew Blaisdel.

»Er kam in meine Hochzeitsfeier hereingeplatzt, bedrohte mich und klagte mich vor meinen Gästen an. Er wurde ausfallend«, sagte Blake. »Doch, da es ein besonderer Tag für mich ist und da ich großzügig bin, bin ich bereit, Ihr rüdes Benehmen zu übersehen, Walter, und schlage vor, wir diskutieren den Fall aus wie zwei intelligente Geschäftsleute.« Matthew übersah er geflissentlich.

»Ich höre«, sagte Walter brummig und tupfte sich seine blutende Nase.

»Ich mache Ihnen für diese Optionen ein anständiges

Angebot«, sagte Blake. »Ich bin sogar bereit, es zu erhöhen – dreihundertzwanzigtausend plus zwei Prozent auf alles, was das Bohrloch produziert, was wahrscheinlich nichts anderes als Sumpf und schmutziges Wasser sein wird.«

»In Ordnung«, willigte Walter ein.

Matthew starrte seinen alten Freund wie vom Donner gerührt an. »Was heißt ›in Ordnung‹?« fragte er.

»Das heißt, ich bin erledigt und er weiß es. Ich mußte ein unerfahrenes Team anheuern, das keine Ahnung vom Ölbohren hatte, denn er hat sich alle guten Leute unter den Nagel gerissen und ließ verbreiten, daß er sehr ungehalten wäre, wenn jemand für mich arbeiten würde. Und nun habe ich gar keine andere Wahl, als sein Geld zu nehmen, Matt... zumindest kann ich damit meine Unkosten decken.«

»Prima«, sagte Blake ungerührt. »Ich werde meinen Anwalt beauftragen, Ihnen einen Scheck auszuschreiben.«

»Nein!« rief Matthew aus. Er drehte sich zu Walter um. »Du kannst jetzt nicht verkaufen. Das Feld kann zehnmal soviel wert sein, als er dir anbietet. Das ist deine Chance, Walter, auf die du dein ganzes Leben gewartet hast, auf die du hingearbeitet und wofür du dich jahrelang abgemüht hast.«

Walter schüttelte den Kopf. »Was geht das dich an? Du arbeitest ja für ihn, oder?«

Matthew stand jetzt Auge in Auge mit Blake Carrington. Durch die Garage stahlen sich die letzten Strahlen der Nachmittagssonne. Die beiden Männer besaßen ungefähr die gleiche Größe, der eine hatte einen eleganten Haarschnitt, der seine silbergrauen Haare gut zur Geltung kommen ließ und trug einen teuren Hochzeitsanzug, der andere hatte ein markantes Gesicht und sandfarbenes Haar, trug Jeans und Stiefel und eine alte Armeejacke.

»Haben Sie seinen Förderturm ruiniert, ja oder nein, Blake Carrington?«

Blake war unverhohlen wütend über diese Unterbrechung. »Ob ich es war oder nicht, geht Sie nichts an. Ihre Aufgabe ist es, da zu bohren, wo ich es Ihnen sage. Das ist alles.«

Matthew nickte gedankenvoll. »Dann ist es vielleicht besser, Sie kümmern sich selbst um diesen Job«, sagte er. »Komm, Walter, wir waren zu dieser Party nicht eingeladen.«

Die Männer in der Garage erstarrten, als sie Krystle Jennings in der Tür stehen sahen. Matthew zögerte nur eine Sekunde, dann streckte er seiner verlorenen Liebe die Hand hin. »Ich hoffe, du wirst glücklich«, sagte er und meinte es ernst.

Doch wie immer hatte Blake Carrington das letzte Wort. »Machen Sie sich darüber keine Sorgen«, sagte er eisig, »dafür werde ich schon sorgen.«

Kapitel IV

Matthew Blaisdel ging noch am selben Abend mit Walter Lankershim zum Förderturm hinaus, und auch er konnte das Öl tief in der Erde riechen. Plötzlich erfaßte ihn das Ölfieber, er war einverstanden, Walters Partner zu werden, dieses Öl ohne Blake Carringtons Geld zu fördern, irgendwelche andere Geldgeber zu finden, trotz der Barriere, die Blake Carrington errichtet hatte, die entsprechenden Arbeiter und die Ausrüstung aufzutreiben. Indem sich Matthew voll in die harte körperliche Arbeit stürzte und mit den endlosen Problemen, die sich ergeben, wenn man sein eigener Herr ist, herumschlug, blieb ihm keine Zeit mehr, an die Frau, die er verloren hatte oder die Frau, die er geheiratet hatte, zu denken. Claudias Depressionen hatten sich noch nicht gebessert, obwohl sie zweimal in der Woche den Psychiater aufsuchte und Pillen nahm. Matthew wußte, daß er nicht ganz unschuldig daran war, daß sie mehr brauchte, als er ihr im Augenblick geben konnte, aber trotz seines guten Willens konnte er ihr nicht alles geben. Er konnte sich nicht dazu zwingen, mit seiner Frau zu schlafen, wenn er ständig an die andere dachte. Matthew konzentrierte sich ganz auf den neuen Förderturm und die damit verbundenen Probleme.

Die Probleme wurden immer gravierender. Es geschahen zu viele unglückliche Zufälle, als daß dies noch im Bereich des Normalen hätte sein können. Walter war davon überzeugt, daß Blake Carrington im Hintergrund lauerte, um einzugreifen, darauf wartete, den Förderturm an sich zu reißen, wenn sie scheiterten. Doch Matthew wollte nicht an Blake Carrington denken, der sich auf der anderen Seite des Erdballs aufhielt, mit seinem Privatjet jede beliebige Insel Polynesiens besuchte und seine Flitterwochen genoß.

»Matthew, es tut mir leid, aber mir fehlen die Zwei- und die Sieben-Achtel-Schläuche. Es wird einige Zeit dauern, bis ich wieder welche habe. Mit ein paar Wochen muß man schon rechnen.«

Matthew mußte an sich halten. Fast einen Monat lang folgte ein Frust auf den anderen, ein Problem löste das andere ab, und nun kam noch der alte George Gandrey und log ihn unverblümt an.

»Du sagst, sie seien ausgegangen, aber ich habe gerade gesehen, daß wir noch genügend für sechs Bohrlöcher haben. Also mach dich an die Arbeit, du weißt ja genau, daß du dafür bezahlt wirst. Was gibt es also für Probleme?«

Der alte Griesgram, den die jahrelange Arbeit am Förderturm hart gemacht hatte, trat von einem Bein aufs andere und vermied Matthews Blick. »Ich verkaufe deine Order«, sagte er schließlich widerstrebend. »Ich erhielt dafür eine große Anzahlung, bar auf die Hand. Das hat nichts mit dir persönlich zu tun, Matthew, so ist halt das Geschäftsleben.«

»Eine große Anzahlung von Carrington.«

»Ich habe nicht gesagt von wem«, sagte der alte Mann und verbarg seine Hände in den schlotternden Jeans.

»Nein, du hast es nicht gesagt, aber ich«, erwiderte Matthew ärgerlich. »Carrington steht bei deinen Anteilen an zweiter Stelle. Wenn wir unser Öl nicht termingerecht gefördert haben, übernimmt er. Aber vergiß es, George, warum auch solltest du Rücksicht auf deine alten Freunde nehmen, wenn Carrington dir so viel Geld bietet.«

Er ging auf seinen Wagen zu. Noch bevor er am Zaun war, rief ihm George Gandrey hinterher.

»Da gibt's einen Kerl, der sein Geschäft ›Torres Pipe and Valve‹ nennt. Er hat alle Rohre, die du brauchst. Ich rufe ihn für dich an.«

Matthew drehte sich überrascht zu Gandrey um. Der Alte zuckte mit den Achseln. »Ich brauche dich wohl nicht darum zu bitten, die Sache zu vergessen?« fügte er bärbeißig hinzu.

Matthew schüttelte dem alten Mann die Hand und kletterte in seinen Wagen. Er fuhr zu einem Lokal, wo er sich mit seinem Partner treffen wollte. Walter wartete bereits. Er hatte eine Tasse Kaffee vor sich und sah sorgenvoll aus.

»Ich weiß inzwischen, wo wir die Rohre auftreiben können«, sagte Matthew und setzte sich Walter gegenüber.

Walter sah auf. »Und? Was wollen wir damit machen?«

Matthew lachte. »Wir wollen damit das reichste Ölfeld auf dieser Seite von Spindletop erschließen. Zumindest hast du mir das in Aussicht gestellt, als du mich dazu überredetest, miteinzusteigen in dieses gottverdammte Geschäft.«

»Das war, bevor die Leute abhauten«, grunzte Walter.

»Abhauten? Was ist passiert?«

Walters Augen waren rot umrändert. Er sah alt aus. Seine Hände zitterten, als er die Kaffeetasse zum Mund führte.

»Die Bank fand einen weiteren Grund, unseren Kreditantrag hinauszuzögern, und als ich ohne Geld ankam, suchten die Halunken, die wir angeheuert hatten, das Weite. Sie hauten einfach ab, ohne sich zu verabschieden. Das hat mir immer am Ölgeschäft so gefallen: die Loyalität.«

Matthew fiel nichts ein, um den alten Mann zu trösten.

»Laß uns erst mal essen«, sagte er und vertiefte sich in die Speisekarte, damit er nicht in das enttäuschte Gesicht seines Partners schauen mußte.

An diesem Tag faßte Matthews Frau den Entschluß,

sich von ihren Ängsten zu lösen. Sie machte sich auf den Weg zum Förderturm ihres Mannes. Ihr Gesicht strahlte, sie war glücklich, weil sie den ganzen Weg zurückgelegt hatte, ohne in Panik zu geraten. Es war das erste Mal seit ihrem Zusammenbruch, daß sie es wagte, sich ans Steuer zu setzen. Sie hatte das Gefühl, daß für sie und Matthew eine neue Phase begann. Es war ein heller, wolkenloser Tag. Auf dem Förderturm war es seltsam still.

Sie stieg aus und holte den Picknick-Korb, den sie mit belegten Brötchen, Käse und Wein gefüllt hatte, heraus und eilte auf den kleinen Schuppen zu, der als Büro diente. Doch die Tür war verschlossen.

»Matthew?« rief sie. Ihre Stimme hallte über das sandige Terrain und prallte an den Bergen dahinter ab. »Matthew?« rief sie von neuem, dieses Mal lauter. Ich habe keine Angst, beruhigte sie sich selbst. Irgend etwas bewegte sich. Sie sah einen blonden Schopf und ein blasses Gesicht, das inmitten des verwaisten Förderturms Gestalt annahm. Sie rang nach Luft.

»Entschuldigen Sie, ich wollte Sie nicht erschrecken.« Die Stimme klang jungenhaft und entschuldigend. Ein schlanker junger Mann in einem blauen Hemd, Jeans und teuren Stiefeln kletterte aus dem Bohrloch und wartete schüchtern darauf, daß sie etwas sagte.

»Ich… ich glaube, Sie taten es doch«, sagte sie und versuchte zu lächeln. »Wo sind denn die Leute alle?«

»Ich weiß nicht«, sagte der junge Mann. »Ich suche Matthew Blaisdel.«

»Ich auch«, sagte Claudia. »Ich bin Mrs. Blaisdel.«

Er näherte sich ihr und reichte ihr die Hand. Er hatte ein angenehm offenes Gesicht und ein gewinnendes Lächeln. »Ich bin Steven Carrington«, sagte er. Sein Händedruck war fest. Sie ließ sich von ihm zu einer behelfsmäßigen Bank führen, einem Brett, das über zwei Fässer gelegt war. Sie setzte sich.

»Ich frage mich, wo die Leute alle sind?« sagte sie. »Wahrscheinlich beim Essen.« Sie zeigte auf ihren Picknick-Korb. »Ich wollte ihn damit überraschen.«

»Das ist eine reizende Idee«, sagte Steven freundlich.

»Haben Sie schon gegessen?« fragte sie ihn spontan. »Ich habe Wein und Salamisandwiches und...«

»Das hört sich ja prima an«, sagte er, und sie erkannte, daß er es ehrlich meinte.

»Doch ich muß Ihren Mann suchen, um etwas Geschäftliches mit ihm zu besprechen. Vielleicht sind die Männer in Meadsburg?«

»Das kann sein; darf ich Ihnen ein Sandwich mitgeben?«

Er nahm es dankend an und machte sich auf den Weg, drehte sich noch einmal um und rief ihr zu: »Ein anderes Mal nehme ich mir Zeit für Sie. Seit meiner Kindheit habe ich kein Picknick mehr erlebt.«

»Aber gern«, rief sie zurück. Dann nahm sie ihr festliches Mahl allein zu sich.

Steven fand Walter und Matthew in der Driller-Bar in Meadsburg. Sie tranken mit ein paar Kumpeln Bier. Obwohl es bereits Nachmittag war, schien es niemand eilig zu haben, wieder an die Arbeit zu kommen. Steven kam zu einem Zeitpunkt, als sich Matthew Blaisdel gerade mit einem großen, finster aussehenden Mann namens Ed in der Wolle hatte.

»Gib's ihm, Big Ed!« schrie einer der Männer, »zeig ihm, wer der Boß ist.« Alle brachen in Lachen aus.

Walter Lankershim saß an der Bar, zeigte sich gleichmütig, knackte Erdnüsse und brummelte durch die Zähne. »Pust' ihm die Luft aus, diesem Hundesohn, und den anderen Hurensöhnen gleich mit.«

Ed sah so aus, als ob er gefährlich werden könnte. Er war stark und wild entschlossen, als er Matthews Arm packte und ihn auf den Tisch niederzwang.

Matthew stand auf und gab Ed die Hand. Inzwischen wurde für alle Bier bestellt. Ein Bohrarbeiter kam an den Tisch und grinste Matthew an. »Möchtest du's mal mit mir versuchen?« sagte er, »du hast ja sowieso nichts mehr zu verlieren.«

Steven nahm an der Bar Platz und bestellte sich eine Cola.

»Da bist du auf dem Holzweg, Bobby«, sagte Matthew lächelnd. »Wir haben etwas Pech gehabt, aber wir sind keine Verlierer. Alle hier, die das nicht verstehen und nicht bereit sind, ein Risiko einzugehen, sollten lieber eine schöne sichere Stellung in einem Supermarkt annehmen. Das Ölgeschäft ist ein Spiel, das reizt uns ja so daran. Also, Kumpels, wie sieht's mit eurer Risikofreudigkeit aus?«

»He, Matt, diese Rede hättest du dir sparen können.

Nur keine Tränen. Es ist ganz einfach: Du kannst uns nicht bezahlen, also arbeiten wir nicht. Wir mögen dich, Matt, aber so sehr auch wieder nicht.«

Walter Lankershim murmelte vor sich hin: »Schau sie dir doch an, die Schweinehunde. Wir haben sie aus dem Knast und dem Obdachlosenasyl geholt, um ihnen eine Chance zu geben, und was ist der Dank dafür? Jetzt, wo wir sie brauchen, lassen sie uns im Dreck stecken. Pfui Teufel!«

Doch sein Partner verhielt sich diplomatisch und freundlich. Die Männer hörten auf Matthew und nicht auf den alten Mann.

»Ich will euch was sagen. Ich habe neue Rohre in Aussicht und berechtigte Hoffnung auf einen Kredit bei einer neuen Bank in Pueblo. Also geht wieder an die Arbeit, und ihr bekommt heute den vollen Tag bezahlt.« Im Raum war es still. »Nun, wie gefällt euch die Idee?« fragte Matthew.

Keiner antwortete, bis Steven laut und deutlich sagte: »Ich arbeite für Sie, Matthew.«

Alle drehten sich nach ihm um. In seinem ganzen Leben hatte er sich nie so behaglich gefühlt, aber er hoffte, man sehe es ihm nicht an. »Sie brauchen mir nur zu sagen, was ich zu tun habe«, sagte er entschlossen. Ich habe mein ganzes Leben lang mit Fördertürmen zu tun gehabt...«

»Bist du nicht Blake Carringtons Sohn?« fragte einer der Männer.

»Ich bin Steven Carrington«, sagte er und wartete auf

die Reaktion, zog etwas den Kopf ein, als wollte er sich vor faulen Eiern schützen. Von klein an war er es gewöhnt, von den Feinden seines Vaters umgeben zu sein.

»He, kennst du dich mit dem schwarzen Zeug, das deinen Daddy reich gemacht hat, aus? Man braucht 'ne Woche, bis man es abgewaschen hat.«

»Du würdest heimkommen und nach Kerosin und Öl stinken, deine kostbaren Hemden wären voller Schweiß.«

Das spöttische Gelächter schwoll im Lokal an.

»Was würde wohl dein lieber Daddy sagen, wenn du dieses Zweihundert-Dollar-Hemd ruinieren würdest?«

»Er braucht es ja nicht zu waschen, du Dummkopf, er schmeißt es einfach weg.«

Der Mann, der Matthew mit seiner Kraft bezwungen hatte, stellte sich vor Steven. Er sprach laut zu seinen Freunden, ohne ein Auge von Steven zu lassen.

»Hört zu, Jungs. Wahrscheinlich hat ihn sein alter Herr geschickt, um zu spionieren.« Seine Augen verengten sich und glitzerten gefährlich, als er sich an Steven wandte. »Vielleicht sind wir wirklich nicht viel wert, aber dein Vater ist der größte Halsabschneider, den es je gab.«

Er stand vierschrötig da. Im Lokal war es totenstill.

»Geh nach Hause, Junge«, sagte Walter Landershim von der Bar her.

Steven unterdrückte seine Furcht. »Mein Vater ist kein Halsabschneider«, sagte er. Er rutschte von seinem Stuhl herunter, so daß er Auge in Auge mit Big Ed stand. »Er hat noch nie jemandem einen Job weggeschnappt«, fuhr Steven mutig fort und hoffte, daß seine Stimme nicht zittrig klänge, »und er hat noch nie einen Freund im Stich gelassen, der in der Klemme saß.«

»Gut, gut«, grinste Ed hämisch. »Nachdem du es mir nun gesagt hast, möchtest du es mir wohl zeigen, oder?«

Matthew Blaisdels Stimme erhob sich aus einer Gruppe von Männern, die sich darum drängten, den Kampf zu sehen. »Ich kann Ihnen in diesem Fall nicht helfen, Steven«, sagte er. »Entweder packen Sie ihn, oder Sie trollen sich. Ihr Vater ist hier nicht sehr beliebt.«

Steven zögerte, trat einen Schritt zurück, holte aus und landete einen kräftigen Kinnhaken auf Big Eds kantigem Kinn. Der lange Kerl streckte seine Zunge heraus, schmeckte Blut, grinste und stürzte sich mit der ungebärdigten Kraft eines Grizzlybären auf Steven.

Der Kampf war kurz, aber schmerzhaft. Ed hämmerte mit eisernen Fäusten und offensichtlichem Vergnügen auf Steven ein. Steven parierte so gut er konnte, doch verfehlte er seinen Gegner meistens und mußte Schlag um Schlag einstecken. Ein Schwinger auf seinen Kiefer warf ihn halb ohnmächtig zu Boden. Er gab sich alle Mühe, sich wieder hochzurappeln.

»He, Junge, laß es gut sein«, sagte jemand hinter ihm. Die Stimme gehörte Walter. »Du hast dich tapfer geschlagen«, sagte er.

Steven kam auf die Knie, schüttelte seinen Kopf, um ihn klar zu bekommen, und kämpfte um Halt.

»Bleibst du unten, du Bastard«, brummte sein Gegner.

»Matthew, ich möchte den Jungen nicht totschlagen, sag ihm, er soll gefälligst unten bleiben.«

»Gut, das reicht.« Matthew Blaisdel und Walter Lankershim halfen Steven hoch und trugen ihn zum Ausgang des Lokals.

»Bekomme ich den Job?« fragte er durch seine geschwollenen, blutverklebten Lippen.

»Ja, du kriegst ihn, mein Junge«, murmelte Matthew. »Nun sind wir immerhin zu dritt.«

Steven versuchte, sich auf den Beinen zu halten, aber seine Füße wollten ihm nicht gehorchen.

»Wofür willst du ihn einsetzen?« fragte Walter, als sie auf den Jeep zugingen.

»Nun, du mußt zugeben, er hat Mumm gezeigt«, erwiderte Matthew.

»Das soll nicht heißen, daß...«

»Walter, bringst du es einmal fertig, an jemandem etwas Positives zu finden? Er ist nicht Blake Carrington. Er ist er.«

Sie verstauten ihn auf dem Rücksitz, ganz behutsam, und Walter setzte sich ans Steuer. Als der Jeep an dem Lokal vorbeikam, machte ihnen Big Ed und ein paar andere ein Zeichen, anzuhalten.

»Okay«, rief Ed, »du hast gewonnen, Matt. Doch wenn wir bis Freitag unser Geld nicht haben, hast du uns gesehen.«

Walter nickte kurz und ließ den Jeep aufheulen.

Matthew lächelte, und Steven lehnte sich zum Fenster hinaus, um sich zu übergeben.

»Mein Gott, wie siehst du denn aus?« fragte ihn seine Schwester, als er nach Hause kam, nachdem er den restlichen Nachmittag auf dem Förderturm verbracht hatte. Sein Gesicht zeigte alle Farben, und sein Mund war angeschwollen und blutverkrustet. Das eine Auge war fast ganz zu und hatte eine purpurrote Farbe. Sein Hemd war zerrissen und seine Cordhose verschmiert.

»Wenn ich mich geduscht habe, erzähle ich dir, was passiert ist«, murmelte er, als er sich zur Treppe wandte.

»Ich habe auch Neuigkeiten für dich«, rief ihm Fallon hinterher. »Die romantischen Flitterwochen sind vorbei. Dad und – wie war noch ihr Name – befinden sich auf dem Heimweg. Sie werden morgen hier sein.«

Steven blieb auf der Treppe stehen. »Warum, was ist passiert?«

Fallon zuckte mit den Schultern. »Soweit ich das zusammenreimen kann, geht es um das kleine Land, in das Denver-Carrington eine Menge Geld investiert hat. Sie haben den Generalissimo umgebracht und den Verkehr der Tanker blockiert.«

»Oh, la la«, pfiff Steven durch die Zähne. »Gut, daß ich meinen eigenen Job habe. Mach dir keine Sorgen, Fallon, ich unterstütze dich, wenn Dad alles verlieren sollte. Ich habe heute zu arbeiten angefangen und bekomme den Mindestlohn.«

»He, soll das heißen, daß das Öl auf deinem Hemd nicht unseres ist? Du arbeitest nicht in der Raffinerie?«

»Nee. Ich bin selbständig, meine blutige Nase und mein blaues Auge können das beweisen.«

»Vater wird der Schlag treffen«, sagte sie.

»Das könnte sein«, stimmte er zu und ging weiter die Treppe hoch.

Nach dem Essen überlegte Fallon, daß sie sich ernstlich Sorgen wegen der Geschichte machte. In ihrer Nervosität und Hilflosigkeit rief sie Jeff Colby an und bat ihn, er solle morgen früh um acht Uhr mit ihr Tennis spielen. Sie wollte nicht allein sein, wenn ihr Vater mit Krystle heimkam.

»Wenn du nicht dem Ball hinterherläufst, wirst du ihn nie richtig treffen«, riet ihr Jeff, als sie nach dem ersten Spiel die Plätze wechselten.

»Wer hat dich um deine Meinung gebeten?« maulte sie.

Er lachte. »He, ich komme nicht hier rüber, um beschimpft zu werden. Wenn ich wollte, könnte ich mit meinem Onkel Tennis spielen.«

»Spielt Cecil besser als du?« fragte sie.

»Das glaubt er, und ich lasse ihn in diesem Glauben«, sagte Jeff.

Er jagte sie über das Feld und verpaßte ihr harte, schnelle Bälle, Fallon rannte von einer Ecke zur anderen, war mal hinten, mal vorne, gab sich alle Mühe, aber traf nur ab und zu den Ball.

»Gibst du auf?« fragte er, als er die ersten drei Spiele gewonnen hatte.

»Nie und nimmer. Ich werde laufen, bis ich umfalle, aber du wirst nicht gewinnen.«

Er lachte. Er brauchte nur noch einen Punkt zum Sieg, als etwas seine Konzentration störte.

»Da ist der Wagen, sie kommen«, sagte er.

Sie warf ihm einen kurzen Schmetterball zu, auf den er nicht gefaßt war. Der Ball traf ihn mit voller Wucht unterhalb der Gürtellinie. Jeff krümmte sich vor Schmerz. Erschreckt eilte Fallon auf ihn zu.

»Ist alles okay? Es tut mir leid, das wollte ich nicht.«

»Ist schon gut. Es... uff... alles in Ordnung. Ich weiß, daß es dir leid tut. Ist ja schon vorbei.«

Fallon sah, wie sich der Wagen langsam dem Haupteingang näherte. »Ich mache mir Sorgen um meinen Vater«, sagte sie. Es war einer der seltenen Augenblicke, in denen sie sich natürlich gab.

»Du machst dir Sorgen um Blake Carrington?« scherzte Jeff. »Um den cleversten, gerissensten Mann, der je eine Gesellschaft aufgebaut hat, der die Leiter nach oben gefallen ist?«

Fallon wollte nicht aufgeheitert werden. »Er war einmal der Stärkste«, sagte sie, »aber sie hat ihn aus dem Konzept gebracht. Dem alten Blake Carrington wäre es nie passiert, daß seine Tanker blockiert werden. Er hätte das kommen sehen und hätte sie rechtzeitig aus dem Land geschafft, gefüllt bis obenhin.«

Jeff griff nach ihrer Hand. Seine Stimme klang sehr sanft. »Er wird auch diese Krise meistern, wie er bisher noch jede gemeistert hat. Und Krystle...«

Fallon zog ihre Hand zurück. »Was ist mit Krystle?«

Jeff zuckte die Achseln. »Sie ist sehr nett und sehr schön und wird ihn glücklich machen. Was ist daran so verwerflich?«

Der Wagen war ihrer Sicht entschwunden. »Sie wird erst dann zufrieden sein, wenn sie ihn auf ihre Stufe heruntergezogen hat«, keifte Fallon.

Jeff war etwas verwirrt. Er wußte nicht, wie er diesem Mädchen, das er verehrte, Kontra geben konnte. »Los«, sagte er, »laß uns die beiden begrüßen. Benimm dich wenigstens höflich!« Fallon rührte sich nicht. »Ich will dir mal was sagen«, schmeichelte Jeff ihr, »du gehst mit, und ich sage dir, was bei deiner Rückhand nicht stimmt.« Er lächelte, doch sie lächelte nicht zurück. Sie wandte sich dem Haus zu, und er folgte ihr.

Michael war gerade dabei, das Gepäck auszuladen. Krystle war braungebrannt. Sie trug ihre durch die Sonne gebleichten Haare lose, hatte ein einfaches Wikkelkleid aus Polynesien an, dessen leuchtende Farben ihre blauen Augen betonten. Sie sah strahlend aus, trug eine große holzgeschnitzte Figur im Arm und war bereit, den Haushalt zu übernehmen.

Fallon fühlte sich nach dem anstrengenden Spiel verschwitzt und ausgelaugt. Sie warf sich ihrem Vater an den Hals. »Daddy.«

Er legte seinen Arm um sie. Auch er sah strahlend aus. Sie konnte sein Glück spüren. »Hallo, Kleines.«

Sie küßte ihn auf den Mundwinkel. »Willkommen zu Hause.«

Blake machte sich von ihr frei und wandte sich Jeff Colby zu. Er war offensichtlich erfreut, ihn hier zu sehen. »Hast du gut auf sie aufgepaßt, Jeff?« fragte er. Fallon hätte ihn treten können.

»Ich habe mein Bestes versucht, Sir«, antwortete der junge Mann grinsend und ergriff die Hand ihres Vaters. »Wie schön, daß Sie wieder hier sind.«

Fallon wandte sich ihrer neuen Stiefmutter zu. Krystle stand immer noch in der Nähe der Tür. Michael schleppte Gepäckstück um Gepäckstück an ihr vorbei, Einkaufstaschen voller Geschenke, eingewickelte Päckchen aus Geschäften in Hongkong, Bali und Bangkok. Joseph dirigierte Michael in aller Ruhe und Höflichkeit. Fallon betrachtete die Holzfigur, die Krystle im Arm hielt. »Das ist sehr hübsch«, sagte sie trocken. »Vielleicht kannst du eine Lampe oder dergleichen daraus machen.«

»Keine schlechte Idee«, antwortete Krystle freundlich. Fallon überlegte, ob sie die Spitze nicht verstanden hatte. Einen kurzen Augenblick hatte sie das unangenehme Gefühl, daß ihre Stiefmutter gar nicht so dumm und empfindlich war, wie sie schien.

Blake nahm Krystles Arm und machte mit der anderen Hand Jeff ein Zeichen, ihnen ins Haus zu folgen.

»Wie geht es deinem Onkel?« fragte er liebenswürdig.

Fallon betrat als letzte die Empfangshalle. Der Chauffeur streckte seine Hand aus, um sie aufzuhalten, als sie an ihm vorbeiging.

»Warum läßt du ihn immer hier herumlungern?« flüsterte er ärgerlich.

Fallon sah ihn an und lächelte leichthin. »Jeff Colby?« fragte sie unschuldig. »Ich lasse ihn nur solange um mich herumstreichen, bis ich ihn beim Tennis schlagen kann. Dann gebe ich ihm einen Tritt und suche mir jemanden, den ich nicht schlagen kann.« Sie ging an ihm vorbei ins Haus.

Ihr Vater und Jeff hatten sich in irgendeine Ecke verzogen. Doch Fallon hörte etwas, das ihr gefiel. Krystle unterhielt sich am Treppenabsatz mit Joseph. Fallon setzte sich auf einen Stuhl in der Empfangshalle und lauschte ungeniert.

»... mein Gepäck?«

»Es wurde in Ihr Zimmer gebracht, Mrs. Carrington. Zumindest nehme ich das an. Ich werde mich darum kümmern.«

»Oh, das ist nicht nötig, Joseph. Ich bin sicher, daß ...«

Doch der höfliche Majordomus unterbrach sie. »Es ist meine Pflicht, mich darum zu kümmern, Madam, wenn Sie glauben, es stimmt etwas nicht.«

Fallon stand auf und bewegte sich zu der Gobelin-Ecke der Empfangshalle, um ihre Stimmen besser verstehen zu können, als sie die Treppe hinaufstiegen.

»Joseph ... Sie müssen mir vergeben. Natürlich kenne ich dieses Haus, aber ich habe nie hier gelebt. Und ich habe keine Erfahrung im Umgang mit Personal.«

Fallon mußte sich den Mund zuhalten, um nicht laut aufzulachen. Bestimmt amüsierte sich Joseph innerlich darüber, auch wenn er sich natürlich nichts anmerken ließ.

Krystle fuhr fort, wobei sie sich immer mehr verhaspelte: »Ich meine... ich möchte sagen, ich weiß, daß Sie der oberste... wie sagt man nur... der Majordomus sind. Stimmt das? Ist das der korrekte Ausdruck?«

»Genau, Mrs. Carrington«, hörte Fallon seine eisige Stimme.

Fallon duschte und zog sich um und ging wieder hinunter. Jeff Colby war inzwischen gegangen. Andrew Laird unterhielt sich mit ihrem Vater. Fallon goß sich Kaffee ein und gesellte sich zu ihnen. Sie schienen ihre Anwesenheit nicht zu bemerken.

»Was erwartet das Außenministerium von mir? Soll ich in das verdammte Land einfallen, um mein Öl herauszubekommen?« sagte Blake.

»Man sagt, Sie sollen abwarten. Es hängt alles davon ab, welche Gruppe siegt.« Der Anwalt zuckte mit den Achseln. »Vielleicht gelingt es dem Außenminister, Ihre Tanker freizubekommen.«

Blake schüttelte den Kopf. Seine silbernen Haare leuchteten im Sonnenschein, und Fallon war erneut fasziniert von dem guten Aussehen ihres Vaters. Die Sonnenbräune stand ihm hervorragend.

»Oder vielleicht wird das ganze Zeug verstaatlicht und gegen mehrere *Mig 21* an die Russen weitergegeben«, sagte er verdrießlich. Er biß in ein Sandwich und breitete einige Papiere vor sich aus.

»Welche Vorschüsse können wir bekommen, solange unser Rohöl unter Verschluß ist?« fragte er Laird.

»Zwanzig Cent auf den Dollar... vielleicht.«

»Was bedeutet das für uns?«

Der Anwalt schüttelte den Kopf. »Bankrott«, sagte er leise.

Blake legte sein Sandwich auf den Teller und faltete gedankenverloren die Hände. »Sechs Niederlassungen von Tanger bis Kapstadt«, sagte er. »Auszahlungen an alle betrügerischen Fünfprozentler in Sicht. Und wir fallen so herein. Welcher hirnverbrannte Anfänger hat dieses System ausgedacht?« sagte er deprimiert.

Andrew Lairds Mund verzog sich zu so etwas Ähnlichem wie einem Lächeln. »Wenn ich mich richtig erinnere: Sie«, sagte er.

Fallon konnte nicht mehr stillsitzen. »Ich finde diese Idee nach wie vor gut«, sagte sie. Sie stellte sich neben den Stuhl ihres Vaters. Beide Männer schauten zu ihr auf, mehr aus Überraschung als aus Höflichkeit oder aus wirklichem Interesse, doch sie schienen ihr zuzuhören.

»Kannst du dich erinnern, wie du damals sagtest, daß die Regierung in keiner Weise für schlechte Tage vorsorge. Erinnerst du dich? Und du meintest, vielleicht sollte das die Denver-Carrington.«

Blake runzelte wohlwollend die Stirn. »Fallon, wie bist du hereingekommen?«

Sie schnappte sich ein Erdbeertörtchen von einem Tablett. »Ich habe dem Türwärter erzählt, ich sei vom CIA«, sagte sie, indem sie herzhaft in das Törtchen biß. »Streng geheim.«

»Sei ein braves Mädchen und troll dich«, sagte ihr Vater und wandte sich wieder den Papieren zu.

»Kaufst du mir dafür ein neues Teeservice?« fragte ihn Fallon.

Er antwortete automatisch. »Was immer du willst, Fallon, ich bin jetzt beschäftigt.«

Er stand auf, nahm Andrew Lairds Arm und führte ihn zur Ostseite des Zimmers. Alle Fenster waren mit Grünpflanzen verziert. Nachdem Blake Fallon verabschiedet hatte, nahm er auch an, daß sie gegangen sei.

»Wir müssen warten, bis wir Näheres von dort erfahren. Gibt es sonst noch etwas Neues, ich meine, hier in der Heimat?«

Fallon registrierte, daß Laird etwas einfältig aussah, leicht verlegen. Sie lehnte sich nach vorn, um besser hören zu können.

»Die Lankershim-Blaisdel-Angelegenheit haben wir noch nicht im Griff«, sagte der Anwalt. »Wir stoppen die Lieferungen; sie finden neue Quellen. Wir sperren ihnen das Geld; sie treiben es irgendwo anders auf. Jedesmal, wenn wir ihnen Hindernisse in den Weg legen, finden sie...«

»Ersparen Sie mir die Einzelheiten, Andrew; schauen Sie, daß Sie die Sache in unserem Sinne managen. Unsere Aktionäre werden nicht sehr begeistert sein, wenn wir ihnen nichts auf der Habenseite vorweisen können, zumal, wenn diese andere Sache platzt. Ich möchte dieses Land. Wenn Ihre derzeitigen Methoden nicht funktionieren, dann sollten Sie es vielleicht...«

»...mit der bekannten Carrington-Freundlichkeit versuchen«, beendete Fallon den Satz.

Als sich ihr Vater ärgerlich nach ihr umwandte, kaute sie mit unschuldigem Blick an ihrem Törtchen herum.

»Fallon, würdest du bitte...«

»Okay, okay, ich gehe ja schon. Ich möchte nur sagen...« Da sie nun seine Aufmerksamkeit errungen hatte, ging sie langsam rückwärts auf die Tür zu, »daß man mit Speck Mäuse fängt«, fuhr sie fort.

Blake machte einen drohenden Schritt auf sie zu. »Raus!«

Fallon umfaßte den Türgriff. Dann sprudelte sie los. »Dad, hör auf mich. Einst war Matthew Blaisdel dein Freund. Was würdest du dir vergeben, wenn du ihn wie einen Menschen behandeln, ihn einladen würdest, um ihn wieder für dich zu gewinnen... und damit seine Anteile?«

Erwog er, was sie ihm vorschlug? Sie nutzte die Gelegenheit. »Oder bist du etwa so eifersüchtig wegen des Verhältnisses, das er mit Krystle hatte, daß du Blaisdel am liebsten vernichten würdest?«

Einen Augenblick lang herrschte völlige Stille. Die Luft schien still zu stehen, und nicht einmal die Palmen bewegten sich in ihren Töpfen, alles war gespannt, ob Blake Carrington explodieren würde. Aber Fallon war ja sein Lieblingskind, sie hatte Narrenfreiheit. Schließlich brummte er zustimmend: »Vielleicht ist die Idee gar nicht mal so schlecht.«

Fallon grinste übers ganze Gesicht.

»Nun aber los, raus hier«, beharrte er.

Sie war so mit sich zufrieden, daß sie drei Stufen auf einmal nahm. In ihrem Zimmer führte sie einen Freudentanz auf. So verpaßte sie ein Gespräch, das ihrer boshaften kleinen Seele sehr behagt hätte.

Für Krystle blieb nichts zu tun übrig, da zwei Mädchen ihre Koffer auspackten, die Sachen bügelten und sie in den großen Schränken einordneten. Sie ging ins Eßzimmer hinunter, wo ein anderes Mädchen den Tisch deckte.

»Jeannette«, fragte sie, »wer wird heute abend zum Dinner hier sein?«

»Nur Sie und Mr. Carrington, Madam. Ich decke den Tisch schon jetzt, da heute in Magordo Tanz ist, und Joseph mir erlaubt hat, dorthin zu gehen.«

Krystle lächelte. »Natürlich. Doch dieser Raum ist so groß und förmlich... und es ist heute so schön draußen. Ich würde gerne auf der Terrasse essen.«

Das junge Mädchen errötete und mied ihren Blick. »O Gott, nun... wissen Sie, Madam... entschuldigen Sie, aber... Joseph zieht es vor, daß das Abendessen hier serviert wird. Er wäre bestimmt sehr ärgerlich, wenn...«

Ihre Augen starrten in eine bestimmte Richtung, und Krystle wandte sich um, um zu sehen, wohin. Joseph stand in der offenen Tür, als ob er gerade vorbeigekommen wäre. Nach einer langen Minute ging er weiter.

Jeannette sah völlig verschreckt aus. Auch Krystle war betroffen. Sie sagte mit sanfter Stimme: »Ist schon gut, wir essen hier. Ich wünsche dir einen vergnügten Abend.«

Dankbar machte das Mädchen einen Knicks. Krystle setzte sich in einen Polstersessel und begann allmählich zu begreifen, daß es in ihrem jetzigen Leben, das so vielseitig war, der Planung bedurfte. Lerne deine Feinde kennen, sagte sie sich, plötzlich sind sie überall.

Fallon schaute aus ihrem Fenster. Als Andrew Laird heraustrat, um auf den Wagen zu warten, rief sie ihm zu: »Warten Sie auf mich, ich komme runter.«

In einer Minute war sie bei ihm. »Dieses Mal sitzt Dad echt in der Klemme, nicht wahr?« fragte sie.

»Sie haben es ja mitbekommen.«

»Welche Summe benötigt er, um dem Bankrott zu entgehen?«

»Ich befürchte, mehr als Ihr Taschengeld. Wo ist denn Michael?«

»Kann ich mir nicht vorstellen«, sagte sie unschuldig. »Wieviel?« fragte sie von neuem.

»Vergessen Sie es, Fallon«, sagte der Anwalt ungeduldig. »Sie können nichts tun, um ihm zu helfen.«

»Sie sind sich dessen wohl verdammt sicher? Vielleicht täuschen Sie sich.«

Andrew Laird starrte sie einen Augenblick lang an. Er schien sie abzuschätzen, obwohl er sie genau kannte.

»Sie wollen Krystle eins auswischen«, sagte er, als ob er einer Klapperschlange zu ihrem tödlichen Biß gratulierte. »Sie haben Ihren Vater auf die Idee gebracht, Matthew Blaisdel hierher einzuladen.«

»Das ist das Klügste, was er tun kann, das brauche ich Ihnen ja nicht zu sagen. Wenn nicht, ließe er sich nicht darauf ein.«

»Das wird Krystle völlig aus der Fassung bringen – und Sie wissen das, Sie wollen sie ausbooten und aus dem Haus treiben.«

Er wartete auf ihre Erwiderung und betrachtete sie das erste Mal mit Interesse.

»Sie ist nichts für ihn; sie zieht ihn nach unten«, murmelte Fallon zwischen zusammengepreßten Zähnen.

Der smarte Anwalt seufzte. »Wissen Sie, Fallon, manche Mädchen erkennen bereits mit sechs Jahren, daß sie später ihren Daddy nicht heiraten können.«

Fallon ging rückwärts, die Treppe hinauf zur Eingangstür. »Da ist ja der Wagen«, rief sie. »Ciao, Consigliere.« Dann stieg er ein und schmetterte die Tür hinter sich zu.

Kapitel V

»Guten Abend, Mrs. Carrington. Hatten Sie einen angenehmen Tag?«

Krystle bürstete sich das Haar. Sie saß in ihrem Negligé vor ihrem Frisiertisch. Es war beinahe Mitternacht. Blake lockerte seine Krawatte und zog das Jackett aus, als er über den weißen Teppich auf sie zuging. Er beugte sich zu ihr hinunter und küßte sie in den Nacken.

»Es tut mir leid, daß ich nicht mit dir zu Abend essen konnte, aber ich war überhaupt froh, heute noch aus Washington herauszukommen. Der Nebel war... Nanu, Liebes, was ist denn los? Hattest du einen schlechten Tag?«

Sie preßte die Lippen zusammen, bürstete wie wild ihr Haar und vermied seinen Blick in den Seitenspiegeln. Sie befürchtete, in Tränen auszubrechen und die Möglichkeit, in aller Ruhe mit ihm über das Problem, das ihr den ganzen Tag durch den Kopf gegangen war, zu sprechen, zunichte zu machen. Er streichelte ihre Schultern und sprach beruhigend auf sie ein.

»Geht es um meine Kinder? Ich weiß, Fallon ist verwöhnt und schwierig, und es ist frustrierend für dich…«

»Nein, nein, darum geht es nicht.«

»Worum dann? Um die Party? Ich weiß, ich hätte erst mit dir sprechen müssen. Anscheinend bin ich noch nicht an das Eheleben gewöhnt… war ja auch keine leichte Woche oder?«

Sie wandte sich ihm zu.

»Es geht auch nicht um die Party«, sagte sie gefaßt. »Joseph wird sich schon darum kümmern, wie er sich ja um alles kümmert. Es ist….« Krystles Kehle war plötzlich so trocken, daß sie erst einmal schlucken mußte. »Blake, hast du wirklich vor, Matthew hierher einzuladen?«

Blakes Hände auf ihren Schultern verstärkten ihren Griff. »Ja, das habe ich«, sagte er.

»Es kommen andere Leute… jeder weiß, daß ich mit ihm ein Verhältnis hatte. Möchtest du mich wirklich vor den anderen bloßstellen?«

Blake trat einen Schritt zurück und machte sich an seiner Krawatte zu schaffen. »Ich habe dir bereits zu erklären versucht, daß sein Besuch für mich wichtig ist.«

»Für dich. Es sind deine Kinder, es ist dein Haus, es ist dein Personal… du hast, bevor wir heirateten so viel Geld für mich ausgegeben, warum hast du mich dann nicht in eine Schule geschickt, wo man lernt, wie man im eigenen Heim Gast ist? Warum…«

Wie es seine Art war, stürzte sich Blake zuerst auf das

Problem, das ihm am einfachsten erschien. »Was ist mit dem Personal?« unterbrach er sie.

Krystle schüttelte den Kopf. Es tat ihr bereits leid, daß sie so emotional reagiert hatte. »Nicht der Rede wert, mach dir keine Gedanken darüber«, sagte sie.

»Los«, beharrte er, »sag, was los ist.«

»Ich sagte doch schon, es ist nicht der Rede wert. Das Haus ist so groß, so viele Leute arbeiten hier – das ist alles noch neu für mich.« Sie wollte niemanden anklagen, niemanden in Schwierigkeiten bringen.

Doch ihr Mann war nicht abzubringen. Sie merkte, daß er nicht eher sich zufriedengeben würde, als bis er alles wußte. »Ich möchte wissen, was mit dem Personal los ist«, wiederholte er.

Krystle seufzte. »Ich weiß, es ist töricht«, sagte sie langsam, »doch... nun... ich finde es schade, daß wir nicht auf der Terrasse essen können. Wenn ich meine Kleider selbst aufhänge, zieht das Mädchen einen Schmollmund. Wenn ich den Koch nach einem Rezept frage, wimmelt er mich ab. Sogar der Gärtner ließ mich wissen, daß er ohne ausdrücklichen Befehl von dir, keine Blumen ins Schlafzimmer stellen könne.«

Blakes strenge Haltung lockerte sich. Er faßte sie unterm Kinn und zwang sie, ihn anzusehen. »Warum nur hast du mir das nicht erzählt?« fragte er mild.

Sie konnte die Tränen nicht mehr zurückhalten und barg ihr Gesicht an seiner Brust. »Du hast ganz andere Probleme, ich möchte dich nicht mit Banalitäten behelligen. Ich sollte ja selbst imstande sein...« Sie hielt inne, um nach einem Taschentuch zu greifen »... damit fertig zu werden«, fuhr sie fort, »doch es gelingt mir nicht. Ich weiß nicht, was ich zu tun habe und was nicht.«

Sie hörte auf zu schniefen und schaute ihn an. »Möchtest du die Wahrheit wissen, Blake? Ich fühle mich hier unbehaglicher als der letzte Diener.«

Er betrachtete sie einen Augenblick und griff dann nach dem Hörer des Haustelefons, wählte eine Nummer und wartete.

»Joseph, versammle das Personal! Ja, jetzt gleich.«

Zehn Minuten später führte Blake Krystle hinunter zu der großen, makellos sauberen Küche. Ohne das übliche geschäftige Treiben schien der Raum kühl und fremd. Das Personal stand mehr oder weniger in Reih und Glied. Offensichtlich waren alle aus dem Schlaf aufgescheucht worden, denn sie trugen Morgenmäntel und Pantoffeln. Joseph trug einen eleganten Seidenmorgenrock mit chinesischer Stickerei. Blake sprach wie ein Heerführer zu seiner Truppe.

»Es ist gut, daß ihr alle gekommen seid. Ich dachte, ihr alle würdet meine Frau kennen...« Er nickte Krystle zu, die angstvoll neben ihm stand. »Offensichtlich«, fuhr er fort, »habe ich mich getäuscht. Ich möchte das schnell korrigieren, indem ich euch ganz offiziell Mrs. Blake Carrington, meine Frau und die Herrin des Hauses vorstelle.«

Krystle stand wie angewurzelt da und schämte sich zu Tode. Sie berührte seinen Arm und murmelte: »Blake, bitte, hör auf damit.«

Er antwortete, indem er ihre Hand nahm und sie näher an die Gruppe heranführte. Joseph stand etwas abseits von den anderen.

Blake ging die Reihe ab und fing bei dem jungen Chauffeur an. »Das ist Michael. Er ist ehrgeizig, hört bei Unterhaltungen mit, die ihn nichts angehen, doch er fährt gut. Gerald frisiert die Lebensmittelrechnungen. Jeannette vergißt Anweisungen. Die ganze Familie von Mrs. Gunnerson ernährt sich gut auf meine Kosten. Abgesehen von ihren kleinen Schwächen arbeiten sie gut.«

»Blake«, bat Krystle, »bitte, hör auf.«

»Meine Frau sorgt sich um euch«, sagte Blake zu den Angestellten. »Fühlt sich irgendeiner von euch unbehaglich?« Sie schwiegen. »Gut«, sagte er, »dann kann ich ja fortfahren. Leon, wie lange arbeitest du schon für mich?« fragte er einen älteren Mann, dessen wettergegerbtes Gesicht einer Rasur bedurft hätte. Er zitterte unübersehbar.

»Seit zehn Jahren, Sir«, antwortete der alte Mann schüchtern.

»Im Garten«, nickte Blake. »Hattest du dich vor kurzem mit meiner Frau über Blumen unterhalten?«

»Nun, ich denke... ja«, antwortete Leon nervös.

»Und bat sie dich dabei, Blumen in unser Schlafzimmer zu stellen?«

»Ja, das stimmt.«

»Und hast du ihr gesagt, ich wolle keine Blumen im Schlafzimmer?«

Der alte Mann beeilte sich zu antworten. »Ja, Sir, Sie sagten immer...«

Blake unterbrach ihn scharf. »Mrs. Carrington liebt Blumen in ihrem Zimmer, ich nicht. Doch ich werde mich daran gewöhnen. Aber ich werde mich nicht an Grobheiten gewöhnen. Pack deine Sachen, beim Frühstück möchte ich dich nicht mehr sehen.« Dann wandte er sich an die anderen.

»Ich hoffe, ihr habt verstanden, daß ihr alle für mich entbehrlich seid, im Gegensatz zu meiner Frau. Gute Nacht.«

Er drehte sich auf dem Absatz um und verließ die Küche. Krystle fühlte sich elend wie noch nie, konnte kaum die Tränen unterdrücken, als sie die feindseligen Gesichter des Personals ansah. Sie wandte sich um und eilte aus der Küche.

Er wartete auf der Treppe auf sie. »Wie konntest du das nur tun?« keuchte sie. »Blake, ich wollte nicht, daß du diesen Mann feuerst. Das ist das letzte, was...«

Er legte seinen Arm um sie und führte sie langsam die Treppe hoch. »Morgen früh«, sagte er, »wird Joseph zu mir kommen und mir berichten, daß sich Leon entschuldigt habe und gerne bleiben würde. Und ich werde ihm verzeihen. Und die anderen werden sagen: »Mr. Carrington ist ein harter, aber gerechter Mann. Krystle, mein Liebling, ich kann von dir nicht erwarten, daß du das alles auf Anhieb beherrschst – wie dies Haus zu führen ist, warum man den oder jenen zum Dinner einladen muß – ja, auch das gehört dazu. Aber ich werde es dir beibringen, und du wirst es lernen. Dieses Haus gehört dir, Krystle, und ich wünsche mir nichts sehnlicher, als daß du es als deines ansiehst. Nun, laß uns schlafen gehen.«

Sie wußte, er hatte recht. Es würde ihr verdammt schwerfallen, aber sie konnte es schaffen – alles, eins nach dem anderen. Matthew Blaisdel würde eine Feuerprobe für sie bedeuten. Vielleicht würde es ihr auch mit der Zeit gelingen, ihre Stieftochter als Freundin zu gewinnen. Fallon bedeutete auch ein Problem. Doch schließlich übermannte sie der Schlaf.

Fallons größtes Problem war Cecil Colby. Sie wollte ihn, nicht, um ihn zu verführen, sondern um ihn zu heiraten, denn noch nie hatte sie ein Mann so angezogen wie er. Er war ein paar Jahre älter als ihr Vater, war nie verheiratet gewesen, was ihn für jede Frau, die ihm begegnete, unwiderstehlich machte. Cecil Colby wurde durch die Tatsache, daß ihr Vater in ihm von jeher seinen größten Rivalen gesehen hatte, noch begehrenswerter. Der ältere Mann war immer schneller als Blake Carrington gewesen, er war immer zuerst dagewesen, hatte die besten Optionen, die größten Geschäfte, die besten Spiele. Fallon hatte die Rivalität der beiden Giganten seit langem beobachtet, auch ihre gegenseitige Bewunderung. Fallon war von klein auf von dem Mann, der ihrem Vater an Macht und Reichtum überlegen war, fasziniert. Sie war es gewöhnt, die Männer in der Hand zu haben, besonders die sanftäugigen Jungs, die behaupteten, sie liebten sie, und alles taten, was sie wollte. Cecil

Colbys Ausstrahlung war unwiderstehlich. Seit dem Abend bei der Hochzeit ihres Vaters, als sie mit ihm geflüchtet war, überlegte sie hin und her, wie sie es arrangieren könnte, ihn wieder allein zu treffen.

Eines Abends bot sich ihr die Chance. Fallon und Cecil Colby waren zur selben Dinnerparty eingeladen und begegneten sich, als sie beide das Eßzimmer verließen. Die anderen Gäste zogen sich zu einem Brandy zurück, Fallon schlug einen Spaziergang vor. Colby schien amüsiert und stimmte zu. Sie schlenderten durch den Garten ihrer Gastgeber. Fallon trug ein schilfgrünes Chiffonkleid, das auf die Farbe ihrer Augen abgestimmt war.

»Im Schminkraum hörte ich etwas sehr Amüsantes über Sie«, neckte sie ihn.

»Wahrscheinlich etwas Skandalöses«, lachte Colby.

Fallon schüttelte ihre langen Locken. *»Au contraire«*, erwiderte sie. »Man erzählte sich, daß Fritzie Randolphs Frau letzte Woche bei Ihnen vorgesprochen hätte, und Sie ihr die kalte Schulter gezeigt hätten. Sie ist doch gar nicht so unattraktiv, oder?«

»Au contraire«, antwortete Colby grinsend. »Sie ist sogar sehr attraktiv.« Er nahm ihren Arm und zog ihn durch seinen. Er war fast so groß wie ihr Vater. Im Mondschein fand sie sein Profil umwerfend anziehend. Sie glich ihren Schritt seinem an und glaubte, seinen Herzschlag durch ihren Arm zu spüren.

Er redete manchmal wie ein Politiker, genauso wie ihr Vater, wenn er eine Mitteilung zu machen hatte. »Fallon«, sagte Colby, »manchmal hat man mir nachgesagt, ich sei ein Mann ohne Prinzipien und noch schlimmer. Aber glauben Sie mir, ich habe gewisse Prinzipien. Und eines davon hat mit der Heiligkeit der Ehe zu tun. Ich gebe mich nicht mit Frauen ab, die mit einem anderen Mann verheiratet sind.«

»Fein«, bemerkte sie, »dann bin ich ja brauchbar.«

Er blieb stehen und betrachtete ihr reizendes Gesicht, das vom Mondschein bestrahlt wurde. Dann küßte er sie, nicht leidenschaftlich, aber auch nicht wie ein Onkel. Sie schmolz dahin, hätte sich ihm hier und jetzt hingegeben, doch als sich ihre Lippen trennten, hielt er sie etwas von sich ab. Fallon öffnete die Augen, fühlte, daß etwas Ernstes in der Luft lag, daß er ihr etwas sagen wollte.

»Wenn wir so weitermachen«, sagte er, »werde ich Sie irgendwohin entführen, wo es romantischer und intimer ist. Doch wir beide müssen Geschäftliches miteinander besprechen, nicht wahr, Fallon?«

»Wirklich?« seufzte sie.

»Ihr Vater steckt tief in der Klemme und Sie wollen, daß ich ihm helfe.«

Sie machte sich von ihm los. »Das habe ich nicht gesagt«, erwiderte sie vorsichtig.

»Stimmt es oder nicht?«

»Können Sie ihm helfen?«

»Ja.«

Vor einer kleinen Eichenbank blieb Fallon stehen. Sie wartete, bis Colby ihr folgte, und setzte sich. »Ich möchte, daß Sie Jeff heiraten«, sagte er in aller Ruhe.

Ihre Augen flackerten. »Ich würde viel lieber Sie heiraten«, sagte sie.

Colby lächelte. »Das ist sehr lieb«, sagte er, »aber Sie und ich, wir dürfen nicht unserem Gefühl folgen.«

»Ich bin nicht die Richtige für Jeff«, sagte sie ihm ehrlich.

»Er betet Sie an. Ich möchte, daß er heiratet, jemanden, der klüger ist als er. Das sind Sie, Fallon. Sie könnten ihm helfen, Sie mit Ihrem Verstand...«

»Und dafür helfen Sie meinem Vater.«

»Genau. Wie Sie wissen, ist Jeff kein so schlechter Fang. Er ist nicht auf den Kopf gefallen, sieht gut aus, ist fürsorglich und der Thronfolger von Colbyco – eine Art Prinz von Wales in Colorado.«

Fallon war zu unruhig, um länger auf der Bank sitzenzubleiben und zu hören, was man über ihre Zukunft entschieden hatte. Sie stand auf und schickte sich an weiterzugehen. Cecil Colby hielt Schritt mit ihr. Sie berührten sich nicht. Schließlich sprach sie. »Cecil, wenn ich heirate, möchte ich neben einem Mann liegen, der mich reizt, möchte mich jeden Tag von neuem auf die Nacht freuen. Ist das denn nicht wichtig? Sie reizen mich, Jeff nicht.«

Colby lächelte etwas hinterhältig. »Hören Sie mir zu, meine Liebe«, sagte er. »Die Leidenschaft vergeht, die Macht bleibt. Es gibt nicht sehr viele junge Männer auf der Welt, die so viel Macht besitzen, wie Jeff eines Tages. Doch er braucht Führung, vielmehr eine Motivation, die ich ihm nicht geben konnte. Doch mit Ihnen zusammen, Sie beide könnten jedes Hindernis nehmen. Das ist die Macht... auch die Leidenschaft, doch Sie erkennen das noch nicht.«

Sie antwortete nicht, hatte das Gefühl, ihr Herz breche. Doch sie überdachte auch sein Angebot, Blake zu helfen, aus seinen derzeitigen Schwierigkeiten herauszukommen. Hatte nicht Andrew gesagt, er stehe vor dem Bankrott – undenkbar – und doch... Der Anwalt täuschte sich bestimmt nicht, und Blake war echt beunruhigt. Colby war der einzige Mann, der groß genug, reich genug und interessiert genug war, ihm aus der Patsche zu helfen.

»Fallon«, sagte Colby, »ich weiß, das Wichtigste für Sie ist Ihr Vater. Und Sie und ich, wir wissen, daß ich der einzige bin, der ihm helfen kann. Sagen Sie, daß...«

»Wie können Sie es bewerkstelligen und wann?« unterbrach sie ihn kühl.

»Sofort. Und ich kann Ihnen versprechen, daß er nie herausfinden wird, wer dahintersteckt.«

Sie wandte sich um. »Und was ist, wenn ich mich anders entscheide?« spottete sie. »Was würden Sie dann machen?«

Colby lächelte. »Wissen Sie, in meinem Alter ist das Wetten genauso schön wie der Beischlaf.«

Fallon wußte, daß mit ihm nicht zu spaßen war. Er konnte seine Macht anwenden, wie es ihm beliebte. Eines Tages würde sie auch diese Macht besitzen. Sie hoffte inständig, Colby würde es noch erleben, wenn sie soweit wäre.

Sie näherten sich dem Haus. Wahrscheinlich hatte man inzwischen ihr Verschwinden bemerkt. Alle Fenster waren hell erleuchtet. Cecil hielt vor der Treppe, die zur Terrasse hoch führte, und wandte sich ihr zu.

»Was meinen Sie, Fallon? Schlagen Sie ein in den Handel?«

Fallon zögerte eine volle Minute, bevor sie ihre rechte Hand ausstreckte.

Sie sprach mit niemandem über ihre Entscheidung, sie hatte keine Eile. Spontan entschloß sie sich, ein paar Wochen nach Europa zu fliegen. Als sie wieder zu Hause war, sah sie, daß Krystle eine neue Kette trug, eine Goldkette mit einem riesigen Smaragd. Fallon folgerte daraus, daß Cecil Colby seinen Teil bereits erfüllt hatte.

»Der Anhänger ist neu«, bemerkte sie, als Krystle die Treppe herunterkam. Sie war zum Ausgehen gekleidet. Sogar Fallon mußte ihr zugestehen – wenn auch nur für sich –, daß sie in dem schlichten weißen Seidenkleid, das ihre Figur betonte, hinreißend aussah. Doch am meisten interessierte sich Fallon für den Anhänger. Krystle fühlte sich unbehaglich unter ihrem Blick.

»Magst du den Schmuck?« fragte Blake seine Tochter. »Paßt prima zu Krystles Augen.«

»Du mußt ja wieder gut bei Kasse sein«, bemerkte Fallon.

»Wie man's nimmt«, erwiderte Blake und ließ sie im unklaren. »Wo ist dein Bruder?« fragte Blake und bemühte sich, das Thema zu wechseln.

Fallon zuckte die Achseln. »Bin ich der Hüter meines Bruders?« fragte sie.

»Seit er für Matthew arbeitet, geht er mir aus dem Weg«, bemerkte Blake. »Als ob ich mich darüber ärgern würde, daß er ehrliche Arbeit verrichtet.«

»Er geht schon morgens um sechs Uhr zur Arbeit. Wahrscheinlich schläft er jetzt. Es ist beinahe neun Uhr.«

Fallon gähnte ungeniert und räkelte sich. »Ich glaube, er verschwendet keinen Gedanken an dich«, sagte Fallon und warf ihrem Vater einen prüfenden Blick zu. Ob er sich wohl ärgerte?

Es wäre wohl nicht sehr klug gewesen, ihm zu erzählen, wo sich sein Sohn aufhielt. Steven war in diesem Augenblick mit seinem ehemaligen Zimmergenossen und Liebhaber, Ted Milton, in einem Hotelzimmer in Denver. Ted hatte nachmittags angerufen, und Fallon hatte den Anruf entgegengenommen. Ted hatte auf seiner Fahrt nach San Francisco in Denver Halt gemacht und wohnte im Brown Palace Hotel und fragte Fallon, ob Steven sich abends mit ihm treffen würde. Fallon hatte Steven, als er schmutzig von der Arbeit nach Hause gekommen war, über Teds Anruf informiert.

Steven war offensichtlich aus der Fassung, doch er rief Ted an und ging zu ihm. Fallon wollte ihren Bruder schützen – so gut sie konnte. Er stand bei ihr an zweiter Stelle. Blake Carrington brauchte sie viel weniger – besonders jetzt nicht, da er frisch verheiratet war. Nie würde er erfahren, welches Opfer sie für ihn gebracht hatte.

Sie verspürte etwas Selbstmitleid, fühlte sich wie eine Eingeborenenjungfrau, die gegen ein paar Rinder eingetauscht wurde. Sie warf die Zeitschriften, in denen sie geblättert hatte, zu Boden, blickte wütend in den Spiegel an der Wand und ging zur Garage. Doch Michael war nicht da; er chauffierte ihren Vater und Krystle. Sie rief Jeff an und befahl ihm, sie auf einen langen Drink auszuführen. Steven und Ted trafen sich in der Bar des Brown Palace Hotels. Von ihrem Tisch aus konnten sie sehen, wie an einem Nebentisch Geburtstag gefeiert wurde. Einer der Männer der Gruppe arbeitete mit Steven zusammen. Big Ed ließ die beiden jungen Männer nicht aus den Augen.

»Du kannst doch nicht für immer hier bleiben«, sagte Ted halb scherzend, halb bittend.

»Ich weiß nicht, vielleicht... Ich möchte etwas aus meinem Leben machen, und hier sind meine Wurzeln.«

»Oh, Steven. Du haßt doch deinen Vater und lebst wieder im gleichen Haus mit ihm. Ich verstehe nicht, warum... warum du mich verlassen hast.«

»Ted, versteh es nicht falsch, ich habe nicht dich verlassen, sondern New York. Ich glaube, ich wollte erwachsen werden, nicht mehr den Playboy spielen, Verantwortung tragen. Es tut mir leid, wenn du das nicht verstehst.«

»Doch, ich verstehe es, Steven. Es ist nur... ich vermisse dich so sehr. Die Wohnung ist so leer. Ich habe niemanden, mit dem ich streiten kann, der den Abwasch besorgt oder den Müll hinunterträgt.«

»Du könntest dir ja einen anderen Zimmergenossen suchen.«

»Du bist grausam, Steven. Du weißt doch genau, wie ich für dich empfinde. Ich liebe dich.«

Steven sagte etwas so leise vor sich hin, daß sich Ted vorbeugen mußte, um ihn zu verstehen. »Was meinst du?«

Steven schaute auf, und Tränen standen in seinen Augen. Er flüsterte: »Ich sagte, daß ich dich auch liebe, aber es ist vorbei.«

Ted legte seinen Arm um Stevens Schulter. Ihre Augen trafen sich, dann versuchten sie zu lächeln. Sie prosteten sich zu, ihr Trinkspruch war nur für ihre Ohren bestimmt.

Doch sie waren nicht so unbeobachtet, wie sie dachten.

Steven hatte mit niemandem über seine Arbeit auf dem Lankershim-Blaisdel-Förderturm gesprochen. Doch Matthew Blaisdel sah genau, daß sich die Arbeit für den jungen Mann wie ein Spießrutenlaufen gestaltete. Und er konnte dem Jungen nicht helfen. Doch Steven hatte gelernt, seinen Kopf zum Überleben zu gebrauchen, den anderen Kontra zu bieten.

Immer wieder wurde er mit spöttischen Bemerkungen bedacht.

»Weißt du, was du da hast, Junge? Das ist 'ne Blase.«

Steven spielte mit und fragte: »Ehrlich?«

»Weißt du, woher das kommt?« fragte einer der Männer spöttisch.

»Du wirst es mir sagen.«

»Wenn du den Poloschläger zu stark drückst«, erwiderte der Herausforderer, und die anderen Arbeiter wieherten vor Vergnügen.

»So, du wirst das Zeug hier überwachen«, befahl Big Ed.

»Nein, tu es doch selber«, entgegnete Steven. Das Gelächter erstarrte. Die Männer wußten nicht, was jetzt kommen würde. Big Ed hatte ein heftiges Temperament. Er wartete lauernd. »Sei vorsichtig«, warnte ihn Steven, »oder ich haue dir eine in die Fresse, daß dir die Augen aus dem Kopf fallen.«

Die Schürfer brachen in Lachen aus. Auch Big Ed mußte lachen, jedesmal, wenn sie zum Essen gingen oder herumstanden, weil ein Rohr getestet werden mußte, ging das Spiel von neuem los. Doch Matthew freute sich, als er mit der Zeit bemerkte, daß sich Steven Carrington allmählich die Achtung der Männer erwarb. Er arbeitete genauso hart wie die anderen Männer.

Doch in bezug auf Blake Carrington hatte Matthew seine Bedenken. Was zum Teufel ging in ihm vor, daß er sie zum Dinner einlud? Walter, den alten Haudegen, der sich hoffentlich für diesen Anlaß rasierte, Claudia und ihn – was sollte das alles? Er war davon überzeugt, daß es nicht Krystles Idee gewesen war. Sie würde sich bestimmt genauso unwohl fühlen wie er. Es war unvorstellbar, daß sie beide, die sie sich einmal so zärtlich geliebt hatten, daß die Luft vibrierte, wenn sie zusammen in einem Raum waren, nun, umgeben von ihrem jeweiligen Ehepartner, *small talk* machen sollten. Das war unmöglich.

Und doch bereitete er sich gerade auf diesen Abend vor, band sich seine dunkle Krawatte um, beobachtete Claudia, wie sie ein langes Kleid anzog und die Opalohrringe, die er ihr zum zehnten Hochzeitstag geschenkt hatte, ansteckte. Claudia freute sich und war gleichzeitig nervös, weil sie bei den Carringtons eingeladen waren.

Er drehte sich zu ihr um. »Du siehst hübsch aus«, sagte er.

»Danke«, antwortete sie.

Er ging zu ihr und legte ihr den Arm um die Schultern. Dabei bemerkte er, wie sie leicht vor seiner Berührung zurückzuckte.

»Du möchtest nicht, daß ich dich berühre«, sagte er als Feststellung. Er stand da und wußte nicht, was er tun sollte. Er versuchte es erneut. Dabei lächelte er. »Später... heute nacht, wenn wir nach Hause kommen...«

Sie nahm seine Hand und preßte sie an ihre Wange – für einen kurzen Augenblick. »Oh, das hoffe ich«, sagte sie.

»Ich wäre froh, wir müßten nicht gehen«, rief er plötzlich aus. »Warum nur habe ich mich dazu überreden lassen?«

»Nun«, erwiderte Claudia, »Walter sagte, du müßtest

gehen und herausfinden, was Blake im Sinn hat, und ich möchte Mrs. Carrington kennenlernen und...«

»In Ordnung. Los, ich glaube, wir sollten jetzt gehen. Ich werde Lindsay noch schnell gute Nacht sagen.«

Claudia nickte und lächelte. Als er den Raum verlassen hatte, überlegte sie, warum ihr nach Weinen zumute war.

Der Tisch war für vierzehn gedeckt – glitzerndes Kristall, wertvolles Porzellan und altes Silberbesteck. Jedes Gedeck war mit einer kleinen Schale frischer Blumen geschmückt. Krystle und Blake nahmen die gegenüberliegenden Tischenden ein und hielten die Konversation in Gang. Matthew saß bei Blake. Zwischen den beiden Männern war die Ehefrau des Vizepräsidenten der Denver-Carrington plaziert. Claudia saß ihm gegenüber. Offensichtlich unterhielt sie sich sehr angeregt mit Steven Carrington. Matthew hatte seine Frau schon lange nicht mehr so heiter gesehen, und er freute sich darüber. Er versuchte, seinen Blick nicht zu Krystle am anderen Ende des Tisches schweifen zu lassen.

Sie war heute abend unglaublich anziehend in ihrem gelben Kleid, das so gut zu ihrer Haarfarbe paßte. Die Brillanten an ihren Ohren stellten den Schmuck aller anderen Damen in den Schatten. Matthew überlegte, daß nur ihre Augen diese Brillanten überstrahlten. Er zwang sich, Mrs. Harrison zuzuhören, die ihm eine lange Geschichte über ihren Gärtner erzählte.

Schließlich war das Dinner vorüber, und sie wechselten über ins Wohnzimmer, um einen Brandy zu sich zu nehmen. Matthew fragte sich, ob Blake ihn und Walter herausbitten würde, um ihnen den wahren Grund dieser Einladung kundzutun. Doch ihr Gastgeber war in ein ernstes Gespräch mit Cecil Colby vertieft. Matthews Blick suchte unwillkürlich Krystle. Sie war im Augenblick allein, stand neben der Tür zur Terrasse. Er ging zu ihr.

»Zu schade, daß ihr wegen einer kleinen Revolution eure Flitterwochen abbrechen mußtet«, sagte Cecil Colby zu seinem Gastgeber.

»Nicht so schlimm«, versuchte Blake Carrington zu bagatellisieren.

Colby schüttelte den Kopf. »Blake, Blake... das kannst du den anderen hier weismachen, vielleicht glauben sie dir. Aber wir wollen doch mit offenen Karten spielen. Ich weiß, daß du dort ein Vermögen unter Verschluß hast.«

»Das stimmt, Cecil«, antwortete Blake sanft. »Ein Vermögen, aber nur eines.«

»Nun bin ich aber baff«, sagte Cecil. »Ich kam hier angerannt, mit wehendem Scheckbuch, wie ein Lebensretter – und du liegst gemütlich in der Sonne. Verzeih mir.«

Er tätschelte Blakes Arm, trank seinen Brandy aus und bewegte sich auf eine Gruppe Leute zu, die gerade einen Matisse bewunderten. Doch Blake ging an ihnen vorbei.

»Andrerseits«, sagte Blake lächelnd, »nimm mal an... nur angenommen, ich könnte etwas Überbrückungskapital gebrauchen. Was würde mich das wohl kosten?«

»Nicht viel«, versicherte ihm Colby. »Sagen wir mal« – Blake folgte seinem Blick, der auf Walter Lankershim verharrte, der gerade mit einem Brandy in der einen Hand und einer Zigarre in der anderen eine Geschichte von sich gab – »eine der Lankershim-Blaisdel-Optionen.«

Blakes Gesicht verfinsterte sich. »Ich mag wohl etwas in der Patsche stecken, Cecil«, sagte er, »aber ich lasse mich nicht übers Ohr hauen, auch nicht von meinem besten Freund.«

Er wandte sich ab, und Colby lief ihm hinterher.

»He, Blake. Du kannst es mir doch nicht übelnehmen, daß ich es versucht habe, oder?«

Blake betrachtete ihn, und sein Gesicht hellte sich auf. »Verdammt, ich hätte genauso gehandelt«, sagte er und genoß den Augenblick.

»Angenommen, es kostete dich keinen Cent«, fuhr Colby fort.

»Das würde ich nicht glauben«, lachte Blake.

»Nennen wir es ein verwandtschaftliches Darlehen«, sagte Colby, »rein familiär.«

Blake war überrascht. Er folgte Colbys Blick, der in der Ecke verweilte, wo sich Fallon und Jeff angeregt unterhielten, wahrscheinlich miteinander stritten. »Cecil, weißt du etwa etwas, das ich nicht weiß?« fragte er.

Colby lachte. »Wir treffen uns am Montag im Petroleum Club zum Essen, dann besprechen wir die Einzelheiten.«

Nun wandte er sich dem Gemälde zu. Blake suchte Krystle, doch sie war offensichtlich in den Garten gegangen. Dafür hängte sich Mrs. Harrison an ihn, die genau wissen wollte, wie ihm das Eheleben gefiel.

Krystle unterhielt sich auf der Terrasse mit Matthew Blaisdel.

»Recht nettes Plätzchen hier«, sagte Matthew.

»Klein, aber fein«, scherzte sie.

»Ich stelle mir vor, wie Blake am Samstagmorgen hier mit dem Rasenmäher herumwerkelt...«

Krystle lachte. »Du machst ein Bild davon, und wir schicken es an ›People‹.«

Er lehnte sich an die Steinmauer und betrachtete sie im sanften Lampenlicht. »Du hast ein gutes Leben, Krystle«, sagte er aus ehrlicher Überzeugung. »Ich freue mich für dich.«

Krystle nickte, wobei sie seinen Blick vermied. »Ich mag deine Frau«, sagte sie.

»Ja, ich hatte immer angenommen, daß sie dir gefiele. Claudia ist ein feiner Kerl...«

»Ja.«

»Sie verdient mehr, als ich ihr geben kann.«

»Wenn du dich mit Blake einigen könntest, wäre das dein Vorteil«, sagte Krystle. »Er möchte, daß ihr, du und Walter, ihm die ganzen Optionen überlaßt. Sie würden dann der Denver-Carrington einverleibt, und das würde viel Geld bedeuten.«

Matthew wandte sich ab und starrte in die Nacht hinaus.

»Habt ihr uns deshalb zum Dinner eingeladen?« fragte er kühl.

Krystle berührte seinen Arm, damit er sich wieder ihr zuwandte. »Blake ist bestrebt, dir dabei zu helfen, dieses Land zu erschließen. Er kann dich zu einem sehr reichen Mann machen...«

Matthews Stimme klang hart wie Stahl, als er sie unterbrach. »So hat er dich also dazu gebracht, dies für ihn zu tun. Weißt du, wie man so etwas nennt? Ich kann es nicht glauben – du versuchst kaltblütig, mich für ihn zu kaufen. Ist es auch deine Aufgabe, für Außendienstler Frauen zu beschaffen...«

Sie atmete schwer, und er schluckte die Worte, die er ihr noch an den Kopf werfen wollte. »Ich wußte nicht, daß du mich so haßt«, sagte sie schließlich.

Matthew war so aufgewühlt, daß die Worte nur so aus ihm heraussprudelten, ohne daß er ihnen Einhalt gebieten konnte. »Dich hassen? Ich hasse dich nicht, Krystle, ich liebe dich.«

Einen langen Augenblick blieb die Zeit stehen, und die Dinner Party war weit weg. Als Krystle sich wieder gefangen hatte, murmelte Matthew eine Entschuldigung und ließ sie allein. Sie streckte ihre Hand aus, um ihn zurückzuhalten.

»Matthew, schau mich an«, brachte sie schließlich hervor.

Als er sich ihr zuwandte, sagte er, was er fühlte. »Ich kann nichts dafür, Krystle, wahrscheinlich werde ich dich immer lieben.«

Eine lange Weile hingen sie ihren Gedanken nach.

»Doch, als du aus Saudi-Arabien zurückkehrtest, wir uns trafen... bevor ich heiratete... sagtest du...« Es fiel ihr schwer, es auszusprechen. »Du sagtest... du machtest dir nichts mehr aus mir.«

»Ich tat das, was ich für dich... für uns beide für das Beste hielt«, erwiderte Matthew kläglich.

»Soll ich dir dafür etwa noch dankbar sein?« flüsterte sie.

»Wer, um alles in der Welt, gibt dir das Recht, für mich zu entscheiden. Ich bin kein Kind mehr, Matthew, ich bin eine erwachsene Frau. Ich habe das Recht, selbst über mein Leben zu entscheiden.«

»Das verstehe ich, Krystle. Ich versuchte nur...«

»Nein, du verstehst das nicht. Ich wäre mit einem kleinen Stück Glück zufrieden gewesen...«

Irgend jemand öffnete die Tür zum Wohnzimmer, und ein Paar spazierte in den Garten. Krystle lief an den beiden vorbei ins Haus.

Die ganze Zeit hatte Fallon unter der Terrasse gestanden und ihrer Stiefmutter und Matthew Blaisdel zugehört. Langsam bewegte sie sich auf das Haus zu. Vielleicht war alles doch nicht so langweilig, wie sie gedacht hatte.

Kapitel VI

Auf der Heimfahrt von den Carringtons war Matthew ungewöhnlich schweigsam. Dagegen sprudelte es aus Claudia nur so heraus. Sie hatte sich wunderbar amüsiert. Die neue Mrs. Carrington gefiel ihr, überhaupt waren da so viele nette Leute, vor allem Steven. »Hattest du die Möglichkeit, mit Blake zu sprechen?« fragte sie.

»Ja.«

»Na und? Hast du herausgefunden, warum er uns eingeladen hat?«

»Eigentlich war dies nie ein Geheimnis, Claudia, ich wußte es von Anfang an. Er möchte unsere Optionen und hat sogar seine Frau überredet, uns die Sache schmackhaft zu machen...«

»Das ist kein Grund, sich zu ärgern. Du hast sie ihm ja nicht gegeben, oder?«

»Natürlich nicht.«

Eine Zeitlang fuhren sie schweigend weiter.

»Walter schien sich gut zu amüsieren«, nahm Claudia den Faden wieder auf.

»Ich glaube schon.«

Erneutes Schweigen.

»Du mußt müde sein«, sagte Claudia, als sie in ihre Straße einbogen. Unwillkürlich seufzte sie.

»Ja, ich bin todmüde«, gab er zu und stellte den Motor ab.

»Nun, ich hatte einen schönen Abend«, sagte Claudia, als sie ausstieg. Doch er schlug gerade die Wagentür auf seiner Seite zu und hörte nicht, was sie sagte.

Es gehen ihm viele Dinge durch den Kopf, überlegte sie, und er ist müde. Armer Matthew, lächelte sie, als sie im Dunklen neben ihm lag. Sie dachte über den Abend nach. Steven Carrington hatte ihr das Gefühl gegeben, hübsch und jung und... begehrenswert zu sein. Er war ein warmherziger, offener und gutaussehender Junge. Beim Essen hatte er sie zum Lachen gebracht. »Dieses Sandwich, das Sie mir an jenem Tag auf dem Förderturm gegeben hatten, war goldrichtig: Salami mit Weißbrot. Etwas proletarisch, aber ich fühlte mich danach stark genug, den Horden Dschingis-Khans zu trotzen.«

»Was um Himmels willen meinen Sie? Ich erinnere mich an das Sandwich, doch was war dann?« fragte sie irritiert.

»An jenem Tag bekam ich den Job bei Ihrem Mann«, sagte er. »Doch zuerst mußte ich mit einem Kerl kämpfen. Ich versichere Ihnen, ohne ihr Salamisandwich hätte ich mich nie und nimmer getraut.«

»Haben Sie gewonnen?«

»Nein, verloren. Doch den Job habe ich bekommen.«

Claudia lachte. »Statt Weißbrot hätte ich Roggenbrot nehmen sollen, dann wären Ihre Chancen größer gewesen.«

»Ach was«, sagte er, »wenn ich gewonnen hätte, wäre es wahrscheinlich mit dem Job nichts geworden. So ist nun mal die Welt, völlig verrückt.«

»Ich glaube, Sie haben recht«, erwiderte sie aufgeräumt.

»Nun«, fuhr Steven fort, »sagen Sie mir, glauben Sie, daß alle Irren hinter Schloß und Riegel sind? Oder ist es nicht vielmehr so, daß die meisten von ihnen unter dem Deckmantel des Politikers oder Industriemanagers mitten unter uns sind?«

Claudia nippte an ihrem Wein, bevor sie antwortete. »Halten Sie mich für die Beantwortung solcher Fragen für zuständig?« fragte sie vorsichtig.

»Sie waren doch in einer psychiatrischen Klinik, oder irre ich mich?«

»Doch, das stimmt.«

»Oh, es tut mir leid, ich glaube, das war nicht sehr taktvoll von mir. Wenn es Ihnen unangenehm ist, brauchen wir nicht...«

»Darum geht es nicht«, unterbrach sie ihn.

»Worum dann?«

Sie blickte in sein offenes, intelligentes, freundliches Gesicht. »Ich kann es nicht so genau sagen«, sagte sie langsam. »Die meisten Leute sind nicht so direkt wie Sie. Doch das wirkt sehr erfrischend. Es ist nur... ich bin es leid, so behandelt zu werden, als hätte ich eine Geschlechtskrankheit. Die Leute sprechen leise und lenken das Thema aufs Wetter, da sie die Verrückte nicht aufregen wollen.«

»Einige der größten historischen Persönlichkeiten schwebten in Dimensionen, die der Normalbürger nicht begreift«, sagte Steven behutsam. »Denken Sie nur an Nijinsky, Peter den Großen, Dostojewski, Virginia Woolf. Sie befinden sich in sehr guter Gesellschaft.«

Claudia lachte. »Ich werde daran denken, wenn mich die Schwermut packt.«

Steven sah aufrichtig besorgt aus. »He, es gibt keinen Anlaß dazu«, sagte er, und sie hätte schwören können, daß er dabei errötete. »Sie sind viel zu hübsch dazu«, sagte er und schien erleichtert, als die Gastgeberin sich ihnen zuwandte und sie zur allgemeinen Konversation übergehen konnten.

Später führte Steven Claudia in die Bibliothek und gab ihr ein kleines ledergebundenes Buch. Es war ein Gedichtband von Emily Dickinson.

»Emily Dickinson war etwas ganz Besonderes«, erklärte er ihr ernst, »und ich finde, Sie sind auch etwas Besonderes. Ich möchte, daß Sie das nehmen.«

Claudia lag neben ihrem schlafenden Mann und dachte an Steven Carrington. Er war ungefähr sieben oder acht Jahre jünger als sie. Doch er hatte ihr das Gefühl gegeben, attraktiv und interessant zu sein – ja sogar schön.

Sie stand auf, wie sie es oft zu tun pflegte, nahm aber keine Pille, sondern griff nach dem kleinen Gedichtband und las darin, bis ihr die Augen zufielen.

Am Morgen nach der Dinnerparty wachte Krystle neben einem leeren Bett auf. Blake war bereits gegangen. Die Sonne, die den Raum erhellte, ließ sie schnell aus dem Bett springen. Sie ging ans Fenster und ließ sich von der Sonne bescheinen, als ob damit Verlust, Schuld, Schmerz und Bedauern weggeschmolzen werden könnten. Der Garten unten war ein Farbengemisch von zartem Rosa und dunklem Purpurrot. Dahinter lag der saftiggrüne Rasen und der blaue Swimmingpool.

Krystle setzte sich an den Schreibtisch, um verschiedene Telefonate zu erledigen. Doch sie hätte eigentlich wissen müssen, daß keine ihrer Freundinnen den Lunch mit ihr einnehmen konnte. Die einstündige Mittagszeit war zu kurz, um hierher zu fahren, zu essen und ins Büro zurückzufahren. Zu einem gemütlichen Schwatz oder einer Runde im Swimmingpool blieb sowieso keine Zeit mehr übrig.

Sie frühstückte also allein, schwamm eine Runde, trocknete ihr Haar und las in einem Buch, das sie sich aus der Bibliothek geholt hatte. Nach kurzer Zeit wurde es ihr zu warm, und sie stürzte sich erneut in den Pool. Als sie aufsah, bemerkte sie, wie Joseph auf sie zukam. Sie beobachtete den förmlichen Majordomus, sein starres Gesicht, das kein Lächeln zeigte. Er umging sorgfältig die Pfützen, die sie hinterlassen hatte. Als sie die Leiter des Swimmingpools hinaufkletterte, nahm er ihren Frotteemantel und hielt ihn ihr hin, in der sicheren Erwartung, daß sie hineinschlüpfen würde. Sie hatte den Eindruck, er wolle etwas sagen. Sie wartete, stand noch halb im Wasser und überlegte, daß sie am liebsten wieder unter Wasser gegangen wäre, so lange, bis dieser unangenehme Mann aus ihrem Leben verschwunden wäre. Doch sie wartete und schaute ihn erwartungsvoll an, bis er zu sprechen anfing.

»Entschuldigen Sie, Mrs. Carrington, Mr. Beaumont möchte Sie sprechen«, sagte er und konnte unter seiner manierierten Höflichkeit die Ungeduld nicht verbergen.

Sie hatte keine Ahnung, wer Mr. Beaumont war. »Mr. Beaumont?« fragte sie. Joseph hielt immer noch ihren Mantel und sah hochmütig aus.

»Ja, Madam, Mr. James Beaumont, der Schneider. Er kommt direkt aus New York und hat eine Verabredung mit Ihnen – Sie wissen doch Bescheid darüber?«

Es war unübersehbar, daß sie nichts davon wußte, doch sie hätte sich lieber die Zunge abgebissen, als dies zuzugeben.

»Ja, natürlich«, sagte sie und kletterte aus dem Wasser. Sie schlüpfte in den Mantel und versuchte zu vermeiden, ihn naß zu machen. »Bitte, Joseph, sagen Sie Mr. Beaumont, ich komme gleich«, sagte sie.

»Das habe ich bereits getan«, erklärte Joseph würdevoll. Er ließ den Bademantel los, als ob er sich damit anstecken könnte, und ging zum Haus zurück.

Krystle trocknete sich die Haare und überlegte, jetzt oder nie. Sie rief ihm nach: »Joseph, ob es wohl möglich ist, daß wir uns ein paar Minuten unterhalten? Es gibt da Dinge, die...« Doch er war bereits verschwunden.

Der Name Beaumont sagte ihr gar nichts – doch er konnte warten. Krystle zwang sich, tief durchzuatmen, nicht nervös zu sein. Als sie im Haus war, verspürte sie keinerlei Nervosität mehr. Sie klopfte an Josephs Tür und trat ein.

Er saß an seinem Schreibtisch und gab sich nicht die Mühe aufzustehen, als sie eintrat.

Sie sprach ganz ruhig, wie sie es immer zu tun pflegte, doch ihre Worte standen im Kontrast zur Sanftheit ihrer Stimme. »Ich mache es kurz, Joseph. Ich hasse Unhöflichkeit in jeder Form und habe keinerlei Absicht, dies durchgehen zu lasen. Ja, es stimmt, dieses Haus schüchtert mich ein. Ich hatte gehofft, Sie würden mir dabei helfen, mich hier heimisch zu fühlen. Mr. Carrington sagte Ihnen, daß ich hierbleiben würde, und Sie täten gut daran, es zu glauben. Können wir einen Waffenstillstand schließen?« Sie überlegte, ob sie ihm die Hand reichen sollte, begnügte sich aber mit einem freundlichen Lächeln.

Inzwischen war er aufgestanden. »Ich befürchte, ich verstehe Sie nicht«, sagte er kalt.

Krystle fühlte, wie ihr die Knie zitterten. »Ich bin überzeugt, wenn Sie darüber nachdenken, werden Sie schon verstehen, was ich meine«, sagte sie knapp. »Und nun darf ich Mr. Beaumont nicht länger warten lassen.«

Sie fühlte sich um einiges wohler in ihrer Haut und mußte laut auflachen, als sie die Treppen hinaufrannte, zwei auf einmal. Ihr Bademantel flatterte hinter ihr her. Sie zog schnell eine blaue Hose und eine helle Seidenbluse an und schritt gelassen die Stufen wieder hinunter.

In der Bibliothek wartete ein Mann auf sie, dessen Namen allen Lesern internationaler Modezeitschriften bekannt war.

Er war tadellos gekleidet und paßte zu dieser eleganten Umgebung. Krystles Haare waren immer noch feucht vom Schwimmen.

Er lächelte und stellte sich vor. Dann schlug er ein Skizzenbuch auf und zeigte ihr Zeichnungen von Kleidern, Kostümen und Abendkleidern. Krystle saß da, betrachtete die Zeichnungen und hörte ihm zu. Jedesmal, wenn sein manikürter Finger eine neue Seite umblätterte, wurde ihre Nervosität größer.

»...natürlich sind das nur vorläufige Skizzen, die aufgrund einiger Bemerkungen von Mr. Carrington entstanden sind«, sagte Beaumont, »das Gespräch mit Ihnen wird mich über Ihren Geschmack aufklären. Dann können wir eine Modellfigur mit Ihren Maßen anfertigen und...«

Sie konnte nicht länger schweigen. »Entschuldigen Sie, Mr. Beaumont«, unterbrach sie ihn, »doch – wie teuer wird das alles?«

Er geriet außer Fassung. Die Frage war so unerwartet, daß er sich nicht ganz sicher war, ob er richtig verstanden hatte.

»Ich... ich bitte um Entschuldigung...«

»Die Kleider«, sagte Krystle, »das ganze Zeug, von dem Sie sprechen, wieviel kostet es?«

Der Schneider sah sich um, teils aus Verlegenheit, teils in der unsinnigen Hoffnung, es möge jemand auftauchen und es ihm ersparen, auf Mrs. Carringtons unerhörte Frage zu antworten. Doch niemand trat in Erscheinung, und sie wartete ungeduldig auf seine Antwort. »Das«, sagte er unbehaglich, »das ist eigentlich eine Sache, die im allgemeinen zwischen Mr. Carrington und mir geregelt wird.«

Krystle fühlte sich in ihrer Haut auch nicht wohler als er, doch sie beharrte. »Ich verstehe«, sagte sie, »dennoch würde ich es gerne wissen. Wieviel?«

Der unglückliche Mann blätterte in seinen Skizzen. »Nun, ich muß erst darüber nachdenken... vielleicht, wenn Sie warten könnten, bis...«

»Sagen Sie es ihr, Mr. Beaumont.«

Krystle und Beaumont wandten sich um und sahen Fallon, die wie immer gelauscht hatte. Sie stand in der offenen Tür und hielt die Arme über der Brust gekreuzt. Ihr Blick wirkte amüsiert. »Los, erzählen Sie ihr, wieviel die Kleider kosten werden.«

Immer noch zögernd gab er nach. »Ihre Garderobe«, sagte er, indem er Krystles Blick vermied, »beläuft sich auf zwischen fünfundsiebzig und hundert.« Er schaute sie an und fügte hinzu: »Tausend«. Sie versuchte, nicht so entsetzt auszusehen, wie ihr zumute war. Bevor sie sich von diesem Schock erholen konnte, fügte Beaumont hinzu: »Natürlich sind die Pelze nicht darin eingeschlossen.« Obwohl sich Krystle durch den Widerwillen des Designers und das sichtliche Amüsement ihrer Stieftochter überfahren fühlte, zwang sie sich, zu insistieren.

»Sind Sie sicher, daß es im Sinne von Mr. Carrington ist, daß ich all das bestelle? Ich meine,... um ehrlich zu sein..., er hat nie mit mir darüber gesprochen.« Sie fühlte, wie sie errötete.

Bevor Beaumont antworten konnte, mischte sich Fallon ein. »Das sieht Daddy ähnlich, mit mir macht er es genauso. Während ich schlafe, kommt er in mein Zimmer, legt einen Schein unter mein Kopfkissen und sagt...«

Doch Krystle ließ Fallon nicht ausreden. Sie wandte sich an Mr. Beaumont und sagte: »Bitte, entschuldigen Sie, Mr. Beaumont, aber ich kann nicht... ich möchte erst mit Mr. Carrington reden, bevor ich...« Sie brachte es nicht fertig, ihren Satz zu Ende zu führen. Sie wandte sich von dem ungläubig blickenden Mann ab und eilte aus dem Zimmer.

Fallon meinte zu Beaumont gewandt, er solle sich entspannen, sich einen Drink eingießen und warten. Dann eilte sie Krystle hinterher und betrat, ohne dazu aufgefordert zu sein, ihr Zimmer.

Krystle stand neben ihrem Nachttisch und las einen Brief, den sie gerade dort entdeckt hatte.

»Habe ich nicht recht gehabt?« fragte Fallon freundlich. »Er hat dir eine Notiz hinterlassen.«

Doch Krystle schien nicht überzeugt. »Ich weiß, daß Blake mir etwas Gutes tun möchte, doch... gerade jetzt, mit all seinen finanziellen Problemen, ist dies nicht die richtige Zeit, um...« Sie ging in den Ankleideraum und öffnete eine der Spiegeltüren. »Ich habe einen Schrank voll hübscher Dinge, die er mir bereits gekauft hat«, sagte sie. Ach, wie sehr wünschte sie, ihre Stieftochter könnte sie verstehen!

Fallons Erwiderung zerstörte jegliche Illusion diesbezüglich.

»Diese Sachen hat Blake Carrington für seine Freundin gekauft«, sagte sie kalt. »Doch du bist jetzt seine Frau.«

Krystle schlug einen härteren Ton an. »Es tut mir leid, Fallon«, sagte sie, »aber das ist nicht dein Problem. Darüber haben dein Vater und ich zu entscheiden.«

Fallon betrachtete sie mit unverhohlener Geringschätzung.

Dann lächelte sie – dieses unglaublich reizende Lächeln, das ihr eigen war und das ihre Gesinnung verbarg. »Du weißt, Krystle, sagte sie mit einem Achselzucken, »nicht jeder in diesem Haus ist auf deiner Seite.«

Krystle wandte sich ab. »Das glaube ich auch allmählich«, erwiderte sie müde.

»Wenn jemand versucht, dir zu helfen... nun, ich finde, dann solltest du dir die Zeit nehmen, zuzuhören.«

Krystle fühlte sich furchtbar unsicher, verängstigt und allein. Sie rief ihr nach: »Fallon, Fallon, ich höre.«

Fallon wandte sich um. »Du mußt erst mal lernen, wie reiche Leute in Krisenzeiten reagieren.«

»Und du wirst es mir beibringen?«

»Ja, damit du dich nicht völlig zum Narren machst.«

»Oh, Fallon – ich wünschte mir, ich könnte dir vertrauen. Es wäre so schön, wenn wir Freunde sein könnten, doch es irritiert mich, daß du plötzlich so hilfsbereit bist. Es liegt bestimmt nicht daran, daß ich deine Sympathie gewonnen habe...«

»Du hast recht, daran liegt es nicht. Doch wenn du dich in Verlegenheit bringst, bringst du gleichzeitig meinen Vater damit in Verlegenheit. Und das lasse ich nicht zu. Setz dich, Krystle.«

Krystle nahm in einem der Sessel Platz. Fallon ließ sich ihr gegenüber nieder und fuhr fort. »Die Reichen sind anders als andere Leute, Krystle, darüber mußt du dir im klaren sein. Die Armen stecken in harten Zeiten zurück, deshalb bleiben sie auch arm. Doch die Reichen wissen, daß dies die Zeit ist, um Geld auszugeben. Wichtige Leute beobachten uns und bilden sich ihr Urteil. Sie unterstützen Gewinner und lassen Verlierer wie eine heiße Kartoffel fallen. Sie urteilen danach, ob Blake Carringtons Tisch üppig beladen ist, ob ihm seine Bediensteten weiterhin Respekt entgegenbringen und wie gut seine Frau und seine Tochter gekleidet sind. Und darauf schließen sie auf seine Verfassung, die Stärke seines Entschlusses. Kannst du das verstehen?«

Krystle verstand genug, um zu erwidern: »Was soll ich tun?«

»Bitte Joseph herauf und trage ihm auf, er solle deine derzeitige Garderobe unter dem Personal verteilen. Dann geh zu James Beaumont. Er wartet immer noch auf dich. Übrigens, du brauchst dich nicht bei ihm zu entschuldigen.«

Krystle dachte über den Rat nach. Dann reichte sie ihrer Stieftochter über den Tisch hinweg die Hand. »Vielen Dank, Fallon.«

Doch Fallon schüttelte den Kopf. »Das ist kein Geschenk«, sagte sie von oben herab, indem sie Krystles Hand ignorierte. »Da wir schon mal in so vertraulicher Stimmung sind, werde ich dir noch etwas sagen, das dir nützen kann. Reiche Leute müssen Skandale vermeiden.«

»Ich verstehe nicht.«

»Oh«, sagte Fallon gedehnt, indem sie aufstand und sich wieder in Richtung Tür wandte, »neulich war ich abends bei einer Party, und während ich in der Nähe der Terrasse etwas Luft schnappte, hörte ich dem Gespräch eines Paares zu. Sie gab zu, daß sie lieber seine Geliebte wäre als die Frau des Mannes, den sie soeben geheiratet hat. Wenn das herauskäme – wau! *Quel scandale!*«

Nach diesen Worten verließ sie das Zimmer. Krystle blieb zurück und bekämpfte ihre Tränen.

Ich lasse sie in dem Glauben, daß Blake immer noch in der Krise steckt, überlegte Fallon, als sie die Treppe hinunterging. Sie hätte Krystle berichten können, daß Blake sein Tief überwunden hatte. Es wäre ein Genuß gewesen, zu erleben, wie sich Krystles Gesicht verdüsterte, wenn ihr dämmerte, daß Blake seiner Tochter vertraute und nicht seiner Frau. Aber das war Blödsinn. Es gab angenehmere Spiele, und im übrigen würde Fallon nie und nimmer mit einem Außenstehenden über Familienangelegenheiten reden.

Fallon vermißte Steven. Ihr Bruder war die einzige Person auf der Welt, mit der sie offen sprechen konnte. Steven gab kein Urteil ab oder nahm sie nicht ernst, nur weil sie ein Mädchen war. Doch Steven lebte jetzt draußen auf dem Förderturm, teilte das Leben der anderen Arbeiter und bewies, daß er auf eigenen Füßen stehen konnte, ohne die Hilfe seines Vaters.

Das Leben dort bestand hauptsächlich aus Pokern, Gitarrespielen und Zeitschriftenlesen. Steven fand es ungemein befriedigend, daß von ihm nichts anderes erwartet wurde als von jedem anderen Arbeiter auch. Er arbeitete hart und war jeden Abend völlig erschöpft. Es tat ihm gut, nicht an die Zukunft zu denken – oder an die Vergangenheit.

Walter, Matthew und drei andere Schürfer spielten gerade Poker. Steven war mit einer Lektüre beschäftigt, als Big Ed hereinkam, betrunken, aber aufrecht.

»'n Abend, ich bin wieder da«, rief er.

Walter schaute von seinem Spiel auf. »Das sehen wir«, sagte er laut, »und wir riechen dich. Billigster Bourbon«, verriet er den anderen.

Big Ed ging auf Steven zu, hielt dann inne, wandte

sich dem Pokertisch zu. »Na, wie geht's, wie steht's?« fragte er spöttisch-ernst. »Geht's euch allen gut, Jungs?«

Walter war ärgerlich, weil er in seiner Konzentration gestört wurde. Er rief über die Schulter: »Ed, stell dich unter die kalte Dusche und hau dich in die Falle.«

»Was? Um in der Dunkelheit belästigt zu werden? Das eine sage ich dir, Lankershim – ich penne nicht im gleichen Raum mit ihm.« Er zeigte auf Steven, der nicht länger so tun konnte, als sei er in sein Buch vertieft. Steven fühlte, wie er dunkelrot wurde.

»Ed, halt die Klappe«, sagte Matthew barsch. »Walter sagte, du...«

»Ich soll unter die Dusche gehen. Aber nicht mit ihm, nein, wirklich nicht.«

Er schwankte, fand aber schnell sein Gleichgewicht wieder und trippelte auf Steven zu. Mit einem Satz war Matthew auf den Beinen und packte ihn. Big Eds Kampfinstinkt erwachte. Er landete einen kräftigen Haken auf Matthew Blaisdels Kiefer. Die beiden kämpften hart und schweigend. Nur ab und zu hörte man unfreiwillige Stöhnlaute und das Knacken von Knochen. In ein paar Minuten war alles vorüber – Big Ed lag bewegungslos auf dem Boden.

Steven stand neben seiner Koje, abseits von den anderen, die sich um die Kämpfenden versammelt hatten. Matthew war zerschlagen und blutete. Er ging zu Steven, nahm seinen Arm, um ihn in die stille Wüstennacht hinauszuführen.

»Vielen Dank«, sagte Steven. »Doch ich hätte mich selbst um ihn gekümmert...«

Matthew knurrte, denn das Lächeln tat weh. »Ich sah, wie tapfer du dich neulich geschlagen hast«, sagte er. »Worauf spielte er denn an?«

»Er sah mich mit einem Freund – einem Burschen aus New York«, sagte Steven. »Wir haben dort zusammen gewohnt.«

»Nun«, fuhr Matthew nach kurzem Überlegen fort, »du bist mit dem Problem, ein Carrington zu sein, fertig geworden, so wirst du wohl mit diesem auch zu Rande kommen. Mit Big Ed gibt es immer nur Ärger. Wir würden ihn liebend gern ziehen lassen, wenn wir nicht so verdammt wenig Leute hätten.

»Nein«, sagte Steven schnell. »Ich möchte nicht, daß er – oder sonst jemand – meinetwegen gefeuert wird.«

Matthew legte dem jungen Mann die Hand auf die Schulter. »Du bist ein guter Junge«, sagte er ruhig. »Im übrigen, du hast neulich schwer Eindruck auf meine Frau gemacht. Sie möchte, daß ich dich zum Dinner einlade. Sobald mein Kiefer wieder heil ist und ich wieder ein Steak kauen kann, kommst du zu uns, okay?«

Steven lachte erleichtert. »Okay«, sagte er. »Und vielen Dank, Matthew.«

»Ich fahre jetzt in die Stadt zurück«, sagte Matthew. »Möchtest du mitfahren?«

Steven schüttelte den Kopf. »Das ist nett von dir«, sagte er, »doch ich bleibe hier.«

»In Ordnung. Bis morgen dann.«

Es war fast Mitternacht, als Blake Carrington nach Hause kam. Zuerst begrüßte er seine Frau, und dann klopfte er an die Tür seiner Tochter.

»Störe ich?« fragte er.

Sie las gerade ein Buch, schaute aber erfreut hoch. »Du nicht«, sagte sie grinsend.

Ihr Vater setzte sich auf den Stuhl gegenüber ihrem Bett.

»Jeff Colby ist wirklich ein famoser Kerl«, sagte er ohne Einleitung.

»Wirklich? Er ist auch ein bißchen ein Trottel«, sagte sie stirnrunzelnd und fragte sich, was er damit bezweckte.

»Nun, ihr Jungen habt heutzutage eigenartige Methoden, den Hof zu machen«, sagte ihr Vater heiter, »doch wenn es nützt, um so besser.«

»Was nützt?« fragte Fallon entrüstet. »Daddy, was meinst du mit ›eigenartigen Methoden, den Hof zu machen?‹ Man macht den Hof, wenn man heiraten möchte.«

Blake nickte. »Genau.«

Fallon konnte kaum ihren Ärger bezähmen, als sie knurrte: »Was heißt ›genau‹?« Dann konnte sie nicht anders, als direkt zu fragen: »Hat Cecil Colby etwas zu dir gesagt?«

»Vielleicht wirkt das Heiraten in diesem Haus ansteckend«, erwiderte ihr Vater.

»Es war Cecil, oder?«

»Nun so ungefähr, d. h. er machte so Anspielungen.«

»Er hat nicht das Recht, dir etwas zu sagen«, explodierte Fallon. »Es ist mein Leben.«

»Uff«, stöhnte ihr Vater und setzte sich auf ihre Bettkante. Er nahm ihre Hände und sagte: »Sei nicht so streng mit ihm. Wir haben gestern im Club ein paar Drinks zusammen getrunken, und das eine fügte sich zum anderen. Hör zu, wir reden nicht darüber, wenn du nicht willst, okay?«

»Besser nicht«, stimmte sie zu.

»Es ist dein Leben«, beschwichtigte er sie, »du suchst dir deinen eigenen Platz. Ich möchte nur sagen, wenn es soweit käme, würde ich mich freuen. Ich habe in dieser Beziehung ein sehr gutes Gefühl.«

Fallon blickte verdrießlich. Er beugte sich zu ihr hinunter und drückte ihr einen Kuß auf die Stirn. Dann stand er auf, sagte ihr gute Nacht und verließ schweigend das Zimmer.

Am nächsten Tag chauffierte Michael sie zum Colbyco-Haus.

»Die Dame bläst Trübsal?« sagte er über die Schulter, als er sie im Rückspiegel betrachtete.

»Kümmer dich um deinen Kram und fahr«, keifte sie.

Er bog um die Ecke und hielt vor einer Ampel. Dann fragte er: »Sehe ich dich heute nacht?«

»Bitte fahr zu.«

Er schwieg, bis sie angelangt waren und er ihr den Wagenschlag öffnete, um ihr herauszuhelfen. »Hör zu«, sagte er, »wegen heute nacht. Ich erinnere mich gerade, daß ich ja bereits eine Verabredung habe.«

»Zahl ihr die zehn Dollar und amüsier dich gut«, knurrte Fallon und schob sich an ihm vorbei.

»Darauf kannst du Gift nehmen«, rief er laut genug, daß sie es verstehen konnte.

Sie betrat den Wolkenkratzer. Als sie oben angelangt war, verlangte sie unverzüglich mit Mr. Colby zu sprechen. Sie wurde sofort bei ihm vorgelassen.

»Möchten Sie einen Drink?« fragte er, als er das Schränkchen öffnete, in dem er seine Bar untergebracht hatte. Hier waren Flaschen und Gläser aufgereiht und mehrere wohltemperierte Weinflaschen.

Fallon verneinte.

»Sie sind aufgebracht«, sagte er und kam auf sie zu.

»Gestern abend hatte ich ein Gespräch mit meinem Vater. Sie hatten ihm gesagt, ich würde Jeff heiraten.«

»Hätte ich das nicht tun sollen? Es ist doch wahr, oder?«

»Cecil, ich habe versucht, mich mit diesem Gedanken anzufreunden. Aber ich glaube nicht, daß ich es kann. Jeff und ich, wir sind so verschieden...«

»Sie und ich haben ein Abkommen«, sagte Cecil Colby sanft. Er war ein Mann, der davon ausgehen konnte, daß die Leute – jeder – genau das machte, was er sie zu tun hieß. Er hatte damit fast immer recht.

»Das weiß ich«, sagte Fallon und versuchte ein Lächeln, obwohl ihr nicht danach zumute war. »Warum kann ich nicht Sie heiraten!« Es lag in der Luft.

»Da dies«, sagte er freundlich, »keinem von beiden nützen würde. Und weil wir einen Handel abgeschlossen haben.«

»Cecil«, sagte sie und sprach sehr schnell, um die Hoffnungslosigkeit, die sie erfüllte, zu verdrängen, »ich bin nichts für Jeff. Er und ich zusammen wären kein gutes Gespann. Aber Sie und ich – wir wären etwas ganz Besonderes. Zusammen wären wir unschlagbar.«

»Oh, meine Liebe, Sie bringen mich in Versuchung, ehrlich. Doch – nein. Wenn ich meine Neigung über alles stellte, wäre ich nicht da, wo ich heute bin, oder? Nein, Sie und ich, wir tun das, was das Beste ist, denn wir sind klug. Das Wichtigste für Sie war, daß ich Ihrem Vater aus seiner Krise half. Und für mich ist das Wichtigste, daß Sie meinen Neffen heiraten.«

»Sie weisen mich zurück, Cecil?« fragte sie mit einer Stimme, die zu versagen drohte.

»Wie steht es nun mit dem Drink?« fragte er einschmeichelnd.

»Geschenkt«, sagte sie. Sie ging zu seinem Schreibtisch und griff nach dem Telefonhörer. Eine Sekretärin antwortete. »Verbinden Sie mich mit Jeff Colby«, befahl Fallon. Ihr Blick kreuzte sich mit Cecils, als sie ins Telefon sprach. »Führ mich zum Mittagessen aus«, sagte sie barsch, »ich hole dich in ein paar Minuten ab.« Dann hängte sie ein.

»Bis bald, Onkel Cecil«, sagte sie und sah dabei aus wie Madame Pompadour, die zur Guillotine schreitet. Kurz vor der Tür blieb sie stehen. »Sie bleiben bei ihrem

Entschluß?« fragte sie. Als er lächelte und nickte, ging sie zu Jeff hinunter.

»He, möchtest du etwas riskieren?« fragte sie, als sie den Kopf in Jeffs Büro steckte.

»Fallon. Welch reizende Überraschung. Was tust du hier?«

»Ich möchte zum Mittagessen ausgeführt werden.«

»Aber gern. Laß mich nur kurz telefonieren, ich muß jemandem absagen. Was meinst du mit etwas riskieren?«

»Das wirst du schon noch erfahren«, antwortete sie vage. »Das ist aber ein winziges Büro im Vergleich zu dem deines Onkels«, sagte sie.

Vierzehn Stunden später hörte Krystle Carrington im Gang vor ihrem Schlafzimmer laute Stimmen. Sie schüttelte ihren Mann, um ihn zu wecken. Blake lauschte und knipste die Nachttischlampe an.

»Ist das Fallon?« fragte er und schaute auf die Uhr. Drei Uhr morgens.

»Ich glaube, ja, aber wen hat sie bei sich?« flüsterte Krystle beunruhigt.

Sie öffneten die Tür und sahen eine leicht beschwipste Fallon, die von einem ebenfalls leicht angeheiterten Jeff Colby halb getragen wurde. Sie lachten.

»He, Leute«, rief Jeff. »Wir kommen gerade aus Las Vegas.«

»Und wir sind verheiratet«, kicherte Fallon.

»Ihr seid...« Blake strahlte übers ganze Gesicht.

»Herzlichen Glückwunsch, Baby.« Er streckte Jeff die Hand hin. »Ich freue mich sehr, Jeff.«

»Herzlichen Glückwunsch«, sagte Krystle voller Wärme zu beiden.

»Danke«, antwortete Jeff.

Doch Fallon warf sich ihrem Vater an den Hals und hielt sich an ihm fest. Krystle sah, wie Fallons Lächeln schmolz. Sie sah nur noch das ängstliche, wehrlose Gesicht eines kleinen Mädchens.

Kapitel VII

Am Sonntagmorgen fühlte sich Blake Carrington nach der Dusche so wohl wie in den Flitterwochen. Die Welt war in Ordnung, zumindest zur Zeit, und in seinem Bett lag die schönste...

Doch das Bett war leer. Er schlüpfte in seinen Bademantel und rief ihren Namen. Keine Antwort. Sein Blick fiel auf einen blaßblauen Zettel, der auf einem der Kissen lag.

»Komm in die Küche!«

Er lachte und räkelte sich, prüfte sein Spiegelbild und ging hinunter. Krystle befand sich in dem winkelreichen Raum allein. Über ihrem Negligé trug sie eine große Schürze. Als er die Treppe herunterkam, entnahm sie gerade dem Kühlschrank eine Schachtel Eier. Er beobachtete sie, wie sie die Eier auf einen Tisch stellte, auf dem bereits andere Zutaten standen. Er sah grüne Paprikaschoten und Tomaten.

»Was ist hier los? Wo ist das Personal?« fragte er amüsiert.

»Ich habe ihnen freigegeben.« Als sie seinen Blick sah, grinste sie.

»Schließlich bin ich die Herrin des Hauses, zumindest hat das Mr. Carrington gesagt, oder?«

Blake nickte und überlegte, wie unbeschreiblich glücklich er war.

»Nun«, fuhr Krystle fort. »Wie wünscht denn der Herr sein Omelett?«

»Sehr spanisch«, antwortete Blake. Er stellte sich hinter sie und legte seinen Arm um sie.

»'ne Menge scharfes Zeug?« fragte sie und lachte.

»O ja, 'ne Riesenmenge.«

Er sah ihr zu, wie sie die Paprikaschoten zubereitete. »Ich liebe Sie, Mrs. Carrington«, sagte er.

»Und ich Sie«, erwiderte sie. »Ganz besonders an so einem Tag wie heute, wenn diese Linien auf deiner Stirn verschwunden sind, wenn du hinausschreien kannst ›Schert euch alle zum Teufel, dieser Tag gehört meiner Frau!‹«

Er setzte sich auf einen Stuhl, um ihr zuzusehen. »Ich fühle mich so entspannt, wenn ich bei dir bin.«

»Und ich bin so glücklich, wenn ich dich so erlebe. Nun laß mich aber in Ruhe arbeiten. Ich bereite uns ein schönes Omelett. Ich hoffe, ich kann es noch.«

»Ich bin froh, daß sich Fallon entschlossen hat, das Wochenende mit ihrer Freundin Denise zu verbringen. Ich glaube, sie fühlte sich mit Jeff einsam, so außerhalb der Stadt«, sagte Blake und nahm noch eine Tomatenscheibe.

»Ja, wir haben heute das ganze Haus für uns«, sagte Krystle glücklich. Sie vermischte die Gewürze mit den Eiern. »Was möchtest du gern machen?«

»Wieder ins Bett gehen«, antwortete er ehrlich.

Krystle lachte und küßte ihn und versuchte, sich auf das Kochen zu konzentrieren.

Das Sonntagsessen im Hause Blaisdel war ebenfalls einfach und ging ohne Personal vonstatten. Steven Carrington fand, er hatte noch nie einen so guten Hackbraten gegessen, und er fühlte sich bei Matthew und Claudia und ihrer vierzehnjährigen Tochter heimischer als zu Hause.

»Macht deine Frau auch Hackbraten?« fragte ihn Lindsay.

»Ich bin nicht verheiratet«, klärte er sie auf.

Sie war offensichtlich erfreut darüber. »Nun, ich dachte, sie wäre vielleicht verreist oder dergleichen. Bist du verlobt?«

»Lindsay«, sagte ihr Vater, »solche Fragen sind nicht höflich.«

»Schon gut, Matthew. Nein, ich bin auch nicht verlobt«, sagte Steven zu dem glücklichen Teenager.

»Steven lebte 'ne Zeitlang in New York«, berichtete Claudia ihrer Tochter.

Lindsay seufzte laut. »Ich habe mir schon immer gewünscht, nach New York zu gehen«, sagte sie. »Erzähl mir davon.«

»Es ist eine wunderbare Stadt«, sagte er, »eine sehr lebendige Stadt. Es gibt dort so viele Theater und Museen und Konzerte. Es ist herrlich, durch den Central Park zu radeln. Die Stadt ist schön und aufregend.«

»Warum bist du dann zurückgekommen?« fragte das junge Mädchen.

»Lindsay, ehrlich, es gibt so etwas wie eine Privatsphäre«, sagte Matthew.

»Ja, aus persönlichen Gründen, um bei meiner Familie zu sein, denn hier ist meine Zukunft. Doch im Urlaub werde ich wieder nach New York fliegen, um mir die neuesten Theaterstücke anzusehen.«

»Das hört sich wunderbar an«, seufzte Lindsay.

»Doch in New York gibt es ein Gesetz, das vorschreibt, daß niemand in die Stadt gelassen wird, der nicht seine Hausaufgaben gemacht hat«, sagte Claudia. »Ist das nicht so, Steven?«

»Oh, Mama.«

»Das stimmt, Lindsay. An der Stadtgrenze stehen Polizisten mit Laserstrahl-Gewehren und wollen deine Hefte sehen, bevor sie dich passieren lassen.«

»Okay, okay – muß ich dann wenigstens nicht abtrocknen?«

»Ja, geh nur.«

»Ich muß auch noch etwas erledigen«, sagte Matthew.

Steven half beim Geschirrspülen. Er saß mit Claudia in der Küche, plauderte und lachte mit ihr und aß kleine Schokoladenkuchen.

»Lindsay ist ein sehr kluges Mädchen und sehr offen«, sagte er. »Ich hoffe, sie behält diese Offenheit bei. Leider verliert sich das oft bei den Erwachsenen.«

»Bei Ihnen nicht«, sagte Claudia.

»Ich bin nicht offen«, protestierte er.

»Doch, Sie sind es«, erwiderte sie ruhig. »Wenn es um wichtige Dinge geht – wer Sie sind, wie Sie fühlen. Ich beneide Sie darum.«

Stevens Lächeln verschwand, als ihm klar war, worauf sie anspielte.

»Matthew hat Ihnen von mir erzählt«, sagte er.

»Irgend jemand erzählte es mir, erzählte mir von Ihrem Kampf, die Spötteleien, die Sie ertragen. Warum geben Sie nicht auf, Steven? Es gibt so viele Dinge, die Sie tun können. Was wollen Sie diesen Männern beweisen?«

Er lächelte wieder. »Wenn ich Sie nicht so gut kennen würde, wie ich glaube, Sie zu kennen, könnte ich den Eindruck gewinnen, die Frau des Bosses würde mich auffordern, aufzugeben.«

»Das möchte ich auch. Ich würde Sie deshalb nicht weniger schätzen.«

»Aber ich müßte dann auf so ein herrliches Dinner verzichten.«

»Sie wären hier immer willkommen.«

Ihre Blicke trafen sich.

»Sie hätten es gern, wenn ich käme?« fragte er leise, fast flüsternd.

»Natürlich«, flüsterte sie zurück.

Sein Lächeln vertiefte sich. »Und das nächste Mal

bringe ich Blumen mit«, sagte er, »und mache dir ein Lager aus Rosen.« Er räusperte sich. »Ich glaube, das ist von Marlowe, aus ›A Shepherd to His Love‹ oder so ähnlich.«

Claudias Hand, in der sie einen Teller hielt, zitterte. Der Teller fiel zu Boden und zerbrach.

Sie bückte sich, um die Scherben aufzulesen, er beugte sich ebenfalls hinunter, um ihr zu helfen. Sie knieten auf dem Boden, sahen sich an, kümmerten sich nicht mehr um die Scherben...

Ihr Kuß war sanft, nicht leidenschaftlich, voller Erotik und Zärtlichkeit.

Als sie sich losließen, waren sie beide verlegen.

Steven stand auf und sagte: »Es ist wohl besser, ich gehe jetzt.«

Claudia kniete noch, ihre Hand blutete leicht von den Scherben. Sie konnte nur nicken und ihn gehen lassen.

Heute fuhr er nach Hause. Der Sonntag war ein freier Tag, keiner schlief an diesem Tag draußen am Förderturm. Man hätte damit zu der Vermutung Anlaß gegeben, daß man keine Familie hätte. Steven fuhr zur Villa seines Vaters und überlegte, daß es an der Zeit wäre, in der Stadt ein Apartment zu suchen. Er versuchte, nicht an den Kuß von Matthew Blaisdels Frau zu denken.

Seine Schwester fuhr vor ihm die Auffahrt hinauf – in Jeffs Mercedes. Er folgte ihr bis zur Garage. Sie stieg aus und kam auf ihn zu. Sie trug ein tiefausgeschnittenes langes Abendkleid, Brillantohrringe, aber keinen Lippenstift.

»Hallo«, sagte sie und beugte sich zu ihm hinunter.

»Hallo.«

»Möchtest du mir einen Vortrag halten?«

»Worüber?«

»Daß mein Mann nicht in der Stadt ist und ich im stillen Kämmerlein bei einem Brontë-Roman auf ihn warten sollte.«

Steven grinste sie an. »Habe ich dir je gepredigt, wie du dich zu benehmen hast?« fragte er. »Geh zur Seite, damit ich aussteigen kann.

Sie trat einen Schritt zurück. Der Laternenschein reflektierte ihre glitzernden Augen, Ohrringe und glänzenden Lippen. Sie war offensichtlich in aufgewühlter Stimmung. Steven stieg aus, legte seinen Arm um sie und geleitete sie ins Haus.

»Möchtest du Backgammon spielen?« fragte sie ihn.

»Nein, ich bin zu erschossen dazu.«

»Monopoly? Du schuldest mir immer noch eine Freifahrt mit einer Eisenbahn meiner Wahl. Weißt du nicht mehr?«

»Was hältst du davon, deinen müden alten Bruder schlafen zu lassen?«

»Du hast heute morgen ein Telegramm erhalten.«

Steven öffnete die Haustür und ließ sie vorangehen. »Wo ist es?« fragte er.

»In deinem Zimmer.«

Er blieb überrascht stehen. Der Mond war so hell, daß sie kein Licht benötigten. »Soll das heißen, daß du es noch nicht gelesen hast?«

»Natürlich nicht. Was denkst du denn von mir?«

»Von wem kommt es?«

»Das werden wir gleich sehen«, rief sie aus und schlüpfte aus ihren hochhackigen Schuhen. Dann wandte sie sich zur Treppe. Steven lief ihr hinterher, und sie eilten zusammen in sein Zimmer hinauf. Sie bemühten sich, Blake und Krystle nicht zu wecken.

Er nahm das Telegramm vom Schreibtisch, riß es auf und drohte ihr mit dem silbernen Brieföffner, als sie versuchte, danach zu greifen. Er hielt es über Fallons Kopf. Sie sah, wie das Lachen aus seinem Gesicht verschwand und seine Miene kummervoll wurde.

»Was ist los, Steven?« fragte Fallon und ließ sich auf dem Sofa nieder. »Ist es von Ted?« fragte sie.

Steven sah sie an und nickte. »Ja, genau«, erwiderte er.

»Und?«

»Er möchte zu Besuch kommen. Er schreibt, er müsse mich unbedingt sehen.«

»Möchtest du ihn sehen?« fragte sie ruhig.

Steven ließ sich in einen Sessel fallen. »Ich weiß nicht«, antwortete er.

Fallon beugte sich nach vorn, ganz ernst, und sagte:

»Steven, erinnerst du dich daran, wie jedes Mädchen ganz hin und weg von dir war, als du ein Junge warst?«

Er zuckte die Achseln.

»Wie hast du damals diese Mädchen empfunden?« fragte sie ihn eindringlich.

Er zuckte erneut die Achseln, leicht ungeduldig. »Ich fand einige von ihnen recht hübsch.«

»Einige von ihnen sind immer noch hübsch«, sagte seine Schwester. »Und sie sind auch nach wie vor von dir begeistert. Hast du es je mit einer von ihnen versucht? Überhaupt mit einer Frau?«

Statt einer Antwort starrte Steven auf den Teppich.

»Du hast es nicht, oder? Wenn du es nicht versuchst, wie kannst du dann je erfahren, wer du bist – oder wie du bist?« fuhr sie fort.

Er blickte sie jetzt voll an. Sie sah Kummer in seinem Blick.

»Vielleicht werde ich es nie erfahren, Fallon«, sagte er.

Sie hielt ihm ihre Hand hin, und er ergriff sie. »He«, sagte sie, »ich weiß auch nicht, warum wir so sind, wie wir sind. Wir haben allzulange keine Mutter gehabt. Vielleicht liegt es daran. Hier bin ich, die Skandalnudel von Colorado, und du...«

Sie hielt inne.

Steven beendete den Satz. »Blake Carringtons mißratener Sohn«, sagte er und brachte ein zaghaftes Lächeln zustande. »Wir sind ein schönes Paar!«

Fallon hielt seine Hand. »Was auch immer wir sein mögen«, sagte sie ernsthaft, »etwas steht fest: Du hast Angst und ich auch. Es gibt vieles, das mich ängstigt. Zum Beispiel, daß ich nichts erreichen werde, mich nicht mit Blake Carrington messen kann. Der Ring an meinem Finger kommt mir wie eine Fessel vor. Erinnerst du dich, Steven, wie ich, nachdem uns Mutter verlassen hatte, sechs Monate nicht schlafen konnte? Wie ich zu dir gekommen war und wir uns in der Dunkelheit an den Händen hielten wie Hänsel und Gretel, uns überlegten, wohin sie gegangen war und warum – wir haben es nie erfahren. Weißt du noch, wie ich dir sagte, wie sehr ich dich liebte und für dich sorgen würde und wir uns nie verlassen würden?«

Steven nickte. Er war zu gerührt, um etwas sagen zu können.

Sie stand auf, küßte ihn zart auf die Stirn und flüsterte: »Wir wollen das nicht vergessen. Komm, laß uns schlafen gehen, großer Bruder.«

Er beschloß, Ted nicht gleich zu antworten. In dieser Nacht schlief er sehr gut. Es war doch angenehmer, in einem großen, weichen Bett zu schlafen als in einer engen unbequemen Koje. Auch war es wesentlich angenehmer, das leise Surren der Klimaanlage zu hören als das Schnarchen der Männer. Um halb fünf Uhr war er hellwach, frisch und munter, eine neue Arbeitswoche anzugehen.

Nachmittags stand Steven oben auf dem Bohrturm, faßte nach dem Bohreisen, um es mit dem Schraubenschlüssel festzumachen. Er drehte das Bohreisen einmal herum, als er einen Ruck verspürte und an der Stelle, wo der starke Drehzapfen des Förderturms hätte sein sollen, kein Widerstand zu spüren war. Etwas Riesiges, Tödliches schwirrte durch die Luft, und Steven wurde hochgeschleudert, sein Sicherheitsgurt schnitt ihn in die

Schultern und die Taille. Er baumelte nach unten, den Kopf sechs Fuß über dem Boden und die Füße in der Luft. Unter ihm schrien die Männer und brachten sich vor den herunterfallenden Eisenteilen und Werkzeugen in Sicherheit.

»Was ist hier los?« rief Matthew Blaisdel und rannte aus dem Büro.

»Das Bohreisen hat sich gelöst«, hörte Steven Big Ed schreien.

»Dreimal dürfen Sie raten, wer daran schuld ist«, fuhr der Schürfer fort. Steven sah aus seiner unglücklichen Stellung heraus, daß Ed in seine Richtung zeigte.

Ein anderer Schürfer stimmte zu. »Ja, es war der Carrington.«

»Das hat uns gerade noch gefehlt«, fügte Buck Wallace hinzu. Die Männer rannten jetzt nicht mehr weg, sondern stellten sich um Matthew und Walter, der sich inzwischen hinzugesellt hatte.

Stevens Kopf dröhnte. Er konnte nicht verstehen, daß sie ihn nicht aus seiner mißlichen Lage befreiten.

»Wie schlimm ist es?« fragte Walter Lankershim.

»Wir haben das Bohreisen verloren«, antwortete einer der Männer.

»Fiel es tief?«

»Ja. Wir können versuchen, es herauszufischen, aber du weißt selber, daß das unmöglich ist.«

Steven sah, wie sich Matthew an Big Ed wandte. »Wo warst du, als dies passierte? Du bist der Bohrexperte«, sagte Matthew ärgerlich.

»Ich versuchte, den Schüttler zu befestigen«, antwortete Ed. »Ich bat Carrington, sich um das Bohreisen zu kümmern. Ich dachte, ich könnte es ihm ein paar Minuten anvertrauen.«

Matthew wandte sich an seinen Partner. »Was denkst du, wie teuer wird es wohl kommen?«

Der ältere Mann schüttelte den Kopf. »Ich würde sagen dreißigtausend, wahrscheinlich eher vierzigtausend. Wenn alles auf Anhieb klappt.«

Steven wünschte sich, er könnte in Ohnmacht fallen, ja besser noch, gleich sterben. Seine Arme und Beine waren inzwischen gefühllos. Tränen liefen ihm über die Stirn in sein dichtes blondes Haar.

»Wir sind erledigt«, fuhr Walter trübsinnig fort. »Wir sind gewissermaßen blank. Wo sollen wir so 'ne Summe herkriegen?«

Niemand antwortete. Niemand vermochte zu antworten. Nach einem langen qualvollen Augenblick gingen Big Ed und Buck zu dem Seil, an dem Steven baumelte. Sie ergriffen es und wirbelten es wie wild herum. Steven fühlte sich schwindlig und voller Schuldgefühle. Er schloß die Augen und hoffte, er könne sterben.

»Laßt ihn sofort herunter!« befahl Matthews Stimme.

»Wir lassen ihn so lange hier wirbeln, bis er zugibt, daß er es absichtlich gemacht hat«, antwortete Buck.

»Ich sagte, laßt ihn herunter«, wiederholte Matthew. Steven hörte ihn wie aus weiter Ferne. Am liebsten hätte er ihm zugerufen, er solle sich um ihn keine Sorgen machen, es lohne sich nicht, ihn zu retten.

Langsam ließen sie ihn auf den Boden fallen. Einen Augenblick lang lag Steven hilflos da, bis das Blut in seine Hände und Beine zurückströmte und er wieder aufstehen konnte. Er humpelte zu Matthew und Walter.

»... wir müssen jetzt zu Carrington oder Colby oder zu einem der anderen Bonzen gehen«, sagte Walter, »und verkaufen, ich sehe keine andere Wahl.«

»Laß uns noch einen Tag warten«, erwiderte Matthew. »Wenn wir zu Carrington oder zu einem der anderen gehen müssen..., laß uns zumindest noch einen Tag darüber nachdenken.«

Walter nickte, und Matthew wollte auf seinen Wagen zugehen. Er sah Steven dastehen und wollte wortlos an ihm vorbeigehen.

»Matthew, ich schwöre dir, ich tat es nicht absichtlich«, würgte er mühsam hervor. Seine Kehle war so trocken, daß er kaum sprechen konnte.

»Ich glaube, es ist besser, du trollst dich«, war alles, was Matthew ihm erwiderte.

Steven zögerte, nickte und humpelte weiter.

»Und dabei fing ich an, den Kleinen zu mögen«, sagte Walter.

»Es hätte jedem von uns passieren können«, antwortete Matthew.

»Ja, bloß ist er halt der Sohn des Mannes, der nur darauf wartet, alles an sich zu reißen, wofür wir gearbeitet haben.«

Steven holte seine paar Sachen und machte sich auf den Weg. Niemand sprach mit ihm. Er stieg in seinen

Wagen und fuhr los. Es blieb ihm nichts anderes übrig, als nach Hause zu fahren.

Er stellte sich unter die Dusche, trocknete sich ab und zog sich frische Sachen an. Äußerlich hatte er keine Verletzungen davongetragen. Dann ging er hinunter in die Bibliothek, wo sein Vater und seine Stiefmutter vor dem Dinner einen Drink zu sich nahmen.

Krystle begrüßte ihn mit einem freundlichen Lächeln. Sie schien immer aufrichtig erfreut, ihn zu sehen. »Steven, wie nett, daß du hier bist. Komm, trink ein Glas mit uns.«

Er schüttelte den Kopf. »Vielen Dank, Krystle. Doch im Augenblick nicht.«

»Ich dachte, du würdest 'ne Zeitlang draußen auf dem Förderturm bleiben«, sagte Blake. Er lehnte in einem der bequemen grünen Samtsessel vor dem Kamin und schien mit sich und der Welt zufrieden.

»Wir haben abgedreht«, sagte Steven. »Wir mußten aufhören.«

»Ich weiß«, sagte sein Vater.

Steven starrte ihn erstaunt an. »Woher?«

»Schlechte Nachrichten verbreiten sich schnell«, sagte Blake.

Steven brachte kein Wort hervor. In seinem Kopf hämmerte es. »Schlechte oder gute Nachrichten?« fragte er kühl.

Blake lächelte. »Ich glaube, das kommt auf den Standpunkt an.«

Steven sah, wie Krystle ihn neugierig musterte, als ob

sie Wunden entdecken könnte, die äußerlich nicht zu sehen waren. Er verwarf den Gedanken, daß sie auf seiner Seite sein könnte. Warum mußte man in diesem Haus immer die Seiten wählen?

Er schaute seinem Vater offen in die Augen. »Dad, es war mein Fehler.«

Blake stellte sein Glas auf den Tisch. »Das wußte ich nicht«, sagte er gelassen. »Nun, das hätte jedem passieren können.«

»Doch mir ist es passiert«, brach es aus Steven hervor. »Ich war es, ich hatte die Verantwortung. Sie gaben mir eine Chance, vertrauten mir. Matthew war mein Freund, und nun... es ist Matthews und Walters Ruin und...« Er schwieg.

»Das ist Pech«, sagte sein Vater, immer noch ruhig und unbewegt.

Steven stand bewegungslos im Raum. Sein Vater nippte an seinem Drink. Krystle beobachtete beide, sie fühlte, daß etwas zwischen den beiden stand, zu dem sie keinen Zugang hatte. Nach einer Ewigkeit sagte Steven: »Dad, ich möchte, daß du ihnen eine Chance gibst, ihre Frist verlängerst.« Er schluckte gerade noch das »bitte« hinunter.

»Warum sollte ich das tun?« fragte Blake offensichtlich überrascht. »Du weißt genau, daß ich auf die Optionen lauere. Im übrigen habe ich zur Zeit selber Sorgen.«

»Matthew und Walter sind bestimmt nicht die Ursache dafür. Doch ich bin der Anlaß für ihre Sorgen.« Er schwieg einen Augenblick, holte dann tief Luft und fuhr fort: »Wenn du ihnen hilfst, Dad, mache ich alles, was du möchtest. Ich werde für dich arbeiten und versuchen, der Sohn zu sein, den du dir wünschst.«

»Oh, soll das heißen, du würdest den Job als Public-Relations-Mann in meinem Büro antreten?«

»Ja, Sir.«

»Bedeutet das auch, daß du mit Brian Cables Tochter ausgehen würdest?«

»Ja, Sir.«

»Bedeutet das auch, daß du deine New Yorker... Bekanntschaften aufgeben wirst?«

Steven nickte. Blake betrachtete ihn mit zusammengekniffenen Augen. Dann stieß er ärgerlich hervor. »Für Matthew Blaisdel würdest du alles tun, aber nicht für mich.«

»Blake«, stieß Krystle hervor, doch weder Vater noch Sohn hörten sie.

»Dad, ich möchte einfach, daß du dich fair verhältst«, sagte Steven.

»Dann hör auf, mir Bedingungen zu stellen, und sei so, wie ich es wünsche.«

Steven erkannte die Sinnlosigkeit dieses Arguments und wandte sich zur Tür.

»Steven, warte.« Blake Carrington war unfähig, sich zu entschuldigen, ganz besonders nicht gegenüber seinem eigenen Sohn. Doch er ging auf ihn zu. »Ich wollte dir nicht weh tun. Und ich weiß, daß du auch mich nicht verletzen möchtest. Warum denkst du wohl, habe ich so hart gearbeitet? Für wen habe ich das wohl alles aufgebaut? Ich lebe ja nicht ewig. Es gehört alles dir, Steven. Alles, was ich erarbeitet habe, tat ich für dich und deine Schwester – für meine Familie.«

»Ich bin davon überzeugt, Dad, und ich schätze das, ehrlich. Aber ich befürchte, ich bin nicht der Sohn, den du dir immer gewünscht hast. Und bitte sag mir, hilfst du Lankershim und Blaisdel?«

Blake sah plötzlich alt aus. Steven fühlte, wie ihn ein Zittern durchlief. Doch er stand da und wartete auf die Antwort seines Vaters.

»Nein«, sagte Blake schließlich.

Steven sah ihn noch einmal an, tief enttäuscht, und verließ dann die Bibliothek. Blake stand auf und ging zu seiner Frau, die am Fenster stand und hinausblickte. Seine Hand fühlte sich kalt an, als er ihre Schulter berührte.

»Woran denkst du?« fragte er sie.

»Wie schön es hier ist«, sagte sie und betrachtete den saftigen Rasen und die Obstbäume »... und wie häßlich es manchmal sein kann.«

Er küßte sie auf die Wange, doch sie drehte sich nicht um.

»Blake, er ist dein Sohn. Dein Sohn hat sich dir mitgeteilt, hat sich deiner Gnade ausgeliefert. Es war nicht einfach für ihn, den Tadel für diesen Unfall zu ertragen, doch er kam zu dir, und du hast ihn wieder zurückgestoßen. Wie kannst du erwarten, mit ihm ein gutes Verhältnis zu haben?«

Blake stand hinter ihr, ohne sie zu berühren. Seine

Stimme klang distanziert. »Machst du dir Sorgen um Steven oder... um Matthew Blaisdel?«

Sie wandte sich um und sah ihn an. »Du redest Unsinn, Blake.«

»Manchmal muß man Unsinn reden.« Er ging zur Bar und goß sich einen Wodka ein.

»Und anscheinend müssen auch unsinnige Dinge getan werden«, sagte sie ärgerlich.

»Was soll das heißen?«

»Matthew war dein Freund. Noch bis vor sechs Wochen hat er seine ganze Arbeitskraft für dich und deine Firma eingesetzt...«

Blake unterbrach sie: »Und dann ließ er mich im Stich; aus war es mit der Freundschaft und Treue.«

»Er versuchte es auf eigene Faust und...«

»Und ist gescheitert.«

»Und du hast das Deine dazu beigetragen.«

»Womit habe ich es verdient, eine so sentimentale Familie zu haben! Geht es denn gar nicht in deinen Kopf, daß ich ein hartes Geschäft habe, das nicht immer so fein sein kann. Wir können nicht überleben, wenn wir alles verschenken. Es wäre besser, du würdest dir das klarmachen, wenn du nicht möchtest, daß die Denver-Carrington pleite macht. Das Überleben zählt, das ist alles. Ich muß die Dreckarbeit machen, und du und Steven, ihr könnt euch den Luxus leisten, mit den anderen, die nicht so erfolgreich sind, Mitleid zu haben, z. B. mit Matthew Blaisdel...«

»Was meinst du mit Dreckarbeit?«

Blake stellte sein Glas ab. »Ich muß noch einige Anrufe erledigen«, sagte er. »Ich sehe dich beim Dinner. Vielleicht sind wir dann beide etwas ruhiger.«

Er verließ den Raum. Krystle blickte ihm hinterher. Ihr Ärger war schnell verraucht. Sie griff nach dem Hörer und wählte die Nummer des Majordomus.

Joseph kam sofort herunter. Nach diskretem Klopfen betrat er den Raum.

»Ja, Madam?«

»Heute abend essen wir auf der Terrasse, Joseph. Ich wünsche, ein paar Flaschen guten Champagner und Kerzen.«

»Es tut mir leid, Mrs. Carrington, aber...«

»Joseph. Haben Sie nicht gehört, was ich gesagt habe?«

»Doch, Mrs. Carrington, nur...«

»Dann ist es ja gut. Danke, Joseph, das ist alles.«

Als er gegangen war, betrachtete sie ihre Hände und erwartete, daß sie zitterten. Doch ihre Hände waren schlank, perfekt manikürt und ganz ruhig. Allmählich lernst du es, sagte sie zu sich selbst.

Kapitel VIII

Der weiche Schlamm reichte fast bis zu Matthews Knien. Bei jedem Schritt quietschten seine hüfthohen Stiefel. Langsam und vorsichtig tastete er sich vor, entlang dem Förderturmgürtel, zwanzig Fuß unter der Planierung. Seine Taschenlampe beleuchtete die Wände des Kellers, als er jeden Zentimeter des schlammigen Inneren ableuchtete. Er war schon über eine Stunde hier, als er plötzlich einen Gegenstand wahrnahm. Er beugte sich behutsam vor, um das kleine Ding aufzunehmen, steckte es in seinen Handschuh und ging zur Leiter.

Als er wieder Grund unter den Füßen hatte, war der kalte Neumond hinter den Bergen verschwunden. Matthew zog seine Stiefel aus und ging zum Büro. Drinnen untersuchte er den Fund. Er erzählte eine ganze Geschichte.

Er lenkte seinen Wagen in Richtung Schürfer-Bar, aber unterwegs hatte er eine bessere Idee. Er fuhr zu einem Stellplatz für Wohnwagen, ging an Familien vorbei, die gerade beim Essen waren, an Kindern, die Ball spielten. Bobby Morrow hatte die Nummer 164; er begoß gerade ein Stück Rasen.

»Hallo, Matthew. Was tust du denn hier? Komm herein. Möchtest du ein Bier?«

»Nein danke, Bobby. Ich möchte dir etwas zeigen.«

Der muskulöse junge Schürfer stellte die Gießkanne ab und folgte Matthew in den Wagen.

»Eine Schraube?« sagte er, indem er den Gegenstand in Matthews Hand betrachtete.

»Genau. Von dem Stabilisator, würde ich sagen.«

Bobby nickte verblüfft. »Ja, das würde ich auch sagen.«

»Sie ist nicht kaputt, sondern wurde absichtlich entfernt, Bobby. Irgend jemand hat diese Schraube gelokkert, und der Stabilisator hatte keinen Halt mehr und fiel herunter. Der Drehzapfen ist nicht zufällig abgebrochen.«

Bobby ließ einen Pfiff ertönen, hielt dann inne, da er Matthews Augen auf sich gerichtet sah. »Das soll aber nicht heißen, daß du mich beschuldigst, oder?« fragte er.

»Noch beschuldige ich niemanden. Aber ich dachte, vielleicht wüßtest du etwas darüber.«

Bobby erwiderte: »Nein, ich weiß nichts.«

»Bist du dir dessen ganz sicher? Steven Carrington mußte den Tadel dafür einstecken. Du hast gesehen, was heute nachmittag passiert ist. Ich dachte, daß du nicht scharf darauf seist, den jungen Carrington reinzulegen.«

Bobby schüttelte den Kopf. »Wenn er es getan hat,

hat er es getan. Einer muß es ja getan haben«, beharrte er.

»Aber vielleicht weißt du, wer der wahre Schuldige ist? Und du hast Angst, sie könnten denken, du seist ein Schwuler, wenn du Steven verteidigst? Stimmt das etwa nicht?«

»Nein, das stimmt nicht. Ich habe keine Angst, daß...«

»Was dann?«

»Du weißt, wie es ist, jemanden zu verpfeifen, mit dem man zusammenarbeiten muß, selbst wenn...«

»Du weißt etwas, das dachte ich mir. Willst du wirklich so ein Verbrechen unterstützen, Bobby? Wo bleibt deine Loyalität?«

Bobby fühlte sich sichtlich unbehaglich. Schließlich sagte er zu Matthew: »Komm mit rein.«

Eine Stunde später standen sich Matthew und Big Ed in der Schürfer-Bar Auge in Auge gegenüber. Nun, nicht direkt, denn Eds Kopf steckte im Spülwasser. Er wurde von Matthew runtergehalten. Dann ließ er Ed kurz nach Luft schnappen, damit er eine Frage beantworten konnte.

»Wer bezahlte dich, um uns aufs Kreuz zu legen?«

»Du bist ja verrückt, Mann. Laß mich in Ruhe.«

Wieder versank Eds Kopf in der schmutzigen Brühe.

»Wer?«

»Niemand. Es war... es war meine eigene Idee.«

Erneut war er unter Wasser.

»Wer, in des Teufels Namen? Wer?«

Ed japste und spie Wasser. »Carringtons Leute.«

Matthew ließ ihn los. »Nie wieder möchte ich deine elende Visage sehen, verstanden?« sagte Matthew zu ihm und wandte sich den anderen Männern zu. »Wir werden es nochmals versuchen. Ihr seid alle herzlich eingeladen, mir zu helfen.«

Er verließ die Bar und fuhr zu Blake Carringtons Villa hinauf. Es war schon spät, fast Mitternacht. Er stellte sich dem Butler an der Tür vor und wurde vorgelassen. Als er den Weg hinauffuhr, wünschte er sich sehnlichst, Krystle würde schlafen, wenn er die Auseinandersetzung mit ihrem Mann hatte.

Joseph öffnete die Tür, wortlos, aber offensichtlich entrüstet über Matthews Aufzug. Er führte ihn in die Bibliothek. Krystle stand auf der Treppe, wollte sich gerade zurückziehen, als er hereinkam. Sie blieb stehen, doch er hatte sie nicht bemerkt. Bevor sich die Tür hinter ihm schloß, hörte sie noch, was er zu Blake sagte.

»Ich möchte wissen, was das für ein Mann ist, der seinen Sohn für eine Sache, die er selbst inszeniert hat, den Rüffel einstecken läßt...«

Sie setze sich auf die Treppe und hielt sich an dem Geländer fest. Sie konnte es nicht glauben, nein, das konnte doch nicht sein. Wenn sie Matthews ärgerlichen Worten glaubte, müßte sie ja völlig an der Integrität ihres Mannes zweifeln. Doch im Innersten ihres Herzens fühlte sie, daß Matthew recht hatte.

Krystle raffte sich auf und stieg müde die letzten Stufen hinauf. Sie nahm ein langes, heißes Bad und versuchte, das eben Gehörte zu vergessen.

Als Blake ins Schlafzimmer kam, machte er einen nervösen, besorgten Eindruck. Sie beobachtete ihn, wie er sich aufs Bett setzte, einen Schuh auszog, wieder aufstand, ins Ankleidezimmer, auf die Toilette ging, zurückkam und den zweiten Schuh auszog. Dann setzte er sich an den kleinen, runden Tisch und griff nach dem Telefonhörer. Er wählte eine Nummer und wartete, wobei er mit den Fingern auf den Tisch trommelte. Krystle schloß die Augen und tat so, als ob sie schliefe.

»Andrew? Oh, ja ich verstehe... bitte, ich muß ihn dringend sprechen. Andrew? Es tut mir leid, daß ich dich stören muß, doch ich brauche deine Hilfe. Matthew Blaisdel und Walter Lankershim drohten mir, daß der Unfall, der sich auf ihrem Förderturm ereignete, Folgen haben würde. Da ist ein Bursche, der behaupten könnte, ich hätte mit der Sache zu tun... es ist ein Schürfer namens Big Ed. Es besteht die Gefahr, daß er plaudert... ...Ich möchte, daß er die Stadt verläßt, am besten das Land – für immer. Bitte, kümmere dich darum, du weißt ja, was du tun mußt. Gute Nacht.«

Er legte den Hörer auf die Gabel und gab seinen Schuhen einen Tritt. Als er ins Bett schlüpfte, rückte Krystle so weit wie möglich von ihm ab und hoffte, er würde sie nicht berühren.

Als er am nächsten Morgen gegangen war, rief sie ihre Freundin Doris an und verabredete sich mit ihr zum Lunch.

»Du hast doch für alle Abteilungsleiter gearbeitet, Doris. Ich weiß, daß du auch viele private Dinge für sie erledigt hast«, sagte Krystle später in dem gemütlichen Lokal.

»O ja, natürlich. Warum fragst du... doch bestimmt nicht, um irgend etwas aus mir herauszulocken, was ich nicht sagen sollte? Worum geht's, Krys?«

»Nun..., ich weiß, daß du Juweliergeschäfte kennst, die so verblüffende Kopien herstellen können, daß man sie nicht von den Originalen unterscheiden kann.«

»Du meinst Fälschungen. Ja, so etwas ist mir bekannt.« Doris betrachtete Krystle mit unverhohlener Neugier und vergaß sogar zu essen. Sie versuchte sich vorzustellen, warum ihre Freundin solche Fragen stellte. Doris dachte an die riesigen Ohrringe, die Krystle zur Hochzeit geschenkt bekommen hatte, aber das war ja absurd...

»... und du weißt doch bestimmt auch, wo man gegen Hinterlegung von Wertgegenständen Bargeld bekommen kann, diskret natürlich«, fuhr Krystle nervös fort.

»Krystle, was ist los?«

»Ich... ich habe etwas, das ich verkaufen möchte. Doris, du hilfst mir doch, oder? Aber du darfst niemandem etwas davon sagen.«

»Nun, natürlich Krys, aber warum... ich dachte, du hättest alles.«

»Willst du mir helfen?«

»O Gott, ich überlege nur, was es sein könnte. Wahrscheinlich Matthew Blaisdel und seine Probleme mit dem Förderturm, oder? Du möchtest Geld für ihn auftreiben?«

Krystle nickte und biß sich auf die Unterlippe. Den großen Salatteller vor sich hatte sie nicht angerührt. Um sie herum wurde gelacht, Angestellte, die Mittagspause hatten, erzählten sich ihre kleinen Geschichten. Doch Krystle und Doris schwiegen.

Doris nahm einen Bissen von ihrem Spinat und dachte scharf nach. Schließlich fragte sie ihre Freundin: »Welchen von den beiden liebst du eigentlich?«

»Wie meinst du das?« fragte Krystle überrascht.

»Du tust das doch für Matthew, oder?« Krystle antwortete nicht.

»Und Blake weiß nichts davon, sonst müßtest du ja nicht deinen Schmuck verhökern.« Krystle zeigte immer noch keine Reaktion.

»Also sag mir, welchen von den beiden liebst du?« wiederholte Doris.

»Ich liebe meinen Mann.«

Doris sagte nichts. Sie legte ihre Gabel auf den Teller und wartete.

Schließlich fuhr Krystle fort. »Ich finde, daß... ich kann die Tatsache nicht auslöschen, daß Matthew eine Rolle in meinem Leben spielte. Ich dachte, es wäre zwischen uns alles aus, sonst hätte ich Blake nie geheiratet, das darfst du mir glauben. Natürlich ist zwischen uns alles aus. Doch er braucht Hilfe, und ich fühle mich dazu verpflichtet, ihm zu helfen, das ist alles.«

»Ich gehe jede Wette ein, daß Blake irgendein krummes Ding gedreht hat und du es wieder gutmachen möchtest.«

»Du sprichst von meinem Mann.«

»Tut mir leid.«

»Möchtest du mir helfen, Doris?«

Die Kellnerin legte die Rechnung auf den Tisch. Krystle griff danach, doch Doris war schneller. Sie drehte sie um. Dann sagte sie, zu Krystle gewandt: »Du weißt, ich war etwas neidisch auf dich und zerfloß vor Selbstmitleid, weil ich in einem Einzimmerapartment lebe und in dieser alten Kiste herumfahre. Aber nun möchte ich um nichts in der Welt mit dir tauschen.«

»Gib mir die Rechnung«, sagte Krystle in aller Ruhe.

»Okay. Doris überließ sie ihr. »Der Mann, der Juwelen aufkauft, ist ein Mr. Volkert in der Bluff Street. Er kann auch die Fälschung für dich anfertigen. Ich begleite dich, denn ich habe noch Mittagszeit. Los, gehen wir.«

Mr. Volkerts Geschäft lag am anderen Ende der Stadt. Krystle war entschlossen, aber ängstlich. Sie fühlte sich wie eine Figur in einem Agentenfilm. Sie parkte ihren Wagen etwas abseits von dem diskreten Schild: »Volkerts Antiquitäten, Ankauf und Verkauf von Grundstücken, Schmuck.«

Als Krystle den riesigen eiförmigen Smaragd aus ihrer Handtasche nahm, machte Mr. Volkert große Augen, drehte ihn hin und her und äußerte sich begeistert über den wunderbaren grünen Stein.

»Bevor wir uns über das Geld unterhalten«, sagte er, indem er sich über seinen kurzen weißen Bart strich, »mache ich Sie darauf aufmerksam, daß die Kette nach Ablauf von sechs Monaten uns gehört, wenn Sie das Geld einschließlich natürlich der Zinsen nicht zurückgeben können. Ist das klar?«

Krystle nickte. »Ja, das ist klar«, sagte sie.

Mr. Volkert lächelte freundlich. »Sie sehen nicht ganz überzeugt aus«, sagte er.

»Es ist nur..., es ist nicht so einfach, ich finde...« Krystle wußte selbst nicht, was sie sagen wollte. Sie versuchte sein Lächeln zu erwidern, allerdings ohne großen Erfolg.

»Aber warum soll es nicht einfach sein?« fragte der Pfandleiher. Die Leute brauchen aus den unterschiedlichsten Gründen Geld. Einige zum Beispiel verspielen ihr Geld in Las Vegas, andere haben noch teurere Hobbys... aber das geht mich alles nichts an.«

»Wieviel bekomme ich dafür?« fragte sie voller Nervosität.

Mr. Volkert nahm den Smaragd erneut unter die Lupe. »Ich kann Ihnen dafür vierzigtausend Dollar geben«, sagte er schließlich.

Krystle holte tief Luft, sie hatte nicht gewußt, daß sie so ein kostbares Stück besaß. Doch bevor sie etwas sagen konnte, fuhr Mr. Volkert fort.

»Ich weiß, ich weiß«, sagte er, »das sind nur ungefähr

zwei Drittel des tatsächlichen Wertes. Vielleicht versuchen Sie es irgendwo anders. Er wollte den Smaragd wieder an der Kette befestigen, doch Krystle griff nicht danach.

»Geben Sie mir das Geld«, sagte sie gelassen.

Krystle fuhr Doris ins Büro zurück und dann direkt zu Matthew Blaisdels Förderturm. Es herrschte dort völlige Stille. Kein Mensch schien da zu sein. Sie parkte und ging zum Büro. Als sie klopfte, sagte Matthews Stimme: »Herein.«

»Hallo, Matthew.«

»Krystle...« Er sah müde aus. Vor ihm lag ein Stapel Papiere.

Er schaute sie an und konnte den Blick nicht von ihr wenden.

»Darf ich hereinkommen?« fragte sie.

Er nickte.

Krystle schloß die Tür hinter sich und kam herein. Es war kalt hier, und sie fröstelte. Sie vergrub ihre Hände tiefer in ihrer Luchsjacke.

»Ich habe gehört, du hast Ärger«, sagte sie.

Er zeigte auf den leeren Förderturm draußen. »Du kannst dich selbst davon überzeugen«, sagte er mit einem müden Lächeln.

Krystle griff in ihre Handtasche und entnahm ihr ein großes Kuvert, das sie ihm reichte. Matthew sah überrascht aus, als er es nahm. Er griff hinein und zog ein Bündel Hundertdollarscheine heraus.

»Was soll das?« fragte er mißtrauisch.

»Es hat nichts mit Blake zu tun, das kannst du mir glauben«, sagte sie schnell. »Ich weiß, du brauchst es, und ich kann es dir geben. Also bitte, nimm es. Und bevor du nein sagst, erinnere dich daran, daß du eine Frau, eine Tochter, einen Partner und eine Horde Männer hast, die alle von dir abhängig sind. So nimm es und gib es mir zurück, wenn du es kannst.«

Matthew starrte sie an. In der Hand hielt er die Geldscheine, sein Blick suchte den ihren, offenbarte Gefühle, die er verdrängen mußte. Schließlich nickte er langsam.

»Ich gebe es dir zurück, sobald ich kann«, sagte er.

»Sechs Monate lang komme ich ohne aus«, erwiderte sie ihm.

»Ich weiß, daß Blake diesen Förderturm möchte, wir beide wissen es. Warum tust du das?« fragte er sie.

»Bitte, Matthew, frag mich das nicht. Ich habe meine Gründe.«

»Ja, natürlich. Es tut mir leid, keine weiteren Fragen«, sagte er. Er ging um den Schreibtisch herum und stand vor ihr. Seine Worte kamen ihm unwillkürlich über die Lippen. »Ich liebe dich, o Gott, wie sehr ich dich liebe...«

»Ich liebe dich auch«, antwortete sie schlicht.

Sie küßten sich leidenschaftlich. Er drängte sie zu dem Bett an der Wand. Sie küßten sich wieder und sie fühlte, wie sie schwach wurde. Mit einer Kraft, die sie sich nicht zugetraut hätte, löste sie sich aus seiner Umarmung.

»Ich kann nicht, Matthew... ich kann dir nur das geben.« Sie sah Matthew sehnsüchtig an. Er nickte schmerzlich. Dann rannte sie aus dem Büro.

Matthew stand lange wie betäubt da, als wollte er ihre Gegenwart in diesem kleinen nüchternen Raum festhalten. Er hörte, wie sie mit ihrem Mercedes davonfuhr. Schließlich setzte er sich wieder an seinen Schreibtisch. Er konnte noch nicht zu Claudia heimgehen, nicht unter dem starken Eindruck von Krystles Besuch. Er wählte die Nummer.

»Claudia... es wird später werden, es tut mir leid.«

»Ist schon gut. Matthew?«

»Was?«

»Bitte verzeih mir, aber..., ich verstehe eigentlich nicht, warum du so beschäftigt bist, wo doch der Förderturm brachliegt. Ich dachte, es gäbe nicht mehr viel zu tun.

»Doch, Claudia. Ich muß versuchen zu retten, was zu retten ist. Walter hat aufgegeben. Er ist bereit zu verkaufen... mach dir keine Sorgen, Claudia.«

»Es tut mir leid, Matthew, ist ja schon gut. Lindsay wollte dich etwas fragen, aber sie ist zu einer Party gegangen und wird über Nacht fortbleiben. Sie ist bei Janey.«

Als er den Hörer auflegte, fühlte er sich erbärmlich schlecht. Warum konnte er seiner Frau nicht sagen, daß nun alles gut würde, daß sie eine Geldquelle gefunden hatten? Er brauchte ja nicht zu sagen, wer die Geldquelle sei. Er starrte das Telefon an, nahm den Umschlag und seinen Hut und machte sich auf den Weg.

Claudia haßte sich selbst dafür, daß sie weinte. Es kam einfach über sie. Sie fühlte sich so schrecklich allein. Sie erinnerte sich an den Rat ihres Psychiaters. In Ordnung, sagte sie sich, ich will nicht hier herumsitzen und vor Selbstmitleid vergehen, und ich werde nicht mehr allein sein. Ich werde mich hübsch machen und ausgehen, um Leute zu treffen, das ist alles, was ich brauche.

Aber wohin sollte sie gehen? Sie hatte von Bars gehört, in denen Singles verkehrten, und obwohl sie kein Single war, war sie doch allein, und es war völlig richtig, daß sie dorthin ging. Sie wählte ein Lokal, das von außen sehr freundlich aussah. Als sie hineinging, tönte ihr laute Rockmusik entgegen. Sie setzte sich an die Bar und bestellte einen Martini.

Sie bemerkte, wie mehrere Männer sie musterten, und wäre am liebsten im Erdboden versunken... Lieber wollte sie zu Hause heulen...

»Hallo«, sagte jemand neben ihr.

Sie wandte sich um. Sie sah in ein angenehmes Gesicht, das einem Mittdreißiger gehörte. Er hatte grobe, aber nicht unattraktive Züge und schien völlig harmlos zu sein.

»Hallo«, erwiderte sie schüchtern.

»Das erste Mal hier?« fragte er lächelnd.

Claudia nickte.

»Haben wir uns nicht schon mal gesehen?« fragte er, – eine alte, abgedroschene Phrase.

»Nein«, erwiderte sie knapp. Sie wünschte, er würde

sie alleinlassen, es würden sie alle alleinlassen. Sie wäre froh, wenn sie allein hier sitzen könnte, um an ihrem Drink zu nippen und die Leute zu beobachten, ohne mit ihnen reden zu müssen...

»Bestimmt waren Sie noch nie in Detroit«, fuhr der Mann fort.

»Ist 'ne große Stadt.« Er rückte näher an sie heran und senkte seine Stimme, so daß nur sie ihn verstehen konnte. »Wollen Sie mehr darüber wissen?« fragte er verschwörerisch. »Ich meine, darüber, was wirklich in Grosse Point passiert?«

»Nicht unbedingt«, sagte sie.

Er schwieg einen Augenblick, nickte dann und entfernte sich.

Sie hielt ihr Martiniglas und merkte, daß ihre Hand zitterte; dann nahm sie einen tiefen Schluck.

»Sie haben einen guten Geschmack.« Ein gutaussehender junger Mann mit freundlicher Stimme und offenen blauen Augen hatte den Platz des anderen Mannes eingenommen. Er grinste, als er nach hinten zeigte und sagte: »Dieser Kerl da ist widerlich, ein echter fieser Typ. Ich dagegen bin als erträglich bekannt, sehe nicht allzu schlecht aus, bin tüchtig in meinem Beruf bei einer Kosmetikfirma und heiße Lawrence Armstrong, für meine Freunde Larry. Und wie heißen Sie?«

»Claudia.«

Larry wandte sich an den Barkeeper und rief: »Paul, bitte setze Claudias Drinks auf meine Rechnung.«

»In Ordnung«, erwiderte dieser.

Larry nahm sein Glas und stieß mit Claudia an. Er lächelte, und sie lächelte zurück. Sie tranken, dann tanzten sie, lachten viel und tranken noch mehr.

Sie hatte keine Ahnung, wie viele Minuten oder Stunden vergangen waren, als Larrys Wagen in die Garage eines Apartmenthauses fuhr. Er stellte den Motor ab, stieg aus, ging um den Wagen herum und öffnete ihre Tür. Als sie ausstieg, nahm er sie in die Arme und küßte sie.

Vor ihr drehte sich alles. Sie versuchte, sich ihm zu entwinden.

»Bitte, nicht.«

»He«, sagte Larry mit seinem freundlichen Lächeln, »es tut mir leid, wenn ich zu stürmisch war. Laß uns hinaufgehen und einen Drink nehmen, okay?«

»Nein«, sagte sie. Sie war in Panik.

»Das versteh' ich nicht. Wir waren den ganzen Abend zusammen, tanzten, und nun? Ich dachte, wir hätten uns gern.« Er wurde richtig weinerlich.

Claudia schüttelte den Kopf. »Es war ein Irrtum«, sagte sie, »es tut mir leid.«

»O verdammt«, sagte Larry, und sein Lächeln war verschwunden.

Er benahm sich wie ein verwöhntes Kind, dem man die Lieblingspuppe weggenommen hatte.

»Ich bin verheiratet«, erklärte Claudia.

»Ich auch«, antwortete er. »Was macht das schon?«

Sie zitterte, wie sie im Halbdunkel des Straßenlichtes vor ihm stand.

»Wer, zum Teufel, glaubst du denn, daß ich bin?«, stieß er ärgerlich hervor. Claudia wandte sich ab und rannte los. Sie wußte nicht, wohin sie sich wenden sollte, nur weg von ihm. Er machte keinen Versuch, ihr zu folgen. Sie hörte noch, wie er die Autotür zuknallte und fluchte. Sie rannte weiter.

Unbekannte Häuser, wohin sie schaute. Sie hatte keine Ahnung, wie sie nach Hause kommen würde. An der Ecke stand eine Telefonzelle. Claudia eilte hinein und hielt die Tür zu, als ob jemand sie verfolgte. Als sie den Hörer abnahm, hörte sie das Summzeichen.

Doch wen sollte sie anrufen?

Eine Nummer kam ihr in den Sinn. Als ihr Mann noch für Blake Carrington gearbeitet hatte, stand diese Nummer über seinem Schreibtisch. Claudia wählte diese Nummer und fragte mit ängstlicher, atemloser Stimme, ob sie Steven sprechen könne.

»Hier ist Claudia, Claudia Baisdel. Steven, ich sitze in der Klemme, und ich wußte nicht, wen ich anrufen sollte.«

Er war in zehn Minuten bei ihr. Dankbar verließ sie die Telefonzelle und ließ sich auf den Sitz neben ihm gleiten. Als er fuhr, erzählte sie ihm zögernd, was geschehen war.

Steven schwieg, tätschelte nur beruhigend ihre Hand und nickte verständnisvoll. Er fuhr zu einem See, wo sie haltmachten. Die Nacht war kalt und sternenhell. Sie gingen Hand in Hand, ohne zu reden.

»Ich weiß auch nicht, was über mich gekommen ist...

diese Bar … dieser Mann. Ich habe noch nie so etwas gemacht«, sagte sie nach einiger Zeit. Sie war jetzt wieder beruhigt und nüchtern.

»Aber Sie haben ja nichts getan«, beruhigte Steven sie.

»Doch beinahe«, sagte sie und fröstelte. Er legte seinen Arm um sie.

»Ist es jetzt besser?« fragte er.

»Bei Ihnen fühle ich mich sicher«, sagte sie. Dann sah sie ihn von der Seite an, um sich zu vergewissern, daß er sie nicht mißverstanden hatte.

Sie fuhr fort: »Ich wollte nicht sagen, sicher, ich meine, ich fühle mich bei Ihnen … sicher.«

Sie mußten beide lachen. »Sogar, nachdem ich versuchte, Eindruck bei Ihnen zu schinden?« fragte er nicht allzu lustig.

»O Steven«, sagte Claudia. Sie fühlte sich plötzlich alt und weise.

»Ein verschämter Kuß in einer unordentlichen Küche nach einem Hackbraten, Kartoffelpüree und Schokoladenkuchen ist kaum eine Affaire und außerdem …«

»Was?« fragte er.

»Ich sah darin einen brüderlichen Kuß.«

»Wirklich?«

Sie blieb stehen und sah ihn an. Das Mondlicht spiegelte sich auf der klaren ruhigen Seeoberfläche wie ein Versprechen. Stevens ernste Augen suchten ihre. »Ja, Steven, so war es. Es war ein süßer, sensibler Kuß … so wie Sie sind. Sie haben auch sehr viel Gefühl für andere Leute, und ich hoffe, Sie verlieren das nie.«

Steven nickte langsam. Ihre Köpfe waren eng beieinander. Er sah so verletzbar aus, so hübsch und liebenswert... sie dachte, es lag wohl am Mondschein. »Es ist schon sehr spät«, sagte sie sanft. »Ich sollte nach Hause gehen..., und Sie auch.«

»Nein, ich fahre noch heute nacht nach Manchester Lake. Wir haben dort eine Hütte. Ich bin gerne dort, ganz für mich allein.«

»Das hört sich gut an«, seufzte sie. »Wie gerne würde ich mit Ihnen dorthin fahren. Doch kommen Sie, wir sollten besser...«

Sie wollte zum Wagen zurückgehen, doch er hielt sie zurück. Und dann lag sie plötzlich in seinen Armen, und dieses Mal war der Kuß nicht so sanft und unschuldig.

»Komm mit mir«, flüsterte er ihr ins Ohr. »Ich möchte nicht mehr allein sein, komm mit mir, Claudia.«

Sie sah ihn an und überlegte, wie sie es anstellen könnte, nein zu sagen. Doch statt dessen nahm sie sein Gesicht in ihre Hände, küßte ihn und flüsterte ja statt nein.

Kapitel IX

Der Butler Edward und mehrere Mädchen schleppten Koffer und Bücher, eine Stereoanlage und Platten die Haupttreppe hinunter.

»Ihr könnt das alles hierlassen«, sagte Steven, der in der offenen Tür stand. Er hatte seinen Wagen vor das Hauptportal gefahren und stürmte jetzt ins Haus. »Ich werde die Sachen selbst einladen«, sagte er freundlich. »Vielen Dank.«

Er war fast fertig, hievte den letzten Karton auf die Schulter, nahm einen großen Koffer in die Hand und wandte sich zur Tür.

In der Tür standen sein Vater und seine Stiefmutter in Reitkleidung. Sie standen wie erstarrt.

»Guten Morgen, Steven«, sagte Krystle mit ihrem freundlichen Lächeln.

»Guten Morgen, Krystle.« Dann wandte er sich seinem Vater zu.

»Was hast du vor?« lautete dessen Begrüßung.

»Ich habe dir einen Brief hinterlassen. Ein paar Dinge

müssen wir noch persönlich regeln. Ich ziehe aus.« Er stand da, immer noch den schweren Karton auf der Schulter und den Koffer in der Hand.

»Das sehe ich«, erwiderte Blake eisig und blieb im Türrahmen stehen. Krystle war inzwischen ins Haus getreten, doch Blake versperrte Steven den Weg.

»Wohin ziehst du, Steven?« fragte sie freundlich.

Er wandte sich ihr zu. »In eine Drei-Zimmer-Wohnung in Kensington. Sie liegt über ein paar Geschäften, ist aber hübsch und geräumig, mit hohen Wänden und großen Fenstern.«

»Nicht wie dein beschränktes Zimmer hier«, bemerkte sein Vater sarkastisch.

Steven seufzte. Er ließ den Koffer los und verlagerte den Karton auf die andere Schulter. »Ich habe mich für Kensington entschieden, da es in der Nähe der Uni liegt«, sagte er.

»Ah. Möchtest du mir damit sagen, daß du dich entschlossen hast, wieder die Schulbank zu drücken? Wieviel Shelley und Keats benötigt denn ein 24 Jahre alter Mann?«

»Ich habe vor, einen Intensivkurs über Geschäftsorganisation zu besuchen«, antwortete Steven gelassen. »Dann beabsichtige ich, meinen Magister zu machen.«

Blake entspannte sich. »Stimmt das?« fragte er, indem er seinen Sohn durchdringend anblickte.

Stevens blonde Haartolle fiel ihm in die Stirn, als er sich hinunterbeugte und den Karton auf den Teppich stellte. Er warf den Kopf zurück und richtete sich auf.

»Ja«, sagte er. »Gestern habe ich einen Job bekommen, ich fange morgen an.«

»Wirklich? Hat dich Matthew Blaisdel trotz allem wieder genommen?«

»Ja, er hat mich gebeten, wieder bei ihm zu arbeiten. Doch ich lehnte es ab. Mein neuer Job ist bei der Denver-Carrington.«

Sein Vater mußte erst mal tief schlucken. »Public Relations?« fragte er.

Steven schüttelte den Kopf. »Nein, in der Raffinerie. Ich hatte ein Gespräch mit dem Personalchef. Er fragte, welche Qualifikation ich habe, und ich erzählte ihm von meiner Arbeit auf dem Blaisdel-Lankershim-Förderturm. Danach stellte er mich als Lehrling ein. Ich glaube, ich habe meiner Kenntnis von Shelley und Keats, meinen Schwielen an den Händen und der Tatsache, daß meinem alten Herrn die Firma gehört, zu verdanken, daß ich den Job erhielt.«

»Gut, gut«, sagte Blake zögernd. Er stand in vollem Sonnenlicht, so daß Steven blinzeln mußte, wenn er ihn ansah. Bewußt oder unbewußt – Blake Carrington tat selten etwas ohne Vorsatz – verließ er seinen psychologisch günstigen Sonnenplatz und trat ins Innere des Hauses. Vater und Sohn standen sich jetzt auf gleicher Ebene gegenüber.

»Es freut mich, dies zu hören«, fuhr Blake fort. »Aber ich verstehe nicht, warum du jeden Tag da hinausfahren möchtest. Es wäre doch genügend Platz im...«

»Büro«, beendet Steven lächelnd den Satz. »Dad, ich

möchte den gleichen Weg gehen wie du. Ich möchte mir wirklich die Hände schmutzig machen, möchte, daß mir die Muskeln wehtun, daß ich abends todmüde ins Bett falle. Weißt du, ich möchte dieses Geschäft von der Pike auf lernen, genauso wie du es gemacht hast.«

Blakes Blick, den er seinem Sohn zuwarf, war ein Gemisch aus Erstaunen, Zweifel und Stolz. Er streckte ihm die Hand hin. Steven tat das gleiche. Zum ersten Mal seit Monaten oder Jahren berührten sie sich. Es war der Händedruck zweier Männer – ein Anfang.

»Ich freue mich, ich freue mich ehrlich«, sagte Blake. Seine Stimme klang eine Nuance tiefer als sonst, da er einen Kloß im Hals hatte.

Steven grinste und wandte sich Krystle zu. Sie küßte ihn auf die Wange. Dann nahm er seinen Karton und seinen Koffer wieder auf und ging hinaus zu seinem Wagen.

»Er ist sehr glücklich«, sagte Krystle und wandte sich der Treppe zu. »Und du auch. Weißt du, was ich denke? In Stevens Leben hat sich etwas Entscheidendes getan. Ich würde wetten, daß ein Mädchen dahinter steckt.«

Blake legte den Arm um sie und zusammen gingen sie die Treppe hinauf. »Das wäre zuviel des Guten«, sagte er. »Ich bin froh, daß er auszieht. Ein Mann sollte seinen Weg allein machen, sich selber etwas aufbauen, etwas Großartiges, auch etwas Romantisches, wenn dein Gefühl mit dem Mädchen dich nicht trügt.«

»Nun kann ich das andere Problem lösen«, sagte

Blake grüblerisch, mehr zu sich, als sie das Schlafzimmer betraten. Er warf die Reitjacke aufs Bett und zog sich die Stiefel aus.

»Ich wäre so froh, wenn ich zu Fallon ein besseres Verhältnis hätte«, sagte Krystle traurig. »Was stimmt mit ihr nicht?«

»Das weiß ich auch nicht«, sagte er knapp. »Auf jeden Fall kann ich es nicht in den Griff bekommen.«

Im geheimen dachte Krystle, daß Fallons Mann und nicht ihr Vater sie in den »Griff« bekommen sollte, doch sie sagte nichts.

Fallon war sehr betrübt über den Auszug ihres Bruders. Eine Nacht, nachdem er gegangen war, hatte sie mit Jeff eine der üblichen häßlichen Streitigkeiten. Anscheinend war es nicht möglich, daß sie sich vernünftig unterhielten, ihr Gespräch verwandelte sich sofort in Streit und der Streit in regelrechten Kampf. Nur allzuoft verbrachte Jeff die Nacht auf dem Sofa in Fallons ehemaligem Kinderzimmer. Morgens wachte er in Gesellschaft des Teddybären seiner Frau auf, der ihn aus seinen Knopfaugen musterte. Manchmal fragte er sich, auf wessen Seite der Bär wohl stand.

Er wußte nie, womit er Fallon auf die Füße trat. Dieses Mal lagen sie sich in den Haaren, weil er vorgeschlagen hatte, daß es auch für sie am besten wäre, wenn sie auszögen.

»Warum?« fragte sie scharf. »Kannst du mir einen vernünftigen Grund nennen, warum?«

»Ich kann dir 'ne ganze Menge Gründe anführen«,

sagte er. Er hoffte, die Unterhaltung würde vernünftig bleiben, aber er hätte es besser wissen sollen.

»Wir haben hier alles, was wir brauchen«, sagte sie. Er merkte, daß die Zeichen auf Sturm standen. Ihre Wangen waren gerötet, und in ihren grünen Augen blitzte es. Sie schüttelte ihr Haar und machte einen trotzigen Mund.

»Steven ist ausgezogen«, erinnerte Jeff sie. Er war fest entschlossen, sich nicht aus der Ruhe bringen zu lassen.

»Steven hatte seine Gründe.«

»Ich auch, Fallon. Kannst du das nicht verstehen?«

»Nein, das kann ich nicht«, keifte sie. Sie wandte sich von ihm ab, setze sich an ihren Frisiertisch und machte die Lampen an. Sie starrte in den Spiegel, und er sah das Funkeln ihrer Augen, das von den Spiegeln auf ihn niederprallte.

»Hör zu, ich liebe dich«, fuhr er fort, »doch es gefällt mir nicht, hier unter dem Dach deines Vaters zu leben. Ich war zuerst damit einverstanden, aus Rücksicht dir gegenüber, weil ich fühlte, daß du hierbleiben wolltest. Aber nun ist es an der Zeit, daß wir unser eigenes Leben beginnen. Wir könnten in New Orleans ein wunderbares Leben haben...«

»New Orleans.«

»Ja, ich habe dort die Möglichkeit, eine der Firmen zu übernehmen, mein eigener Herr zu sein. Ich möchte so gerne mit dir dort leben. Wir könnten ein schönes Haus an einem See finden, nur wir beide.«

Fallon nahm ihre Ohrringe ab und ließ sie auf den Frisiertisch fallen. Dann zog sie ihre Ringe aus und ließ sie achtlos auf die Marmorplatte gleiten. Sie sagte: »Ich mag keine Sümpfe.«

Jeffs Stimme schwoll an. »Was magst du eigentlich, Fallon? Was? Hör zu, ich bin nicht dumm, nicht so dumm wie du denkst. Ich weiß, daß du nicht gerade rasend verliebt in mich warst, doch ich finde, ich hätte zumindest erwarten können, daß...«

»Jeff, bitte sprich leiser.« Das war keine Bitte, sondern ein Befehl.

Es war immer das gleiche. Sie war die ruhige Überlegene, nicht er, da sie nichts fühlte und er sie verzweifelt liebte.

Etwas leiser versuchte er zu erklären. »Ich habe dich nicht blind geheiratet, und ich weiß, daß es vor mir andere Leute gab, die dir etwas bedeuteten, genauso war es bei mir. Ich redete mir ein, daß dies nicht wichtig sei, daß meine Liebe für uns beide reichte und daß es mir irgendwie gelingen würde, eines Tages deine Liebe zu erringen.« Er hielt inne, wartete auf ihre Reaktion, doch sie saß unbewegt da und lauschte. Dabei beobachtete sie ihn im Spiegel.

»Hörst du mir überhaupt zu?« fragte er schließlich voller Hoffnungslosigkeit und sinnloser Wut.

»Müssen wir jetzt darüber reden?« fragte sie. Ihre Stimme klang gelangweilt.

»Doch das müssen wir«, sagte Jeff. Er stand auf und ging auf dem hellen Aubusson-Teppich zwischen dem

Kamin und dem kleinen Frühstückstisch in der Fensternische hin und her.

»Wie kannst du verlangen, daß ich hier lebe, in einem Haus, wo ich nur flüsternd über das reden darf, was mich bewegt, damit sie ja nichts hören, damit vor allem er nichts hört.«

»Wovon sprichst du überhaupt?«

»Du weißt genau, wovon ich spreche. Jeder, der dich kennt, weiß, wovon ich rede. Du möchtest durch nichts das Mißfallen deines Vaters erregen, möchtest ihm gefallen, denn du liebst ihn über alles. Und ich bin nur der klägliche Ersatz. Es ist zu dumm, daß du mich heiraten mußtest, du hättest ihn heiraten sollen.«

Fallon stand auf. Sie drehte sich zu ihm um und starrte ihn an.

Er blieb stehen, wie hypnotisiert von ihren grünen Augen. Sie wandte ihren Blick von ihm ab, ging durch das Zimmer hinaus in den Flur. Er rannte ihr hinterher, unterließ es aber, ihr etwas nachzurufen, da er befürchtete, Blake und Krystle zu wecken.

Fallon rannte die Treppe hinunter und ließ die Eingangstür ins Schloß fallen. Jeff wartete auf das Aufheulen eines Motors, da er vermutete, sie würde mit ihrem Wagen wegfahren, doch es blieb still.

Dann kehrte er in sein Bett zurück und versuchte, sich einzureden, seine Frau sei durch den Hintereingang zurückgekommen und schlafe wahrscheinlich in einem der Gästezimmer im anderen Flügel.

»Ich weiß etwas, das dich interessieren könnte«, sagte Michael lässig und strich sanft über Fallons nackten Rücken.

»Hast du mal wieder gelauscht?« fragte sie aus der Tiefe ihres Kissens.

»Ich glaube, in dem Punkt stehst du mir in nichts nach«, murmelte er an ihrer Halsbeuge, an der kleinen weichen Stelle unter ihrem Haaransatz.

Fallon stützte sich auf ihren Ellbogen und schaute ihn spöttisch an. »Was ich mache, ist mein Bier, und was du machst, geht meinen Vater etwas an. Ich hoffe, das ist klar.«

»Ich verstehe nicht, was du damit meinst«, sagte er, rollte sich selbstzufrieden auf den Rücken und gähnte. »Glaubst du etwa, dein Vater weiß alles, zum Beispiel über seine Frau? Du darfst mir glauben, das ist nicht der Fall. Ich könnte ihm einiges sagen, was ihn überraschen würde.«

Fallon setzte sich auf. Sie blickte in seine spöttischen blauen Augen und auf seine blutende Oberlippe, die sie ihm vor ein paar Minuten aus Leidenschaft zugefügt hatte. »Möchtest du meinen Vater erpressen?« fragte sie plötzlich.

Michael grinste und zuckte die Achseln. »Man muß schauen, wie man vorankommt, egal wie«, sagte er, streckte seine Hand aus und streichelte ihre Brust.

Fallon entzog sich ihm. Sie griff nach ihrem Kleid und zog es sich über. Als sie so barfuß neben seinem Bett stand, haßte sie ihn wegen seines selbstzufriedenen

Grinsens. Sie warf ihre schwarzen Locken aus der Stirn und fragte ungeduldig:

»Nun sag schon, was du weißt und ich nicht, du Maulheld.«

Michael lachte. »Wohin möchtest du jetzt? Zu deinem Mann? Komm in mein Bett.«

Fallon zögerte. »Muß ich mir die Information erkaufen?« fragte sie ärgerlich. »Wieviel?«

Der Chauffeur war mit sich und der Welt zufrieden. »Wenn dein Ohr nah genug ist, flüstere ich es dir zu«, neckte er sie.

»Warum solltest du mir die Information kostenlos vermitteln, wenn du sie meinem Vater für teures Geld verkaufen könntest?« fragte sie kühl.

»Möchtest du es wirklich wissen? Dein Vater kauft nicht – ich habe es einmal versucht. Nun, ich kann über Krystles und mein Geheimnis schweigen wie ein Grab.«

»Immer noch Mrs. Carrington für dich«, sagte Fallon.

Ihre Gedanken überschlugen sich. Wußte er wirklich etwas? Konnte es ihr etwas nützen, wenn sie es wußte? War es vielleicht ein Trumpf gegen Krystle? Unwillkürlich mußte sie lächeln, als ihr bewußt wurde, daß auch sie gar nichts gegen eine kleine Erpressung hatte.

Michael dachte, das Lächeln sei für ihn bestimmt. Er rückte an die Wand, um ihr Platz zu machen. Fallon blickte auf ihn herunter.

»Zuerst mußt du es mir erzählen«, sagte sie.

»Wirst du dann die ganze Nacht bei mir bleiben – die ganze Nacht?«

»Abgemacht.«

»Und was ist mit Jeff?«

»Für dich Mr. Colby«, erwiderte sie und dieses Mal galt ihr Lächeln wirklich Michael. »Zur Hölle mit ihm«, sagte sie.

»Und dein Vater?«

»Ich werde aufpassen, daß er mich nicht sieht, wenn ich ins Haus gehe. Nun sprich aber endlich oder ich platze.«

Michael richtete sich auf und griff nach einer Zigarette. Fallon wartete ungeduldig, bis er sie angezündet und den ersten Zug daran getan hatte, und dann fing er endlich an zu erzählen, wie er – es war schon einige Monate her – eines Mittags vergeblich vor dem Denver-Carrington-Gebäude gewartet hatte, in der heimlichen Hoffnung, Fallon allein zu sehen. Er mußte ein paar Stunden totschlagen, bis Blake ihn wieder benötigte. Er sah, wie Krystle und ihre Freundin Doris das gegenüberliegende Restaurant verließen. Spontan entschloß er sich, ihnen zu folgen, einfach so, um sich die Zeit zu vertreiben. Als er Fallon berichtete, wohin sie gegangen waren und was er durch das Fenster des Pfandleihers beobachtet hatte, konnte sie es im ersten Augenblick nicht glauben.

Sie schlüpfte zu Michael ins Bett und dachte darüber nach. Nun, wenn sie es so recht bedachte, hatte sie hiermit vielleicht die Bombe in der Hand, um Krystle Jennings hochgehen zu lassen.

Sie schmiegte sich mit solcher Leidenschaft an Michaels muskulösen Körper, daß er sich für seine Klugheit großzügig belohnt fühlte.

Fallon und Michael verbrachten eine stürmische Nacht.

Um drei Uhr morgens herrschte auf dem Blaisdel-Lankershim-Förderturm voller Betrieb. Alle Lichter brannten und beleuchteten die Pumpen, deren monotones Geräusch die Stille der Nacht durchbrach.

Die Männer tuschelten miteinander, wie Pilger, die auf ein Wunder warten.

»Weißt du, was ich tun werde, wenn alles gut geht?«

»Was denn?«

»Ich kauf' mir 'nen neuen Sportwagen oder 'ne Stereoanlage, die beste, die es gibt.«

»Ja, ihr Jungen liebt das, nur recht schön laut, daß man es im ganzen Haus hört.«

»Ja, du hast recht, also lieber den Sportwagen.«

»Ich werde erst mal richtig Urlaub machen, irgendwo am Meer.«

»Mein Gott, bin ich nervös, meine Nerven sind zum Zerreißen gespannt.«

Die anderen murmelten zustimmend. Jeder war gespannt.

Plötzlich hörte man ein lautes Geräusch, ein gurgelndes Geräusch. Alle Augen richteten sich auf den Tank. Im Schein der Lampen konnte man ganz deutlich dickflüssiges, glänzendes schwarzes Öl erkennen. Walter Lankershim ließ seine Fingerspitzen in die zähe Masse gleiten und roch daran. »Ja«, sagte er grinsend, »es ist Öl.«

Plötzlich erscholl ein lauter Schrei, der durch einen kleinen Unfall – den glücklichsten, den dieser Förderturm erlebt hatte – bewirkt wurde. Teile von Rotationsmaschinen flogen in die Luft, weil sie dem Druck von Tausenden von Gallonen Öl, das an die Oberfläche drängte, nicht standhalten konnten. Das Öl sprudelte wie ein Geysir, ergoß sich über die Männer, die einen Augenblick sprachlos dastanden und dann in Ekstase gerieten.

»Wir haben es, wir haben es.«

Die wettergegerbten Gesichter der Männer strahlten. Sie führten einen Freudentanz auf, dann tauchten alle ihre Hände in das Öl.

Fallon blieb solange in Michaels Zimmer, bis er die Uniform angezogen und ihren Vater in die Firma gefahren hatte. Vom Fenster aus beobachtete sie, wie ihr Mann aus dem Haus trat, in die Garage ging und mit seinem Wagen davonfuhr. Dann betrat sie durch die Küche das Haus, ging barfuß die Hintertreppe hinauf, die Schuhe in der Hand. Fallon war es völlig gleichgültig, was man über sie dachte, aber das war nicht der richtige Augenblick, sich gegenüber dem Feind eine Blöße zu geben.

Eine halbe Stunde später war sie geduscht und angekleidet und gesellte sich zu ihrer Stiefmutter, um mit ihr zu frühstücken.

»Guten Morgen«, grüßte sie freundlich, als sie an

Krystle vorbeiging. Sie nahm eine kleine Glasglocke auf und versetzte ihr einen Stoß. Krystle schaute zu Fallon auf, lächelte und legte ihre Zeitung beiseite.

»Guten Morgen, Fallon«, erwiderte sie ihren Gruß herzlich.

Das Mädchen nahm Fallons Frühstückswünsche entgegen. »Wurst und Waffeln mit Schlagsahne und bitte eine große Kanne frischen Kaffee, Isabel.« Danach wandte sich Fallon lächelnd an Krystle.

»Ist Daddy schon weg?«

»Ja. Er und Jeff sind vor einer halben Stunde weggefahren.«

»Dann sind wir Mädchen ja ganz allein.«

»Sieht ganz danach aus«, lächelte Krystle.

»Was trägst du denn heute abend? Ich frage nur, damit wir unsere Garderobe aufeinander abstimmen können.«

Krystle überlegte, was heute abend war? »Ach, du meinst die Party bei den Randolphs? Dein Vater und ich haben beschlossen, nicht hinzugehen«, sagte sie. »Es sind zu viele Einladungen und ...«

»Ich weiß«, gab sich Fallon verständnisvoll. »Ich mache dir ja auch keinen Vorwurf daraus. Sie sind zum Einschlafen, aber ich habe Leonore versprochen, daß wir uns zeigen würden.«

Das Mädchen brachte Fallons frisch ausgepreßten Orangensaft und stellte ihn vor sie hin. Fallon nippte daran.

»Kann ich dich um einen Gefallen bitten?« sagte sie

und fuhr sich mit der Serviette genüßlich über den Mund.

»Natürlich«, sagte Krystle vorsichtig, doch erfreut. Sie sprachen jetzt wenigstens miteinander, und vielleicht war das der Anfang für eine engere Beziehung. Krystle hatte gehofft, Fallon würde sich durch die Ehe ändern, ihre Beziehung würde sich herzlicher gestalten.

»Kann ich mir deine Kette borgen, die Smaragdkette? Nur für heute abend.«

Sie sah Krystle mit ihren riesigen grünen Unschuldsaugen an und wartete auf ihre Antwort.

Krystle fühlte, wie ihr das Blut in den Adern gerann. Sie hoffte, man würde es ihr nicht ansehen. »Natürlich«, sagte sie so sanft wie möglich.

»Oh, fein, danke«, erwiderte Fallon. Inzwischen hatte sie ihre Waffeln bekommen. Genüßlich schichtete sie einen Berg Schlagsahne darauf.

»Bitte entschuldige mich«, murmelte Krystle. Fallon nickte geistesabwesend und griff nach der Zeitung.

In ihrem Ankleidezimmer öffnete Krystle mit zittrigen Händen den Wandschrank. Sie griff hinein und entnahm ihm ein kleines Päckchen, das sie bis jetzt nicht geöffnet hatte. Sie starrte einen Augenblick darauf. Dann entfernte sie entschlossen das Papier und öffnete das schwarze Samtetui. Auf weißer Seide lag der falsche Smaragd. Sie nahm ihn heraus. Für sie sah er genauso aus wie der echte. Sie konnte nur hoffen, daß sich auch andere Augen, die in solchen Dingen geübter waren, davon täuschen ließen.

Fallon klopfte an die Tür, noch bevor sie das Papier wegräumen oder den Stein zurücklegen konnte.

»Einen Augenblick«, rief sie. Auf dem Weg zur Tür steckte sie das Papier unters Bett, so weit wie möglich. Als sie ihrer Stieftochter die Tür öffnete, hielt sie das Etui in der Hand.

»Oh, du hast es schon rausgeholt, wie nett von dir.«

Krystle gab Fallon das Etui.

»Macht es dir auch wirklich nichts aus?« fragte Fallon süßlich.

Sie öffnete das Etui und nahm die Kette heraus.

»Nein, natürlich nicht«, erwiderte Krystle.

Fallon ging an den Spiegel, den riesigen grünen Stein an die Brust gepreßt. Dann legte sie sich die Kette um den Hals und machte sie zu. Sie tat so, als ob sie sich von allen Seiten betrachtete, beobachtete aber in Wirklichkeit Krystles Reaktion.

»Na, wie gefalle ich dir?« fragte sie. Ohne auf eine Antwort zu warten, fuhr sie mit kindlicher Begeisterung fort. »Wart nur, bis Isabel die Treppe herunterkommt, mit diesen grünen Steinen, die sie Smaragde schimpft. Sie wird auf dem schnellsten Wege nach Südamerika fliegen, um sich echte zu besorgen.«

Krystle gab keine Antwort. Sie hatte auf der Chaiselongue Platz genommen und beobachtete Fallon. »Weißt du, Krystle«, fuhr Fallon geschwätzig fort, »ich kann mich noch erinnern, als ich diesen Stein zum ersten Mal sah. Es war bei einem Einkaufsbummel mit Daddy – vor der Hochzeit. Er sagte, er wolle etwas ganz Besonderes für dich, das dir ein Leben lang gefiele und bat mich, ihm beim Aussuchen zu helfen. Ich habe diesen Stein gesehen und war sofort überzeugt, daß er das Richtige wäre. Dieses Schmuckstück könnte jede Frau in eine Prinzessin verwandeln.«

»Fallon«, sagte Krystle und sie klang müde und resigniert, »als Blake mir diese Kette kaufte, warst du in Europa.«

Fallon lachte kurz auf und faßte sich an die Stirn, um zu zeigen, daß sie es vergessen hatte, doch sie zeigte kein Bedauern, entschuldigte sich auch nicht.

»In Europa?« fragte sie. »Natürlich, daß ich das vergessen konnte. Ich muß es verwechselt haben. Ich werde halt alt.«

Nach diesen Worten nahm sie die Kette ab und legte sie ins Etui zurück, ließ es zuschnappen und gab es Krystle.

»Ich kann die Kette nicht ausleihen, sie gehört dir, ist so verflochten mit Liebe und Gefühl und mit weiß ich noch was.«

Mit fast übermenschlicher Ruhe fragte Krystle: »Fallon, möchtest du etwas mit mir besprechen?«

Fallon lehnte sich an die Wand und kreuzte die Arme. »Was für eine melodramatische Frage, Krystle. Ehrlich. Was soll ich mit dir besprechen?« Sie wartete, doch auch Krystle wartete. »Spielst du auf die kleine Unterhaltung zwischen dir und Matthew an, die ich vor einigen Monaten mit angehört habe? Belastet sie dein Gewissen? Wie war das noch mal? Ich hasse dich? Ich hasse dich nicht. Krystle, ich liebe dich. Nun, Krystle, lassen wir das. Das war 'ne Party und jeder von uns spricht mal unsinniges Zeug auf 'ner Party. Geht es darum? Oder meinst du etwas anderes?«

Das Schweigen, das folgte, war lang und lastend.

Dann vergrub Fallon ihre Hände in ihren Jeans, zuckte die Achseln und ging aus dem Zimmer. Krystle stand lange da und starrte auf das schwarze Etui in ihrer Hand.

Sie wurde durch das Läuten des Telefons, das auf einem kleinen Tischchen stand, aufgeschreckt. Sie schüttelte den Kopf, um ihre trüben Gedanken zu verscheuchen und nahm den Hörer ab.

»Ein Anruf für Sie, Mrs. Carrington. Der Anrufer wollte seinen Namen nicht nennen, sagte aber, Sie würden den Anruf entgegennehmen. Soll ich ihn verbinden?«

»Ja, ist gut, Mary. Hallo?«

»Krystle, hier ist Matthew. Ich hoffe, es macht dir nichts aus, daß ich dich zu Hause anrufe, ich hielt es für besser, meinen Namen nicht zu nennen.«

»Ist schon gut, Matthew. Du klingst so aufgeregt.«

»Bin ich auch. Wir sind gestern abend auf Öl gestoßen. Nicht einmal Walter hatte vorausgesehen, daß es so reichlich sprudeln würde. Wir haben es geschafft, Krystle.«

»Oh, Matthew, das freut mich ja so sehr.«

»Du solltest es als erste wissen, denn dir haben wir es zu verdanken.«

»Nein, das stimmt nicht. Du hast es geschafft, du und Walter. Ich habe euch nur etwas unter die Arme gegriffen, als ihr wieder von vorn anfangen mußtet.«

»Krystle, ich kann dir jetzt das Geld wieder zurückgeben, sobald die Prüfung vorgenommen wurde und die Bank ihr Geld hat – vielleicht in ein paar Tagen, spätestens in einer Woche.«

»Ist schon gut, Matthew.«

»Bis dann, Krystle.«

»Ja, bis dann...«

Als sie aufgelegt hatte, läutete es erneut. Dieses Mal war Blake am Apparat. Er erzählte ihr die gleiche Neuigkeit. Seine Stimme klang kontrolliert, doch sie spürte seinen Ärger.

»Ich komme zum Mittagessen nach Hause«, sagte er. »Ich möchte etwas Leichtes zu essen und ein paar ruhige Minuten mit dir verbringen, bevor ich ins Geschäft zurückgehe.«

Und nicht zu vergessen ein paar Drinks, fügte sie in Gedanken hinzu. Blake hatte sich angewöhnt, zum Mittagessen heimzugehen, wenn er wollte, daß seine Geschäftspartner nicht bemerken sollten, daß er einige Gläser kippte. Manchmal trieben ihn auch andere Gründe nach Hause, weil er mit ihr reden oder schlafen wollte. Doch sie hatte so ein unbestimmtes Gefühl, daß er heute weder aus dem einen noch aus dem anderen Grunde nach Hause kam.

Beim Mittagessen gab er sich keine Mühe, seinen Zorn zu verbergen. »Irgend jemand hat Blaisdel und

Lankershim aus der Klemme geholfen«, schäumte er, als er seinen ersten Scotch kippte. Krystle konzentrierte sich auf ihren Teller und hörte ihm zu. »Sie fischten dieses verdammte Bohreisen heraus und stießen auf Öl, ungeheuer viel Öl. Ich möchte nur gern wissen, wer ihnen das Geld gab, und ich werde es herausfinden, darauf kannst du wetten.«

»Warum Blake? Was kann dir das schon ausmachen?« fragte sie etwas ängstlich.

»Ich dulde keinen Verrat, ich habe einen bestimmten Verdacht... irgend jemand hat hinter meinem Rücken gehandelt, das könnte Patrick, Harrison, MacReady, Manning oder sogar Colby sein. Ich werde nicht eher ruhen, bis ich weiß, wer es war.«

»Aber sie sind deine Freunde, Blake, sie können es nicht gewesen sein.«

Er schaute sie über den Rand seines Glases an. Seine Augen verengten sich. »Wie willst du das wissen?«

»Ich... ich kenne sie, das sagt mir mein Gefühl.«

Er schenkte sich ein weiteres Glas ein, hielt es in beiden Händen und betrachtete es von allen Seiten.

»Meine Freunde. Krystle, ich will dir mal was sagen über meine Freunde. In diesem Geschäft ist der einzige Freund ein toter Feind. Freunde! Sobald du auf dem Boden liegst, fallen sie wie die Aasgeier über dich her.«

Krystle schüttelte bekümmert den Kopf. »Warum sagst du so etwas?«

Blake zeigte ein unfrohes Lächeln. »Weil ich mich genauso verhalten würde, wenn die Situation umgekehrt wäre. He, du zitterst ja. Wahrscheinlich ist es hier zu kalt. Soll ich dir einen Pullover holen lassen?«

»Nein, nein, ich mag nur nicht, wenn du böse bist.«

Blake nahm einen Schluck zu sich. »Nun, wie ist es, gefällt es dir, daß Matthew jetzt oben ist? Du warst doch immer eine seiner treuesten Anhängerinnen. Im geheimen wirst du dich doch freuen, daß er jetzt endlich Erfolg hat. Sei doch ehrlich.« Er stellte das Glas auf den Tisch zurück.

»Blake«, sagte Krystle langsam voller Ernst. Sie versuchte, ihn zu erreichen, bevor alles entglitt. »Warum machst du Matthew zu einem Problem? Ich finde, du hast doch genügend andere Probleme. Warum wolltest du ihn vernichten? Du hast das doch gar nicht nötig.«

Als er nicht antwortete, fuhr sie fort. »Ich freue mich für Matthew, für seine Familie, für die Familien seiner Männer. Ich freue mich, daß sie Glück gehabt haben.«

Blake blickte sie lange an, bevor er antwortete. »Ich bewundere deinen Altruismus, das meine ich ehrlich, Krystle. Ich habe das von Anfang an an dir geliebt«, sagte er aufrichtig. »Manchmal beneide ich dich sogar darum.«

»Ich habe erlebt, daß du Mitleid gezeigt hast, wenn die Leute es am wenigsten erwarteten«, sagte sie sanft. »Du bist nicht immer der Caligula, den du manchmal spielst. Ich kenne dich sehr gut.«

»Der echte Blake Carrington«, knurrte er und lächelte etwas unsicher.

»Der Blake, in den ich mich verliebte und den ich heiratete«, fügte sie hinzu.

Sie saßen Hand in Hand da, als die Terrassentür geöffnet wurde und Fallon hereinstürmte. »Hallo, Leute, ich habe gerade mit Peggy im Club gegessen. Die ganze Welt spricht von Blaisdels und Lankershims Öl, ich nehme an, ihr habt schon davon gehört. Uff, seht ihr lieb aus. Darf ich mich zu euch setzen oder wollt ihr allein sein?«

»Die Botschaft ist miserabel, aber die Botschafterin ist reizend«, sagte Blake. »Du kannst bleiben.«

Fallon nahm zwischen Blake und Krystle Platz. Sie griff nach dem Glas ihres Vaters und trank einen Schluck, schüttelte sich und nippte erneut daran.

»Ich frage mich, woher sie das Geld hatten, um das Bohreisen zu reparieren«, überlegte sie laut.

»Weißt du irgend etwas?« fragte Blake scharf.

Fallon entspannte sich auf ihrem Stuhl. »Laß uns ausreiten«, sagte sie nervös. »Was hältst du davon, Dad? Einen schönen schnellen Galopp? Das ist der richtige Tag dafür.«

»Ich habe auch gerade daran gedacht«, sagte Blake und stand auf.

»Schade, daß du nicht gut genug reitest, Krystle«, rief Fallon über die Schulter, als sie sich in ihr Zimmer zurückzog, um sich umzuziehen. »Los, Dad, beeil dich.«

Blake küßte Krystles Hand. »Bis später«, sagte er.

Sie zögerte einen Augenblick. »Blake...«

»Ja, was ist?«

»Denk daran, ich liebe dich.«

Blake bückte sich zu ihr hinunter und küßte sie zärtlich auf die Wange. »Noch ein paar Reitstunden und du kannst mit uns reiten«, versicherte er ihr.

Krystle zwang sich zu einem Lächeln und ließ ihn gehen.

Fallon ritt voran, wie sie es immer getan hatte, seit sie ihr erstes Shetlandpony besessen hatte. Es war ein kühler, verhangener Tag. Die Blätter nahmen bereits eine rötliche Färbung an. Blake ritt hinter seiner Tochter. Sie war die einzige, die ihn führen durfte. Er erfreute sich an ihrem schmalen Rücken, ihrer Eleganz, mit der sie die Zügel hielt.

Als sie am Wasserfall, ihrem üblichen Rastplatz, angelangt waren, stieg Blake ab und wollte von dem plätschernden Wasser trinken.

Fallon rief ihm zu.

»In meiner Satteltasche ist etwas Besseres.«

Blake verließ die Wasserstelle, ging zum Pferd seiner Tochter, tätschelte seine Mähne und griff in die Satteltasche. Er zog eine kleine silberne Flasche, die sich kühl anfühlte, heraus. Sie war bis obenhin mit Scotch gefüllt.

»Ich wußte nicht, daß du dich den scharfen Sachen zugewandt hast«, sagte er.

»Habe ich auch nicht. Ich dachte nur, du könntest vielleicht durstig sein. Als aufmerksame Tochter denke ich an alles.«

Er lachte und nahm einen kräftigen Schluck. Dann schraubte er die Flasche zu und wollte sie in ihre Satteltasche stecken. Doch er disponierte um und ließ sie in seine Jackentasche gleiten.

»Nun, Dad, wie stehen die Aktien?« fragte sie beiläufig.

»Bestens, alles okay. Warum fragst du?«

»Was glaubst du, wer hat wohl Matthew Blaisdel geholfen?«

»Keine Ahnung – noch nicht.« Blake ließ sich neben ihr auf dem Gras nieder. Sie beobachteten beide den Wasserfall, hörten dem gurgelnden Geräusch zu.

»Du warst es doch nicht, oder?« fragte sie unschuldig.

»Ich? Warum um alles in der Welt sollte ich ihm helfen? Das weißt du doch ganz genau, Fallon. Du könntest es ja auch gewesen sein.«

»Oh«, erwiderte sie. Sie nahm einen Grashalm zwischen die Zähne und kaute hingebungsvoll daran.

»Warum fragst du mich das?« sagte Blake und betrachtete seine Tochter mißtrauisch.

»Nun... Krystle bot mir an, ich könnte heute abend ihren Smaragdanhänger tragen. Als ich ihn sah, wußte ich auf den ersten Blick, daß er eine Fälschung ist. Hast du sie anfertigen lassen, ohne es ihr zu sagen, da du ja wußtest, daß sie keinen Unterschied bemerken würde?«

»Fallon Carrington, du tätest gut daran, dir eine vernünftige Erklärung einfallen zu lassen. Was soll denn das?«

»Oh, mein Gott, sag mir bloß nicht, du hättest nicht gewußt... o je, was habe ich da angestellt? Es tut mir leid, Dad, ich vermutete, du hättest dringend Bargeld gebraucht und deshalb...«

»...die Juwelen meiner Frau verhökert?« Jedes seiner Worte klang messerscharf, doch sie galten nicht Fallon, die nur ein ganz klein wenig zitterte.

»Nun, ich wußte, daß jemand den Smaragd ausgetauscht hatte, es war mir auf den ersten Blick klar.«

Blake schwang sich in den Sattel und lenkte sein Pferd nach Hause.

»Warte auf mich«, rief Fallon und sprang auf die Füße.

Er wartete voller Ungeduld. Fallon war in einer Minute bereit.

»Fallon«, sagte er mit bekümmerter Stimme, »ich brauche dir wohl nicht zu sagen, daß du...«

»...daß ich nichts sagen soll? Dad, du beleidigst mich, wenn du so etwas zu mir sagst.«

»Du bist ja meine Tochter«, sagte er, für Fallons Geschmack etwas zu geistesabwesend. Er gab seinem Pferd die Sporen und preschte im Galopp davon. Fallon folgte ihm so schnell sie konnte, aber nicht einmal sie konnte es mit Blake Carrington aufnehmen, wenn er in Eile war.

Kapitel X

Matthew Blaisdel stieg aus dem Rolls-Royce (der Händler hatte Walter versichert, daß er zwei Fuß länger als der von Blake Carrington sei) und grinste amüsiert, da sich sein alter wettergegerbter Partner wie ein Kind über sein neues Spielzeug freute.

»Walter, ich danke dir fürs Mitnehmen. Es war eine herrlich bequeme Fahrt«, sagte er, als er vor dem Wagen stand. Die Türen des Rolls schlossen sich lautlos.

»Weißt du, ich möchte ihn erst mal testen, weiß noch nicht, ob ich ihn kaufe«, sagte Walter, der sich genüßlich gegen das weiche Polster lehnte und an seiner riesigen Zigarre zog.

Matthew lachte. »Nun, bis die Gelder eingehen, wirst du dich ja wohl entschlossen haben«, bemerkte er und versuchte, ein ernstes Gesicht zu machen. Walter paffte an seiner Zigarre, drückte auf einen Knopf und der Wagen bewegte sich wie ein riesiger Ozeandampfer die ruhige Vorstadtstraße hinunter.

Als Matthew das Haus betrat, kniete Claudia im

Wohnzimmer vor dem Kamin und versuchte, die Glut zu entzünden. Als sie sich umdrehte, um ihn zu begrüßen, hatte sie Ruß auf der Nase. Er fand dies irgendwie rührend.

»Wo ist Lindsay?« fragte er.

»Sie ist oben und macht ihre Hausaufgaben. Ich dachte, wir beide könnten vor dem Kamin einen Drink zu uns nehmen, nur gelingt es mir nicht,...«

»Ich kümmere mich um das Feuer und du um die Drinks.«

Als sie zurückkam, hatte er auf dem kleinen Tisch eine Handvoll Reiseprospekte ausgebreitet. Sie sah zuerst auf die Broschüren, dann zu ihm.

»Zieh eine«, sagte er lächelnd.

»Was ist das, Matthew?« fragte sie.

»Nun, ich glaube, wenn du genau hinschaust, erkennst du, daß es sich um Hotels, Ferienwohnungen und dergleichen handelt.« Matthew merkte, daß er nicht sehr gewandt in solchen Dingen war, fühlte sich linkisch. Es wurde ihm bewußt, wie weit er und Claudia sich in den letzten Jahren voneinander entfernt hatten. Dies machte ihn traurig. Er beugte sich über die Prospekte. »Schau sie dir an«, sagte er »und wenn du ganz genau hinschaust, wirst du feststellen, daß etwas dabei ist, das du des öfteren erwähnt hast.«

Claudia nahm den Prospekt, auf den er deutete, in die Hand und blätterte ihn durch. Sie war fast etwas schokkiert. »Ich sagte nur, ich hätte gehört, daß es dort sehr schön sein soll«, sagte sie langsam.

»Und ich habe daraus geschlossen, daß du gerne dorthin fahren würdest«, sagte er. »Jetzt, da wir auf Öl gestoßen sind, wird unser Leben einfacher, und ich finde, es wird Zeit, daß wir uns wieder etwas mehr aufeinander konzentrieren. Vielleicht sollten wir die Flitterwochen, die wir nie hatten, nachholen. Was hältst du davon?«

Claudia fühlte, wie ihr die Tränen kamen. Sie nippte an ihrem Glas.

»Matthew, ich glaube, wir sind darüber hinweg, ich meine, über die Flitterwochen.«

»Ich weiß nicht... wir haben es ja nie versucht. Hör zu, im Augenblick denke ich nur an ein Wochenende, denn noch haben wir das Geld nicht und ich kann zur Zeit nicht länger wegbleiben. Doch, ich glaube, es wäre ein Neubeginn, was meinst du?«

»Und was machen wir mit Lindsay?«

»Sie kann solange bei meiner Mutter bleiben. Ich glaube sowieso, daß sich die beiden vermissen.« Matthew, der sich alle Mühe gab, ihrer Ehe neue Impulse zu geben, zumindest es zu versuchen, konnte nicht verstehen, wieso sie nicht mehr Begeisterung zeigte.

»Meine Kleider«, fuhr sie fort, »mir fehlt die entsprechende Kleidung dafür.«

Matthew nahm den Prospekt, den sie hatte fallen lassen, wieder auf. »Hier steht«, sagte er, »...unter neuer Leitung, zwanglose Atmosphäre. Das bedeutet, daß ich keine Krawatte zu tragen brauche und du dich nicht viermal am Tag umzuziehen brauchst.« Sein Lächeln wurde allmählich durchsichtiger.

»Matthew, warum möchtest du mit mir dorthin fahren?« fragte Claudia sanft.

Er warf die Broschüre auf den Tisch. »Weil ich etwas…, weil ich es dir schulde, Claudia«, sagte er schließlich aufrichtig. »Weil du es verdienst, weil ich Fehler gemacht habe. Ich habe dich bestimmt oft verletzt, und ich möchte nicht, daß du dich verletzt fühlst, und weil… weil ich dich liebe.«

»Wirklich?« flüsterte sie.

Er zögerte kurz, bevor er wahrheitsgemäß antwortete: »Ich möchte es.«

Ihre Augen füllten sich mit Tränen. »In Ordnung«, erwiderte sie.

Als er sie küßte, versuchte sie, den Gedanken an Steven zu verdrängen.

Doch am Tag darauf lag sie in Stevens Apartment in Kensington in seinen Armen. Er erzählte ihr von seinem Baum, den er als kleiner Junge gepflanzt hatte.

»Von dieser Stelle aus überblickt man den ganzen See. Ich möchte, daß du im Frühling mit mir dorthin fährst. Du wirst sehen, es ist der schönste Baum der Welt, mit den grünsten Blättern – he, was ist denn los? Bist du eifersüchtig auf meinen Baum? Ich liebe ihn, aber dich liebe ich noch mehr. Claudia, was ist los?«

Sie fuhr ihm mit der Hand durch sein dichtes Haar und strich ihm seine widerspenstige Tolle aus der Stirn. Dann küßte sie ihn.

»Steven, ich zerbrach mir den Kopf darüber, wie ich es dir sagen soll – wir sehen uns heute das letzte Mal.«

Er zuckte zusammen, als ob er einen Schlag erhalten hätte. Doch er rückte nicht von ihr ab. »Liebst du mich nicht?« fragte er.

Claudia streichelte seine nackte Schulter. »Wie könnte ich dich nicht lieben?«

»Warum dann also? Warum? Warum?« Er umarmte sie, küßte sie auf den Mund, so daß sie nur mit ihrem Körper antworten konnte.

Doch später, als sie wieder vernünftig waren, kamen sie überein, sich nicht mehr zu treffen, auch wenn es noch so weh täte. Claudia war Matthews Frau und sie mußte ihm die Chance geben, ihre Ehe zu retten. Steven würde als Matthews Freund zurücktreten.

Manchmal kann die Loyalität genauso weh tun wie die Liebe.

Als Claudia Steven verlassen hatte, fühlte er sich einsam wie noch nie. Doch er war froh, in seinem eigenen Apartment zu sein, sein eigenes Leben zu führen. Dies war immer noch besser als in New York zu sein oder im Haus seines Vaters. Die Spannungen zwischen ihnen waren noch bei weitem schlechter zu ertragen als seine Einsamkeit.

Blake Carrington verbrachte viele Stunden und Abende an seinem Schreibtisch. Niemand durfte ihn stören. Doch eines Abends gegen neun Uhr klopfte Krystle an seine Tür. Zuerst erhielt sie keine Antwort. Dann rief er: »Wer ist da?« Seine Stimme klang ärgerlich.

»Mrs. Carrington«, sagte sie und wartete.

»Ich habe ein Gespräch«, antwortete er knapp. Sie öffnete die Tür und balancierte ein Tablett, auf dem schweres Silbergeschirr stand, das sein Essen warmhalten sollte. »Darf ich hereinkommen?« fragte sie. Ohne seine Antwort abzuwarten, ging sie durch das Zimmer auf seinen Schreibtisch zu und stellte das Tablett auf die Schreibtischplatte.

Er sprach mit Mike Nuzzi, dem Computerfachmann. Es ging darum, in all seinen Niederlassungen ein neues System einzuführen, das zweieinhalb Millionen kosten sollte. Es war ein wichtiges Gespräch und Krystle wartete geduldig und hörte mit großem Interesse ihrem Mann zu. Sie bedauerte es sehr, daß sie nicht mehr an seinem Geschäftsleben teilnehmen konnte. Mr. Nuzzi mußte irgend etwas Lustiges gesagt haben, denn Blake fing plötzlich an zu lachen. Doch als er aufgelegt hatte und sich Krystle zuwandte, war jegliche Heiterkeit aus seinem Gesicht verschwunden. Er blickte auf das Tablett auf seinem Schreibtisch.

»Ich habe keinen Hunger«, sagte er. »Ich glaube, das habe ich doch deutlich zu verstehen gegeben.«

»Du mußt etwas essen, Blake«, sagte sie und versuchte zu lächeln. Er antwortete nicht, schien offensichtlich darauf zu warten, daß sie wieder ging. Sie standen beide da. Er schenkte ihr keinen Blick. »He«, sagte sie freundlich, »habe ich mich je beklagt, daß ich die letzten Tage allein im Eßzimmer sitzen mußte?«

»In ein bis zwei Tagen kommen Fallon und Jeff aus Paris zurück«, sagte er.

Krystle lächelte geduldig. »Ich vermisse nicht Fallon oder Jeff«, sagte sie, »sondern dich.«

Schließlich schaute er sie doch an und wurde sichtlich gelöster.

»Ich war so... ich habe dich vernachlässigt, oder?«

»Ja, ein bißchen«, sagte sie. »Du warst wohl hier, aber du hast dich in deine Arbeit zurückgezogen. Ich wäre froh, wenn ich wüßte, wieso.«

Sie berührte sein Gesicht.

»Ich bin sehr beschäftigt«, sagte er und sah zu seinem Schreibtisch hinüber.

»Ich weiß, doch das ist nicht gesund«, sagte sie.

»Mir geht es bestens.«

Sie sah ihn mit einem gezwungenen Lächeln an. »Du siehst nicht gesund aus, attraktiv schon, wie immer, aber nicht gesund. Du arbeitest zuviel, erholst dich zu wenig. Blake, am Mittwoch hat Cecil Colby Geburtstag.«

»Und?«

»Nun, ich dachte, wir sollten eine Party für ihn geben. Er ist Jeffs Onkel und dein engster Freund. Er lieh dir Geld, als du es brauchtest, half dir aus der Klemme...«

»Wenn dir jemand hilft, macht er das aus einem einzigen Grund«, unterbrach Blake sie wütend. »Um den Empfänger der Wohltat zu Dank zu verpflichten. Cecil Colby glaubt, ich schulde ihm etwas, und dafür soll ich ihm 'ne Party geben?«

»Blake...«

»Vergiß es.« Er setzte sich an seinen Schreibtisch, ein Zeichen, daß er das Gespräch für beendet hielt.

»Aber Blake, es geht doch um die Familie. Jeff und Fallon kommen nach Hause und...«

»Gib es auf, Krystle«, sagte er scharf. »Ich brauche keine verdammte Party. Bitte laß mich allein.«

Bestürzt und verletzt gelang es ihr, aus Sorge um ihn, an sich zu halten. »Blake, warum bist du so hart gegen mich?« fragte sie ruhig.

Er sah auf. Dann schleuderte er ihr entgegen:

»Habe ich etwa keinen Grund, es zu sein? Überleg mal.«

Sie ballte ihre Fäuste, bis die Fingernägel ins Fleisch schnitten. Ihr Blick kreuzte sich mit seinem, bis sie sich endlich aufraffte, zu antworten. »Würdest du mir denn glauben, wenn ich dir die Wahrheit erzählte?«

Es herrschte tödliche Stille. Sie starrten sich an, sahen beide kläglich aus. Schließlich brach Krystle das Schweigen.

»Es ist nicht leicht, mit dir zu leben, Blake.«

»Das hat man mir schon mal gesagt«, antwortete er barsch. Sie wandte sich um und wollte zur Tür gehen. Doch er hielt sie auf. »Möchtest du mir etwas sagen, Krystle?«

»Du meinst ein Geständnis?« fragte sie traurig. »Muß ich etwas gestehen?«

Sein eisiges Schweigen bedeutete, daß er gerade das erwartete. Krystle konnte ihre Antwort nur flüstern. »Nein, nein...«

Sie hielt mit letzter Kraft ihre Tränen zurück, verließ das Zimmer und ging die Treppe hinauf. Sie nahm ein Bad, plantschte lange in der Wanne herum, hörte nebenher Mozart und ging dann mit einem guten Buch zu Bett. Die letzten Nächte hatte Blake in einem der Gästezimmer geschlafen unter dem Vorwand, er wolle sie nicht stören, wenn er so spät zu Bett ginge. Sie war überrascht, als er kurz vor Mitternacht ihr gemeinsames Schlafzimmer betrat.

»Krystle, ich habe nachgedacht und meine Meinung geändert. Wir sollten unbedingt eine Party für Cecil arrangieren, das ist eine ausgezeichnete Idee. Möchtest du dich darum kümmern? Sein Lieblingsrestaurant ist das *Chamiges* in New Orleans. Lad alle dazu ein, Jeff und Fallon und Steven und sein Mädchen, wenn er eines haben sollte.«

»Oh, Blake, das ist ja prima. Ich freue mich so sehr, daß du dich anders entschieden hast und...«

»Ich habe einen Wunsch an dich«, sagte Blake am Tage der geplanten Geburtstagsparty für Cecil: »Ich möchte, daß du heute abend den Smaragd trägst.«

Er schaute sie dabei nicht an und bemerkte nicht, wie sie erblaßte.

»Willst du mir diesen Wunsch erfüllen?« fragte er von der Türschwelle aus.

Sie brachte kein Wort heraus, konnte nur nicken. Er schien sich damit zufrieden zu geben.

Sie wußte, daß Matthew ihr das Geld so bald wie

möglich geben würde. Sie konnte ihn nicht bedrängen. Die sechs Monate waren noch nicht vorüber; es war noch Zeit. Doch es sah ganz danach aus, als ob für sie keine Zeit mehr wäre...

Ganz bewußt wählte sie ein Kleid, zu dem der Smaragd nicht paßte: ein dunkelblaues Seidenkleid mit einem Spitzenkragen und tiefem Ausschnitt. Dazu würde am besten eine Perlenkette passen. Entsetzt stellte sie fest, daß ihre Hand zitterte, als sie die Perlenkette um den Hals legte.

»Ich habe dich gebeten, den Smaragd zu tragen«, sagte Blake. Sie hatte nicht bemerkt, daß er hinter ihr stand. Ihre Augen begegneten sich im Spiegel.

»Ich dachte, die Perlen würden besser dazu passen«, sagte sie.

»Das ist richtig«, gab er freundlich zu. Krystle fühlte sich so erleichtert, daß ihr ganz schwach in den Knien wurde, doch sie konnte nur kurz aufatmen. Blake ging zum Wandsafe und machte sich an dem Kombinationsschloß zu schaffen. Er griff nach dem schwarzen Etui und hielt es ihr hin. »Ich möchte den Smaragd noch einmal an dir sehen«, sagte er.

»Ich... ich verstehe nicht«, sagte sie mit schwacher Stimme.

Er öffnete das Etui und nahm den großen grünen Stein heraus und ließ die Kette herunterbaumeln. Mit der anderen Hand berührte er Krystles blasse Wange, ließ seine Finger sanft über ihren Jochbogen gleiten. Dann legte er ihr die Kette um den Hals.

»Du hast immer gesagt, wenn du mir irgendwie helfen könntest, würdest du es tun«, sagte er sanft. Seine Hände fühlten sich auf ihrer Haut warm an. Sie konnte nur nicken, als sie ihn im Spiegel betrachtete.

»Ich bin gerade am Umorganisieren. Mike Nuzzi ist ein Genie, ist mir unheimlich nützlich mit seinen neuen Ideen, doch im Augenblick benötige ich etwas Bargeld. Für diese Kette bekomme ich nicht viel, doch das hilft mir über die Runden. Und du hast sie ja nicht so oft getragen, also wirst du sie auch nicht so vermissen, oder?«

Er küßte sie auf die Stirn und verließ sie.

Krystle zitterte von Kopf bis Fuß. Der grüne Stein lag ihr wie ein Felsblock um den Hals.

Jeff und Fallon richteten sich in ihrem Zimmer für die Party her. Er kam gerade unter der Dusche hervor, hatte ein Badetuch um die Hüften geschlungen und atmete tief durch, als er sie im Slip sah. Sie war eifrig damit beschäftigt, ihre Augen anzumalen. Er ging zu ihr und hob sie vom Stuhl hoch – voller Liebe und Leidenschaft.

»Was machst du da, Jeff?«

»Na, was mache ich wohl?« sagte er lachend. Er setzte sie aufs Bett und umarmte sie. Doch sie stieß ihn von sich.

»Wir müssen uns anziehen«, sagte sie.

»Niemand im ganzen Westen kann sich so schnell anziehen wie ich«, sagte er, »wir haben noch 'ne gute halbe Stunde.«

»Ich habe mich doch schon geschminkt«, sagte sie. Sie richtete sich auf und versuchte, ihm zu entschlüpfen, doch er ließ sie nicht los.

»Das ist doch kein Problem.«

Sie entwand sich ihm. »Jeff, wir gehen auf eine Party für deinen Onkel und...«

»... es würde ihm nichts ausmachen. Glaub mir, er hätte nichts dagegen, wenn wir hierblieben und... du weißt schon.« Er versuchte, sie wieder an sich zu ziehen, sie zu küssen, doch sie stieß ihn zurück und ging wieder an ihren Frisiertisch.

Er starrte sie an. »Warum hast du mich eigentlich geheiratet?« fragte er mit unerwartet harter Stimme.

Sie versuchte, sich mit Ironie aus der Affäre zu ziehen. »Ich hätte es schlechter treffen können, immerhin siehst du verdammt gut aus«, sagte sie.

»Es sehen viele gut aus«, antwortete er und gab sich damit nicht zufrieden.

»Du bist reich«, sagte sie schnodderig.

»Nicht so reich wie du.«

»Nun, was möchtest du hören?« Du bist immer so freundlich zu Waisen...«

Jeff sprang aus dem Bett, trat zu ihr und packte sie so heftig an den Armen, als er sie zu sich herumdrehte, daß man die Spuren sah. »Ich stellte dir eine Frage«, sagte er. »Warum hast du mich geheiratet?«

»Willst du bitte so freundlich sein und damit aufhören und dich fertigmachen?« keifte sie ihn an.

»Du hast nicht den Mut, es mir zu sagen«, schleuderte

er ihr entgegen, wandte sich von ihr ab und begann sich anzuziehen.

Fallon konnte auf seine Provokation nicht schweigen. »Oh, meinst du wirklich?«

Er ignorierte sie, was sie ganz wild machte. »Okay, Jeff. Du möchtest es unbedingt wissen. Ich will es dir sagen. Ich habe dich geheiratet, weil ich mit dem Teufel einen Pakt hatte, und ich wünschte, ich hätte es nicht getan.«

Er blickte sie an. »Was für einen Pakt?« fragte er.

Doch Fallon tat es bereits leid, daß sie es ausgesprochen hatte. »Nichts, nichts. Vergiß es«, sagte sie. Sie legte ihre Wimperntusche auf den Tisch und wollte an ihm vorbeigehen. Doch Jeff packte sie an den Handgelenken und zwang sie, ihn anzusehen.

»Was für einen Pakt?« wiederholte er.

»Laß mich los.«

»Was für einen Pakt?«

Fallon schleuderte ihm mit zusammengebissenen Zähnen entgegen:

»Ich habe dich geheiratet, weil dein Onkel mir versprochen hatte, meinem Vater unter dieser Bedingung aus der Klemme zu helfen.«

Jeff ließ sie sofort los, schaute sie ungläubig an. Langsam wandte er sich von ihr ab und suchte am Bettpfosten Halt. Er starrte ins Leere, versuchte zu begreifen, was sie ihm soeben gesagt hatte.

Fallon rieb sich die Handgelenke, machte einen Schritt auf ihn zu. »He, Jeff, du weißt doch, daß es nicht stimmt. Ich habe das nur gesagt, weil du mich geärgert hast, ich habe das alles erfunden. Jeff...«

Er sah sie an, und sein Blick ließ sie erstarren. Sie machte einen Schritt zurück. Er schüttelte den Kopf, als ob er es nicht begreifen könne.

»Was hast du vor?« fragte Fallon nervös.

»Ich werde mich anziehen«, sagte er kalt. »Wir müssen zur Geburtstagsparty meines Onkels.«

Am selben Abend stiegen in New Orleans acht Personen aus Blake Carringtons Privatflugzeug. Jeff und Fallon, Blake und Krystle, Andrew Laird und seine Frau Emily, Cecil Colby und eine junge Frau namens Bethany, die stark geschminkt war und einen sehr kurzen Rock trug. Den ganzen Flug über hatten sie sich zugeprostet, aber selbst ein unachtsamer Beobachter hätte bemerkt, daß Spannungen in der Luft lagen.

Zwei Limousinen fuhren vor dem Restaurant vor. Der Besitzer eilte heraus, um sie zu begrüßen. Die kleine Gesellschaft stand im Mittelpunkt des Interesses. An diesem Abend sprach Jeff Colby dem Alkohol so kräftig zu, daß er allgemeine Aufmerksamkeit erregte. Immer wieder führte er die Begleiterin seines Onkels auf die Tanzfläche. Je weiter der Abend fortschritt, desto wilder wurden seine Tänze. Er hielt Bethany an sich gepreßt, lachte und trank ausgelassen.

Auch Blake trank mehr, als ihm guttat. Krystle saß ihm gegenüber und versuchte sich in höflicher Konversation mit Emily Laird und Cecil Colby. Keine Sekunde konnte sie den grünen Stein vergessen, der so auf ihr lastete. Die gezwungene Heiterkeit, die noch im Flugzeug geherrscht hatte, war völlig verschwunden. Mit der Zeit konzentrierten sich alle Blicke auf Jeff Colbys exzentrisches Verhalten.

Blake wandte sich plötzlich brüsk an Fallon. »Kannst du denn nicht deinen Mann zur Räson bringen?« fauchte er sie an.

Sie zuckte die Achseln. »Kümmere du dich doch um ihn«, sagte sie schnippisch. »Du hast ihn ja für mich ausgewählt, erinnerst du dich nicht? Wenn dir sein Benehmen nicht gefällt, mußt du es ihm sagen oder schlag ihn oder mach, was du willst.«

Blake blickte zur Tanzfläche. Jeff legte einen Zwanzig-Dollar-Schein auf ein Tablett mit Gläsern und schnappte sich zwei Gläser. Eines davon reichte er Bethany. Dabei drückte er sie so eng wie möglich an sich. »Das scheint gar keine so schlechte Idee zu sein«, murmelte Blake.

Er sah zu Cecil hinüber, der offensichtlich wütend war, auch wenn er es zu verbergen versuchte. Andrew und Emily Laird hatten sich auf die Tanzfläche begeben, wahrscheinlich mehr, um der drohenden Gefahr aus dem Wege zu gehen als aus Tanzleidenschaft, vermutete Blake.

Der Ober stellte ein neues Glas vor Blake, der es in einem Zug leerte. Er beobachtete Fallon, die die Szene betrachtete, als ob sie dafür bezahlt hätte. Am anderen Ende des Tisches saß seine Frau allein da, hing ihren eigenen Gedanken nach und war froh, daß sich die Aufmerksamkeit auf Jeff konzentrierte und nicht auf sie.

Die Musik machte eine Pause und Jeff schrie: »Weitermachen.« Er suchte in seiner Jackentasche nach Geld, ohne Bethany loszulassen.

»Jeff, Bethany, wollt ihr bitte an den Tisch zurückkommen? Ich glaube, es ist Zeit, auf Cecils Geburtstag zu trinken«, rief Blake in einem Ton, der keinen Widerspruch duldete.

Die beiden jungen Leute taumelten zum Tisch zurück, stellten sich vor den Tisch, mit den Gläsern in der Hand.

Blake erhob sein Glas.

»Auf dich, Cecil. Du hast dich als guter Freund gezeigt. Ich glaube, es ist ein offenes Geheimnis, daß du mir vor kurzem aus der Klemme geholfen hast.«

»Und der Preis dafür war deine Tochter«, unterbrach ihn Jeff Colby.

»Ein gutes Geschäft...« Er wankte auf Blake zu und wäre gefallen, wenn sein Onkel nicht aufgesprungen wäre und ihn am Arm gehalten hätte.

»Du setzt dich jetzt, Jeff, bevor du dich noch weiter zum Narren machst«, befahl ihm Cecil.

Jeff kicherte. »Das würde ich ja gerne, Onkelchen, aber ich kann nicht. Du kennst mich ja... meine tanzenden Füße, der gute alte Jeffie, den alle mögen, der immer freundlich ist, der immer tanzt... tralala...« Er versuchte einen kleinen Tanzschritt.

Bethany mischte sich ein. Sie merkte nicht, welche

Spannung in der Gruppe herrschte. »He, Cecil, dein Neffe ist ein hervorragender Tänzer, weißt du das?« Das betretene Schweigen, das folgte, brachte sie zur Besinnung. Es dämmerte ihr, daß sie etwas Falsches gesagt hatte. »Es tut mir leid...« murmelte sie. Sie hielt sich wie ein ungezogenes kleines Mädchen den Mund zu.

Jeff legte den Arm um sie. »Ist schon gut, Kleines«, sagte er.

»Das macht nichts. Übrigens kennst du die Leute hier alle, ich meine, wirklich? Erlaube mir, sie dir vorzustellen.« Er führte sie um den Tisch herum. An den anderen Tischen verstummten die Gespräche. Die Geburtstagsgesellschaft konnte nur still dasitzen und warten, was Jeff im Schilde führte.

»Cecil Colby kennst du ja schon. Man nennt ihn einen skrupellosen Konglomerateur.«

»Was ist das?« kicherte Bethany.

»Etwas, worauf er sehr stolz ist«, sagte Jeff. »Und du weißt ja, Hochmut kommt vor dem Fall.« Seine Stimme klang vertraulich, aber immer noch viel zu laut. »In Wirklichkeit ist er ein weißer Sklavenhändler«, fuhr er fort, »er kauft und verkauft Leute.«

Dann wandte er sich an Andrew Laird.

»Dieser Bursche hier setzt etwas Speck an. Kannst du dir vorstellen, daß er einst einer der glänzendsten Anwälte in den Rocky Mountains war? Doch er gab seine Karriere auf, um für Blake Carrington tätig zu sein. Natürlich für ein atemberaubendes Honorar. Aber ich muß den Mund halten, da ich ja als Hampelmann für ein verwöhntes kleines Mädchen gekauft wurde. Und ich kostete nicht einmal so viel wie ein neues Pony.«

Er bewegte sich auf Blake zu, der am Ende des Tisches saß und versuchte, Würde zu zeigen.

»Blake Carrington habe ich noch nie besonders gemocht«, sagte Jeff. »Als Kind hatte ich 'ne Heidenangst vor ihm, als Schwiegervater fürchtete ich ihn weniger. Doch ich muß gestehen, heute abend tut er mir sogar etwas leid. Sein betrunkener Schwiegersohn hat heute Oberhand.«

»Bist du fertig?« fragte Blake gleichmütig.

»Noch nicht ganz.« Er wandte sich wieder Bethany zu. »Hier an diesem Tisch gibt es einen Menschen, auf den wir wirklich trinken sollten, das ist Krystle«, sagte er und prostete ihr am anderen Ende des Tisches zu. »Sie heiratete ohne Vorwarnung in diese Familie. Und ich würde meine Hand dafür ins Feuer legen, daß sie die einzige hier ist, die nicht käuflich ist. Der Himmel mag wissen, welchen Preis sie dafür bezahlen muß. Auf dich, Krystle. Viel Glück, Mädchen, du wirst es brauchen.«

Krystle betrachtete Jeff einen Augenblick lang, stieß dann ihren Stuhl zurück und rannte auf den Ausgang zu. Sie mußte unbedingt frische Luft schnappen.

Hinter sich hörte sie Jeff sagen: »Nun bin ich fertig. Sollte ich irgend jemanden mit meinen Beleidigungen verschont haben, bitte ich um Entschuldigung, aber ich habe dieser jungen Dame den nächsten Tanz versprochen.« Daraufhin wandte er sich mit Bethany wieder der Tanzfläche zu.

Der Rückflug nach Denver verlief recht schweigend. Bethany war außer Gefecht, erholte sich im Schlafraum, und Jeff lag bewegungslos auf einem der Sofas. Fallon blätterte unlustig in einer Zeitschrift. Andrew Laird und seine Frau machten ein Nickerchen. Krystle hatte es sich in einem Sessel bequem gemacht, starrte in die sternenhelle Nacht und dachte nach.

Als sie zur Landung ansetzten, sah Blake Cecil an, der so getan hatte, als ob er schliefe. Ihr Blick begegnete sich, und Blake wünschte ihm »alles Gute zum Geburtstag.«

»Danke«, erwiderte Cecil. Die beiden alten Freunde und Feinde versuchten ein kleines, stoisches Lächeln.

Am nächsten Morgen, als Blake gegangen war, stand Krystle auf und ging an ihren Safe. Das schwarze Etui war noch da, ebenfalls der Smaragd. Er hatte ihn nicht mitgenommen, um ihn zu verkaufen, noch nicht. Das Telefon läutete.

»Matthew. Wie nett, dich... natürlich, selbstverständlich, bei Callie? Ja, ich werde es finden. In einer Stunde? Ja, bis dann.«

Er saß in einer Nische, trank gerade eine Tasse Kaffee.

»Ich danke dir, daß du gekommen bist«, sagte er und begrüßte sie.

Sie setzte sich ihm gegenüber. Er griff in seine Jackentasche und zog ein dickes Kuvert heraus, das er ihr gab.

Sie öffnete es und sah lauter neue Scheine.

»Vielen Dank«, sagte sie.

»Du dankst mir? O Krystle... du weißt gar nicht, wie du uns geholfen hast. Ohne dich hätten wir keine Chance gehabt. Ich danke dir so sehr.«

Krystle sagte: »Du kannst dir gar nicht vorstellen, wie gelegen mir deine Rückzahlung kommt.«

Matthew bestellte bei dem Ober noch zwei weitere Tassen Kaffee.

»Für die Dame, ohne Milch.«

Krystle mußte lächeln, weil er sich noch daran erinnerte, wie sie ihren Kaffee trank.

»Dein Lächeln ist immer noch reizend«, sagte er, »aber es wirkt gezwungen. Was ist los, Krystle?«

»Nichts, nichts... ach, ich kann dich ja doch nicht anlügen. Es geht um Blake. Ich mache mir Sorgen um ihn. Er trinkt zuviel und benimmt sich seltsam. Ich weiß nicht, ob er weiß, daß ich dir das Geld geliehen habe. Er benimmt sich in letzter Zeit wie mein Feind, versucht, mir Fallen zu stellen... Oh, mein Gott, ich möchte nicht hinter seinem Rücken über ihn sprechen, es tut mir leid.«

»Du hörst dich ängstlich an.«

Krystle wollte den Kopf schütteln, aber sie konnte Matthew nichts vormachen. »Ich glaube, ich habe ein bißchen Angst«, gab sie zu.

»Du könntest ihn verlassen.«

»Nein.«

»Warum nicht?«

»Vor noch nicht allzu langer Zeit habe ich etwas gelobt. Und es ist nicht allein seine Schuld. Wahrscheinlich war ich ihm keine gute Frau, habe ihn nicht genug geliebt.«

Einen Augenblick lang sahen sie sich voll unverhohlener Liebe an, Krystle senkte als erste den Blick. Matthew rief nach dem Ober, um zu zahlen. Sie standen auf und fuhren getrennt weg – gingen getrennte Wege.

Sie fuhr direkt zu Mr. Volkert und parkte eine Straße weiter. Als sie die Tür öffnete, erklang ein chinesisches Glockenspiel. Mr. Volkert kam auf sie zu.

»Ah, Mrs. Carrington, guten Tag«, begrüßte er sie. »Möchten Sie nicht in mein Büro kommen? Wir sind dort ungestörter.«

Sie folgte ihm in sein hübsches sauberes Büro. Er bot ihr einen Stuhl an.

»Ich möchte meine Kette zurückhaben«, sagte sie, wollte es schnell hinter sich bringen. Sie öffnete ihren Geldbeutel und nahm das Geldbündel heraus, das Matthew ihr kurz zuvor gegeben hatte.

»Die Kette?« fragte Mr. Volkert überrascht.

Krystle versuchte ruhig zu bleiben. Ihre Kehle war trocken. Er würde doch nicht behaupten wollen, daß er nie eine solche Kette besessen hatte...

»Ja«, wiederholte sie, »die Smaragdkette.«

Mr. Volkert setzte sich auf den Stuhl hinter seinem Schreibtisch. Er sah verwirrt aus. »Mrs. Carrington, verzeihen Sie mir, aber ich hatte nicht gedacht, daß Sie sie zurückkaufen würden.«

Sie schluckte dreimal und versuchte, Ruhe zu bewahren. »Was soll das heißen?« fragte sie.

»Ich habe sie verkauft.«

Krystle konnte, wollte ihren Ohren nicht trauen. »Wie bitte?« fragte sie schwach. »An wen?«

Er schüttelte betrübt den Kopf. »An einen Südamerikaner. Erst vor ein paar Tagen. Es tut mir so leid, Mrs. Carrington. Doch wenn Sie die Vertragsbedingungen sorgfältig gelesen haben...«

Sie hörte nicht mehr, was er sagte. Irgendwie gelang es ihr, aufzustehen, sein stickiges kleines Büro zu verlassen, in ihren Wagen zu steigen. Ganz automatisch fuhr sie zu der Stelle, an der sie sich immer mit Matthew getroffen hatte. Dieser Platz barg gute Erinnerungen, vielleicht fand sie dort Trost, konnte nachdenken. Doch auf dem Weg dorthin fiel ihr ein, was sie Matthew über ihr Gelöbnis gesagt hatte, ihre eigene Schuld. Sie mußte in das große unfreundliche Haus auf dem Berg zurückkehren. Sie gehörte jetzt dorthin, konnte nicht einfach davonlaufen. Als Krystle nach Hause fuhr, hatte sie einen sorgenvollen Zug um den Mund.

Kapitel XI

Claudia und Matthew waren beide schüchtern – fast wie richtige Flitterwöchner. Sie konzentrierten sich ganz aufeinander, vermieden langes Schweigen. Sie wußten, sie bewegten sich auf schwachem Grund, der jederzeit einstürzen konnte.

Der Platz, den sie ausgesucht hatten, war reizend, friedlich und romantisch. Sie hatten nichts anderes zu tun, als zusammen zu sein, gut zu essen, am Strand zu liegen, zu schwimmen, die Sterne und sich gegenseitig zu betrachten. Vorsichtig fingen sie an, miteinander zu reden, sich ihre Gedanken und Hoffnungen mitzuteilen, Vertrauen zu gewinnen.

Am Samstagabend, als sie beim Dinner saßen und auf das Meer hinausblickten, fühlte sich Claudia stark genug, ein Anliegen, das sie bewegte, zur Sprache zu bringen. »Matthew, glaubst du… wäre es möglich, daß wir irgend woanders hingingen…« Sie ließ den Satz offen, traute sich nicht weiterzusprechen, bevor sie nicht wußte, wie er darüber dachte.

»Nanu, ich dachte, wir wären hier irgend woanders«, lachte er. »Und ich dachte, es gefiele dir hier. Sollen wir abreisen? Wohin möchtest du denn gehen?«

»Nein, hier ist es herrlich. Das meine ich nicht. Ich möchte sagen, ... ich dachte, wir könnten Denver verlassen, irgend woanders hinziehen, du, Lindsay und ich.«

»Das verstehe ich nicht, Claudia. Was, zum Teufel, ... wovon sprichst du eigentlich?« Er war drauf und dran, ärgerlich zu werden, beherrschte sich aber, versuchte, verständnisvoll zu sein, sich anzuhören, was sie ihm zu sagen hatte.

»Ein neuer Anfang ... fern von allem ... fern von allen Leuten der Vergangenheit, das wünsche ich mir für uns. Einen neuen Anfang.«

»Wir haben doch neu angefangen«, sagte er. »Wir sind auf Öl gestoßen und es kommt noch mehr Öl. Ich kann nicht einfach davonlaufen. Ich bin Walter und den anderen gegenüber verantwortlich.«

»Doch wenn ich dich bitten würde, es mir zuliebe zu tun«, sagte sie vorsichtig und betrachtete den Mond vor dem Fenster. Dann wandte sie sich wieder ihm zu, nahm seine Hand und sagte: »Was wäre, wenn ich dir sagen würde, daß es für mich, für unsere Ehe, sehr wichtig wäre?«

Er sah bekümmert aus, hatte tiefe Furchen auf der Stirn und um die Mundwinkel. Doch sie mußte beharren. Sie konnten keinen Neuanfang für ihre Ehe finden, solange Steven und Krystle zwischen ihnen standen.

»Matthew?«

»Wovor möchtest du fliehen?« fragte er voller Mißtrauen. Sie antwortete nicht. »Claudia, kämpfst du wieder gegen irgendwelche Ängste an?«

Sie entzog ihm ihre Hand. Ihre Stimme klang ruhig.

»Nein«, sagte sie, »ich werde nicht wieder krank, Matthew.«

»Nun gut«, sagte er sanft, »dann lautet die Antwort nein.«

»Genügt es dir denn nicht, daß ich dich darum gebeten habe, genügt dir das nicht?« flehte sie ihn an.

Matthew gab keine Antwort. Er nippte an seinem Wein, ihre Teller waren noch halbvoll, da sie kaum etwas angerührt hatten. Die Flitterwochen hatten nur einen Tag und eine Nacht gedauert, dachte sie traurig.

»Du möchtest etwas sagen, sagst es aber nicht«, bemerkte Matthew schließlich.

Am liebsten hätte sie gesagt: »Laß uns weit weggehen, weit weg von den Carringtons. Doch in Wirklichkeit sagte sie: »Es gibt nichts zu sagen.«

Sie beendeten ihr Dinner und gingen nach oben, liebten sich höflich, wie zwei alte Freunde und versuchten herauszufinden, was sie im Laufe der Jahre verloren hatten.

Am nächsten Morgen ölte Claudia am Strand den Rücken ihres Mannes ein. Ganz beiläufig sagte sie: »Weißt du was, Matthew? Da wir es uns ja jetzt leisten können, würde ich gerne einen Kurs in Datenverarbeitung machen. Ich möchte gerne arbeiten.«

»Arbeiten? Warum? Wir haben doch jetzt genug Geld, da brauchst du doch nicht zu arbeiten.«

»Ich brauchte noch nie zu arbeiten, doch ich möchte arbeiten, Matthew. Bitte versuche zu verstehen. Ich brauche etwas, worauf ich mich täglich freuen kann, muß mich gefordert fühlen. Es muß eine ungeheuere Befriedigung sein, selbst etwas auf die Beine zu stellen.«

»Ich verstehe.«

»Wirklich?«

»Ich versuche es. Du bist mir eine, Claudia...«

Matthew richtete sich auf, nahm ihr das Sonnenöl aus der Hand und meinte, er sei jetzt an der Reihe. Sie legte sich auf den Bauch und fühlte seine großen, sanften Hände auf ihrem Rücken. Sie redete sich ein, alles sei gut. Natürlich hatte sie gehofft, sie würden es gemeinsam schaffen, doch wenn sie es alleine schaffen müßte, dann könnte sie es auch – das wußte sie jetzt. Sie schloß die Augen und lauschte der Brandung. Jede Welle brachte eine neue Botschaft.

Das Wochenende nach der Geburtstagsparty von Cecil Colby war in der Carrington-Villa voller Spannung. Jeff und Fallon kämpften wie wild beim Tennis gegeneinander oder sie schlichen stumm aneinander vorbei. Blake verkroch sich das ganze Wochenende in sein Büro. Krystle blieb im Wohnzimmer und hoffte, ihr Mann würde herauskommen und mit ihr sprechen. Doch es blieb still wie im Grab. Krystle sehnte sich nach Menschen, nach einem freundlichen Lächeln. Am Montag beschloß sie, das zu tun, was die meisten reichen Frauen am liebsten tun – einkaufen. Bald war Fallons Geburtstag. Sie wollte sich nach einem Geschenk für sie umsehen.

Sie zog sich schnell an, ging hinunter, durch die Halle zur Eingangstür. Zu ihrer Überraschung kam Blake aus seinem Büro und schenkte ihr ein warmes Lächeln.

»Guten Morgen, Krystle.«

»Guten Morgen, Blake. Ich dachte, du seist schon weg.«

»Ich habe auf dich gewartet.«

»Auf mich?«

»Ja. Ich muß in der Stadt einiges erledigen, und ich würde mich freuen, wenn du mich begleiten würdest. Hast du etwas Wichtiges vor, etwas Unaufschiebbares? Du sagst mir immer, ich hätte nicht genügend Zeit für dich. Heute nehme ich mir die Zeit. Und wenn wir unsere Besorgungen erledigt haben, können wir irgendwo gemütlich zu Mittag essen. Gefällt dir die Idee?«

Sie nickte, überrascht, aber froh.

Michael hielt ihnen die Wagentür auf und sie stiegen ein. Er schien zu wissen, wohin er fahren mußte.

»Wohin fahren wir, Blake?« fragte Krystle, als der Wagen die Richtung in die Stadt einschlug.

»Ist das so wichtig?« fragte er. »Hauptsache, wir sind zusammen. Schau, die Blätter haben sich bereits verfärbt.«

Sie sagte nichts mehr, bis sie vor Channing's hielten, dem Juwelier, bei dem Blake ihre Brillantohrringe gekauft hatte. Sie dachte noch an die Party mit ihren Freundinnen – wie lange schien das her zu sein.«

»Channing's?« fragte sie. »Was machen wir hier?«

»Ich muß hier etwas erledigen«, sagte er.

»Soll ich auf dich warten?«

Blake schüttelte den Kopf. »Bitte komm mit rein.« Michael hielt ihr die Tür auf.

Sie stieg aus und betrat mit Blake das Geschäft.

»Ah, Mr. Carrington, guten Tag«, sagte der alte Mr. Channing.

Sie wurden in sein Privatbüro geführt. Krystle wußte, daß Mr. Channing schon sehr alt war und sich fast völlig zurückgezogen hatte. Er kümmerte sich nur noch um ganz besondere Kunden.

Krystle nahm in einem der tiefen Samtsessel Platz. Blake griff in seine Jackentasche und holte Krystles schwarzes Schmucketui heraus. Er reichte es Mr. Channing. Der alte Mann öffnete es und sagte bewundernd: »Sehr schön, einmalig schön.«

Krystle wagte kaum zu atmen. Ihr war so seltsam zumute, daß sie dachte, sie falle in Ohnmacht – das erstemal in ihrem Leben.

»Können Sie mir eine Schätzung machen, Mr. Channing?« fragte Blake. »Meine Frau liebt den Stein nicht so sehr, wie ich gehofft hatte.«

»Natürlich«, sagte der alte Mann lächelnd. Er drückte auf einen Knopf an seinem Schreibtisch. Eine junge dünne Frau kam herein, nahm den Smaragd und die Kette und schritt zur Tür hinaus.

»Nun«, sagte Mr. Channing und schaute Krystle streng an – zumindest hatte sie den Eindruck.

Sie riß sich zusammen. Sie hatte gelogen und war erwischt worden. Ihr Mann würde sich von ihr scheiden lassen, das war klar, und wahrscheinlich mußte sie sogar ins Gefängnis. »Wie bitte?« mußte sie fragen. Sie hatte nicht gehört, was der Juwelier sie gefragt hatte.

»Ich hatte Sie gefragt, ob Sie gerne eine Tasse Kaffee hätten? Meine Kollegen überprüfen nur meine eigene Schätzung, das kann nicht lange dauern. Oder wünschen Sie eine Tasse Tee?«

»Nein, danke«, würgte sie hervor.

Mr. Channing und Blake unterhielten sich. Für Krystle waren sie weit weg; sie vernahm nur Bruchstücke. Bald darauf kam die junge Frau wieder ins Zimmer, mit dem schwarzen Etui und einem Stück Papier, das sie vor Mr. Channing auf den Schreibtisch legte. Er warf einen Blick darauf und räusperte sich.

»Nun, Sie sagten, Sie hätten sechzigtausend Dollar dafür bezahlt, Mr. Carrington?«

»Genau«, sagte Blake.

Kann ein Mann seine Frau ins Gefängnis schicken, weil sie die Geschenke, die er ihr kaufte, verkaufte? fragte sie sich.

»Darf ich fragen, wo Sie diesen Stein erworben haben?« fragte Mr. Channing.

Vielleicht gehören die Juwelen gar nicht mir – ich habe nie diese Dokumente gelesen, die ich vor der Eheschließung unterzeichnet habe. Vielleicht stand darin, daß ich teure Juwelen nur als Leihgabe zu betrachten habe.

»Von Beauvais«, sagte Blake.

»Ah ja, der größte Smaragdexperte der Welt.«

»Wirklich?«

Ob wohl ein Skandal einen so bedeutenden Mann wie Blake ruinieren könnte?

»Nun«, fuhr Mr. Channing fort, »da haben Sie einen sehr günstigen Kauf gemacht.«

Um Krystle drehte sich alles. Sie starrte den alten Mann an.

»Wirklich?« fragte Blake.

»Das kann man wohl sagen. Als ehrenwerter Mann muß ich Ihnen sagen, und ich habe meinen ganzen Ruf auf Ehrlichkeit aufgebaut, daß...«

»Was ist er wert, Mr. Channing?« unterbrach ihn Blake.

Krystle lehnte sich in ihrem Stuhl vor, um kein Wort zu überhören.

»Er ist fünfundsiebzigtausend wert.«

Blakes Blick wanderte zu Krystle, die ihre Hände in die Armlehnen krallte, um nicht vom Stuhl zu fallen.

»Es ist ein herrlicher Stein, mit vollendetem Schliff«, sagte Mr. Channing.

»Sind Sie sicher?« flüsterte Krystle.

Mr. Channing trat einen Schritt zurück, als ob er sich beleidigt fühlte, doch dann schien er zu begreifen und nickte beruhigend. »Vielleicht ist er noch mehr wert, aber ich muß ja auch eine Profitspanne einberechnen.«

»Ich verstehe«, sagte Krystle schwach.

»Liebes, geht es dir gut? Du scheinst etwas durcheinander zu sein.«

»Nein, nein, es geht mir gut, Blake.«

»Soll mein Kassierer einen Scheck für sie ausschreiben?« fragte Mr. Channing.

Blake stand auf und nahm den Smaragd entgegen. Er wog ihn in der Hand, ließ die Kette herunterbaumeln. »Nein«, sagte er schließlich, »ich glaube, meine Frau hängt doch mehr an diesem Stück, als ich dachte. Wir behalten es. Vielen Dank für Ihre Mühe.«

Er beugte sich zu Krystle hinunter, öffnete ihre Handtasche und ließ das Etui hineingleiten. Dann verabschiedeten sie sich von Mr. Channing.

Im Wagen lehnte sich Krystle zurück und schloß die Augen. Sie hörte, wie Blake Michael Anweisungen gab, nach Hause zu fahren. Dann vernahm sie das Surren der Glasscheibe, die sie von dem Chauffeur trennte.

»Du siehst schlecht aus, Krystle. Wir fahren lieber nach Hause, einverstanden?«

Sie öffnete die Augen und sah ihn an, sein vertrautes, gutgeschnittenes Gesicht, freundlich, mit intelligenten Augen. Es sah im Augenblick ernst aus. Um seine Lippen spielte ein besorgtes Lächeln. Sie betrachtete seinen perfekten Haarschnitt, seine gebräunte Haut, seine glattrasierten Wangen, die kleine Falte zwischen seinen Augenbrauen. Es war kein liebenswertes Gesicht, dachte sie bei sich.

»Was ist los, Krystle?« fragte er.

Sie sprach wie erstarrt. »Du hast das alles inszeniert, hast alles gewußt... von der Kette... dem Geld, das ich Matthew geliehen hatte. Du hast die echte Kette von Mr. Volkert zurückgekauft und hast heute Komödie gespielt. Warum hast du das getan, Blake? Um mich zu demütigen, um mich zu bestrafen?«

Er lehnte sich zurück und sah starr geradeaus. Der Wagen fuhr aus der Stadt heraus, die Bergstraße hinauf zu ihrer Villa. Kein Laut von der Straße drang in den Wagen.

»Es ist jetzt vorbei«, sagte Blake. »Ich glaube, du hast deine Lektion gelernt, es ist vorbei.«

Sie hatte sich in ihren Gefühlen getäuscht. Sie spürte, wie der Zorn sie übermannte. »Was für eine Lektion um Himmels willen?« fragte sie. »Vielleicht bist du der Meinung, ich habe etwas Unrechtes getan, aber dem ist nicht so.«

»Oh, ich verstehe«, sagte er kalt. »Und vielleicht möchtest du mir einreden, daß du nur aus Nächstenliebe Matthew geholfen hast, und ich soll dafür auch noch Verständnis haben.«

»Warum nur hast du dir in den Kopf gesetzt, Matthew Blaisdel zu vernichten?« schrie sie ihn an.

Es fiel Blake sehr schwer, sich zu beherrschen. Dann sagte er mit wütender Arroganz. »Ich habe dir gesagt, Krystle, es ist vorbei.«

»Es ist nicht vorbei, es ist so lange nicht vorbei, bis ich nicht eine eidesstattliche Versicherung abgegeben habe, daß ich nicht hinter deinem Rücken mit Matthew schlafe, ich damit einverstanden bin, mich in deinem Schloß wie Rapunzel einschließen zu lassen, mit niemandem zu reden, niemanden zu sehen, nur in Erscheinung zu treten, wenn es dir genehm ist.«

Michael bog in ihren Privatweg ein. Blake schwieg beharrlich.

Bevor Michael ihnen hinaushalf, sagte Krystle sanft: »Ich verlasse dich, Blake.«

Er wartete höflich, bis sie ausgestiegen war, und folgte ihr ins Haus. Sie blieb drinnen an der Tür stehen, und er ging an ihr vorbei, in sein Büro. Der Butler schloß die Eingangstür. Krystle ging schweren Schrittes die Treppe hinauf, um ein paar Sachen zu packen.

Als sie an Fallons Zimmer vorbeikam, hörte sie Schluchzen. Krystle blieb stehen, wollte klopfen und hineingehen, um zu trösten und getröstet zu werden. Doch sie überlegte, daß sich Fallon über ihr Unglück freuen würde. Also ging sie an der Tür vorbei, in ihr eigenes Zimmer.

Fallon Carrington Colby war eine junge Frau, die es bis jetzt gewohnt war, andere Leute zum Heulen zu bringen. Fast immer gelang es ihr, die anderen auszutricksen, sie zu manipulieren. In den seltenen Fällen, wo ihr starker Wille auf Widerstand stieß, geriet sie in Zorn, wurde verletzbar und ängstlich. Dann brach sie in Tränen aus und war nur noch ein kleines hilfloses Kind, das sich in einer Welt fürchtete, die nicht unter seiner Kontrolle stand. Seit der Party in New Orleans ließ sie ihr eigener Mann links liegen.

Heute morgen war er nicht ins Geschäft gefahren. Als sie ihn gefragt hatte, warum er nicht in die Firma ginge, hatte er lediglich geantwortet: »Ich habe gekündigt.«

»Gekündigt. Wie kannst du kündigen? Du bist doch ein Colby, der Erbe von Colbyco und du bist Mr. Fallon Carrington. Was meinst du mit kündigen?«

Er beachtete sie nicht, packte seine Zahnpasta, seinen Rasierapparat und seine Zahnbürste in einen kleinen Beutel und das Ganze in einen kleinen Koffer.

»Du hast wohl die Nase voll, oder?« sagte sie und vertiefte sich wieder in ihr Magazin.

»Ich gehe nach New Orleans«, sagte er und schloß seinen Koffer.

»O ja, fein, dort gehörst du hin. Du hast dich ja dort gut eingeführt.«

Er sagte kein Wort.

»Jeff?«

»Ja?«

»Gehst du wirklich?«

»Ja.«

»Und was wird aus mir?«

»Du kannst dich ja scheiden lassen, das willst du doch, oder?«

Er wartete auf ihre Antwort. Sie blickte ihn an und schüttelte langsam den Kopf. »Ich weiß nicht, ich habe noch nicht darüber nachgedacht.«

»Wenn du soweit bist, Fallon, laß es mich wissen.« Dann wandte er sich zur Tür.

»Jeff.«

»Was ist?«

»Du kannst mich nicht einfach so zurücklassen.«

Er zuckte die Achseln und griff nach dem Türgriff.

»Jeff, warte.«

Er wartete.

Plötzlich hatte sie Angst, fing an zu weinen, wie sie noch nie geweint hatte. Jeff betrachtete ungerührt ihren Tränenausbruch. Fallon bekam Angst.

»Bitte, Jeff, verlaß mich nicht.«

In seinem Gesicht spiegelte sich Überraschung. Er stellte den Koffer ab, blieb aber an der Tür stehen, wartete.

Fallon konnte ihre Tränen nicht bremsen, fühlte sich völlig töricht. Sie griff nach einem Taschentuch. »Ich... ich möchte nicht, daß du gehst, Jeff. Du kannst mich nicht einfach so zurücklassen. Immerhin sind wir ja verheiratet.«

»Unter falschen Voraussetzungen«, sagte er bitter.

»Doch... ich möchte nicht, daß du mich verläßt«, wiederholte sie hilflos.

»Du möchtest nicht. Ich verstehe. Fallon wünscht es nicht.«

Sie stand auf und ging auf ihn zu, blieb einige Schritte vor ihm stehen. »Du möchtest doch auch mit mir verheiratet bleiben, Jeff. Ich weiß, daß du es möchtest, weiß, daß du mich liebst, und ich... ich will dich auch lieben, ehrlich, Jeff, aber bitte, bitte, geh nicht.«

Natürlich konnte er ihr nicht widerstehen. Er öffnete

seine Arme, und sie flog ihm an den Hals, benetzte sein Hemd mit ihren Tränen.

Mit wenigen Handgriffen hatte er das Hemd ausgezogen und alles andere auch. Genauso tat es Fallon – und sie lagen sich in den Armen.

Krystle las noch einmal den Brief, den sie gerade geschrieben hatte: »Ich liebte dich, Blake, ich liebte dich aus ganzem Herzen, aber ich glaube, das reicht nicht. Ich weiß, daß auch du mich auf deine Art liebtest, doch du jagst mir Angst ein. Du hast zwei Gesichter. Einmal bist du sanft und sensibel, dann wieder hinterhältig und brutal. Vielleicht mußt du so sein, um in deiner Welt bestehen zu können, aber ich kann damit nicht leben. Ich liebe dich, Blake, doch ich kann nicht mit dir leben. Krystle.«

Sie steckte den Brief in einen blauen Umschlag, auf dem ihr Monogramm aufgedruckt war, stellte ihn an Blakes Nachttischlampe, nahm den Smaragd aus dem Etui und legte ihn vor den Brief. Er schien wie eine giftige grüne Sonne. Sie wandte sich ab und verschloß ihren Koffer.

Sie hörte, wie es an die Tür klopfte. Bevor sie etwas sagen konnte, wurde die Tür geöffnet und der Majordomus und der Butler trugen Blakes scheinbar leblosen Körper herein.

»Blake«, rief sie aus und eilte zu ihm. »Ist er krank? Ist etwas passiert?«

»Nein, Mrs. Carrington, wir müssen ihn nur ins Bett

bringen«, sagte Joseph. Sie trat zurück und ließ die beiden Männer Blake zum Bett tragen.

»Er ist betrunken«, sagte sie mehr erleichtert als tadelnd.

»Ja, Madam«, gab Edward zu. Joseph warf dem Butler einen mißbilligenden Blick zu.

»Danke, Edward«, sagte Krystle. »Vielen Dank, Joseph. Ich kümmere mich um meinen Mann.«

Joseph warf einen Blick auf ihren offenen Koffer.

»Danke, Joseph«, wiederholte sie streng.

Blake murmelte etwas Unverständliches vor sich hin und rief dann nach Joseph. Der Majordomus trat sofort an sein Bett. Krystle mußte ihm Platz machen.

»Ja, Sir?« sagte Joseph und beugte sich über Blake.

Blake packte Joseph an seiner gestreiften Krawatte und zog sein Gesicht zu sich herunter. Dann sprach er laut und deutlich.

»Ich liebe sie wirklich, Joseph.« Nach diesen Worten fiel er in die Kissen zurück und schloß die Augen.

»Bitte gehen Sie jetzt«, sagte Krystle ruhig.

»Ich weiß aber, wie er behandelt werden muß, weiß es besser als Sie, Mrs. Carrington. Sie wollten doch verreisen? Lassen Sie sich nicht aufhalten...«

»Joseph, ich bin die Hausherrin. Sie arbeiten für mich, und Sie tun das, was ich Ihnen sage. Ist das klar?«

Edward zog sich durch die offene Tür zurück. Joseph wich nicht von Blakes Seite. »Ich gehöre hierher, Mrs. Carrington. Er braucht mich.«

Mehr als Sie, sollte das bedeuten.

Krystle ging zur Tür und öffnete sie voller Ungeduld. »Raus«, sagte sie, »aber gleich.«

Joseph schaute auf Blake hinunter, der zu schnarchen angefangen hatte. Dann sah er auf Krystle, die seinem Blick begegnete. Seine Kapitulation war kurz und stolz – er nickte knapp und schwebte dann lautlos an ihr vorbei, zur Tür hinaus.

Sie entkleidete Blake und deckte ihn zu. Dann zerriß sie ihren Brief, legte den Smaragd in den Safe zurück und packte ihren Koffer aus.

Der Denver-Clan

Die Fernsehserie

Drehbuch:
Richard und Esther Shapiro
Produktionschef:
E. Duke Vincent
Produktionsleiter:
Aaron Spelling
Douglas S. Cramer
und
Richard und Esther Shapiro

Eine Richard und Esther Shapiro-Produktion
in Verbindung mit Aaron-Spelling-Production

Episode 1
Buch: Richard und Esther Shapiro

Episode 2
Buch: Chester Krumholz
Fernsehbearbeitung: Edward de Blasio u. Chester Krumholz

Episode 3
Buch: Richard Shapiro
Fernsehbearbeitung: Chester Krumholz

Episode 4
Buch: Richard Shapiro
Fernsehbearbeitung: Edward de Blasio u. Norman Katkov

Episoden 5, 6, 7, 8 und 9
Buch: Edward de Blasio

Episode 10
Buch: Edward de Blasio und Richard Shapiro

Episode 11
Buch: Edward de Blasio